Colección
LA OTRA ORILLA

Del mismo autor en esta colección
No me esperen en abril (1995)

ALFREDO BRYCE ECHENIQUE

*

Reo de nocturnidad

ALFREDO BRYCE ECHENIQUE

Reo de nocturnidad

*

GRUPO EDITORIAL NORMA
Barcelona Buenos Aires Caracas Guatemala
Lima México Panamá Quito San José San Juan
San Salvador Santafé de Bogotá Santiago

Primera edición: junio de 1997
© Alfredo Bryce Echenique, 1997
© de esta edición
Editorial Norma S. A., 1997
Apartado 53550, Santafé de Bogotá

Derechos reservados para América Latina,
excepto México y Perú

Diseño: Camilo Umaña
Fotografía de la cubierta: Víctor Robledo

Impreso en Colombia por Cargraphics S. A. - Impresión digital
Printed in Colombia

ISBN 958-04-4069-7
CC 26008074

Este libro se compuso en caracteres Linotype Bulmer

A Anita Chávez y Luis B. Eyzaguirre,
con amor, con amistad...

Mi mayor gratitud a mis amigos de
Pimentel, y a los profesores
(muy especialmente al licenciado
Luis A. Facundo Antón) y alumnos de la
Universidad Nacional Pedro Ruiz Gallo, de
Lambayeque, por aquellos inolvidables días en
la tierra de la simpatía y la amistad.

*Puis vint à Montpellier, où il trouva fort bons
vins de Mirevaux et joyeuse compagnie...*
FRANÇOIS RABELAIS

*Si j'étais en état de vivre dans le lieu qui me
serait le plus agréable, je choisirais la ville de
Montpellier, et j'en ferais le nid de ma vieillesse.*
JOSEPH SCALIGER

Dormir es distraerse del mundo.
JORGE LUIS BORGES

*La quiso con el triste amor que inspiran las
personas que no nos quieren, los fracasos, las
enfermedades, las manías; esencialmente no es
mentira decir que no se alejó nunca de ella.*
JORGE LUIS BORGES

*La vida y los sueños son hojas de un mismo libro.
Leerlas en orden es vivir; hojearlas, soñar.*
SCHOPENHAUER

I

Yo soy ese hombre que bajó del tren. Sí. Ese mismo. O, mejor, mucho mejor, yo soy *aquel* hombre que bajó del tren. Porque hay que decirlo así, con énfasis, para dar una idea más precisa de la diferencia, de la enorme distancia, hoy, entre el tipo que se instaló en esta ciudad y el que he llegado a ser. Para dar una idea exacta del descalabro al que me arrastró el convencimiento de que aún me era posible mantener –o recuperar, más bien– la ilusión de una felicidad que siempre creí inherente a mi naturaleza.

En cambio, el tren en que llegué continúa deteniéndose cada mañana en la misma estación, super moderno y puntual, proveniente siempre de Ginebra y París, exacto al que yo tomé hasta en la alegría de su color implacable, por más que a veces lo imagine o lo sienta tan descalabrado y remoto como me siento hoy yo aquí, encerrado y luchando por escribir estas páginas para recorrer a fondo, nuevamente, aunque con una finalidad terapéutica, ahora, el itinerario de mi caída...

Caray. Para qué diablos habré escrito *caída*. Inmediatamente me ha sonado a Albert Camus y su novela *La caída*, en que el personaje termina hundido en una absurda miseria o, más bien, en la miseria del absurdo, por haber sido encasillado Camus como *le philosophe de l´absurde,* muy a pesar suyo, según cuenta en un texto autobiográfico, con toda la razón del mundo, por cierto... A cada rato me voy por las ramas, caray, y el resultado es una página más que va a dar a la basura. Busco a ese hombre que bajó del tren, intento averiguar qué pasó entre este y *aquel*, y se me mete en el camino el maldito profesor de literatura que siempre he sido, la sempiterna deformación profesional.

Porque qué tendrán que ver mi caída, mi hundimiento, o lo que sea, con un personaje de Camus que naufraga por razones intelectuales, filosóficas y morales. En una oscura y helada ciudad del norte de Europa, además. Yo me he ido al diablo en pleno sur de Francia. Estoy internado en el pabellón psiquiátrico de la Clínica Fabre, en la muy cálida y luminosa ciudad de Montpellier y, encima de todo, no sé siquiera cómo ni por qué he podido terminar tan tan mal, habiendo empezado, por lo menos, con mucho cuidado. Y en el plan en que voy jamás lo voy a saber, tampoco. Llevo semanas con esta enervante terapia y lo único que he logrado hasta ahora es cambiarle una y otra vez de nombre a la carpeta en que la voy a guardar.

Empezó como *Radiografía de una ilusión*, porque eso creí que iba a ser, pero no, no iban sólo por ahí los tiros. Demasiado clínico, demasiado técnico el asunto, con eso de *radiografía* y conmigo aquí internado. Después creí que podría llamarse *Secretos de un hombre enfermo*, porque parece que enfermo llegué ya a Montpellier, y antes a Francia y a Europa, e incluso antes al Perú y a la mismísima Lima en que nací, y a donde ahora se me ocurre pensar –o más bien divagar, y sentirlo y sufrirlo– que llegué también ya enfermo, como si la cigüeña me hubiera llevado en muy malas condiciones desde ese mismo París desde el cual habría llegado en pésimas condiciones a Montpellier... Maldita sea... No sigo, porque estoy viendo cómo se abren, con tentáculos, boca de lobo y un nada literario infierno dantesco miles de tenebrosas cajas chinas... Vuelvo nuevamente a lo del título, mejor, sí...

Después de *Secretos de un hombre enfermo*, anduve jugando con dos posibles variantes: *Crónica de una enfermedad crónica* y *Crónica de un enfermo crónico*, pero más pudo el miedo, otra vez, y rápidamente empecé a buscar algo menos angustioso. Entonces opté por *Memorias desde un punto de vista*, para que ninguno de mis colegas y amigos de esta ciudad vaya a pensar que no estoy dispuesto a aceptar más puntos de vista que el mío, acerca del cómo y el porqué de mi actual estado, y se me resienta. Y es que, aunque no todos lo son, y los hay que me han fallado, en pocos lugares he tenido tan buenos colegas y amigos como aquí. Este es, incluso, otro de los misterios de mi caída... Vaya, otra vez la sacrosanta *caída*... Pero bueno, como me conozco y sé que este último título terminaría conmigo escribiendo desde cualquier punto de vista, menos el mío, acerca de mi estado, primero, acerca de Montpellier y de mi trabajo en la universidad, después, y finalmente acerca de todo, sentí que mis esfuerzos iban a ser inútiles y lo abandoné también todo.

Pero han pasado un par de semanas muy difíciles y creo que tengo que empezar de nuevo, volver a intentarlo, al menos. El médico insiste en ello y piensa que, entre unas horas de Valium 70 intravenoso durante la noche y la madrugada y, si es necesario, una dosis aún más fuerte después, escribir un rato cada día terminará por hacerme muchísimo bien. Y él mismo me ha tachado lo de *Memorias desde un punto de vista*, porque no estoy como para andar haciéndole concesiones a nadie, y me ha aconsejado que, al menos por un tiempo, olvide por completo lo de los títulos. Que el título vendrá solo, afirma el doctor Lanusse, y agrega:

–Usted que ha estudiado y enseñado en La Sorbona, señor Gutiérrez, tiene que conocer la expresión francesa "escribir con las tripas", aparentemente fea y vulgar, pero muy reveladora de lo que es saberse entregar, jugárselo todo escribiendo, desangrarse si es necesario para llegar al fondo mismo de una historia, por más duro que ello sea y por más...

–Todo un *Viaje al fondo de la noche,* doctor, le entiendo. Pero, ni soy escritor, ni mucho menos un monstruo, como Céline, el autor de ese libro, ni tampoco me quedan ya tripas... Y, de noche, francamente preferiría dormir, doctor...

–Cómo no le van a quedar a usted tripas para romper todas las páginas que no le gusten o no lo satisfagan, señor Gutiérrez. Cambie usted todo lo que se le ocurra y verá. Añada, suprima, modifique, invente, si ello es necesario para llegar adonde usted quiere realmente llegar. Use su olfato de profesional, toda la intuición y experiencia de un hombre de cuarenta años bien cumplidos, de persona que ha viajado mucho, que ha vivido en mundos distintos y hasta opuestos...

–Lo pone usted muy fácil, doctor, pero, como peruano que soy, le voy a contar que, en mi país, los que escriben con las tripas la pasan muy mal. Al poeta César Vallejo, por ejemplo, le salía espuma y hasta se encebollaba en el intento. Por lo menos así contaba él en algunos de sus versos...

–No conozco a su poeta, señor Gutiérrez...

–Una falla de La Sorbona, doctor...

–Así debería burlarse usted de todo, querido amigo... Pero bueno, por ahora déjeme insistir en que su mirada puede llegar muy lejos. Muy muy lejos... Créame a mí, que lo escuché delirar, el día de su llegada a esta clínica... O sea que no se canse nunca de despotricar contra lo que se le venga en mente. Y que no le importe jamás el qué dirán ni la opinión de nadie. No olvide: cada uno habla de la feria según como le fue en ella. Y como usted mismo dice, aunque sin llegarme a convencer en absoluto, la razón la tenemos entre todos, por aquello de *à chacun sa verité*...

–*Que chacun rentre en sa chacunière*...

–¿De dónde me ha sacado usted eso, señor Gutiérrez?

–De Rabelais, doctor. Del inmenso escritor que es Rabelais y de sus pantagruélicas tripas...

–Veo que me ha entendido usted perfectamente, señor Gutiérrez. ¿Por qué no se baja de ese tren, entonces? ¿Por qué esa falta de confianza? Siéntase protegido. En esta clínica siempre habrá una cama para usted. Muchas veces le he dicho ya que lo escuché delirar, el día que lo trajeron, y que sé... En fin, de eso ya hemos hablado mucho. Usted siempre podrá regresar. Cada vez que lo necesite o lo desee. Me cree, ¿cierto? Pues entonces atrévase, hombre. Imagínese que está usted ante una película o ante una novela... Imagínese que es usted otro hombre...

–*Soy* otro hombre, doctor. Lo poco o nada que queda de aquel otro, en todo caso...

El doctor Lanusse puso su mejor cara de por-hoy-ya-basta y, tras indicarle a la enfermera que volviera a ampliar al día entero el Valium 70 intravenoso, hasta nuevo aviso, como cada vez que volvíamos a fojas cero, abrió la puerta de mi soleada habitación, reclamó la ficha médica del siguiente enfermo, y se dispuso a continuar su diaria visita matinal.

Más y más sondas. Llevo ya varios días en esta cómoda habitación individual, y mi vida se reduce prácticamente a estas sondas de Valium y suero, mañana y tarde, y a los somníferos que me dan desde la hora de la comida hasta la hora en que debo apagar la luz, y a ver si hay suerte. Después, cuando con un timbrazo, o mil, se asume que todo ha sido inútil, entro en la etapa de las inyecciones. Encienden, me pinchan y apagan. Otra vez lo mismo, un par de horas más tarde, y así hasta que al tercer pinchazo va la vencida y el apagón final, por más que uno se mate timbrando. Todo sucede como en una corrida, cuando le tocan uno tras otro los avisos de reglamento al torero, porque ahí anda dale que te dale con el estoque y el pobre toro nada de caer, hasta que hay que llevárselo todito ensangrentado al corral.

Entonces empieza el insomnio oficial, como le llamo yo, porque dura hasta que la primera enfermera del día aparece, sigilosa, primero, no vaya a ser que... me imagino, pero luego se decide y enciende todas las luces y la sonrisa, abre cortinas, me pone el termómetro, me toma la presión, hace que me pese en ayunas, y toma nota de miles de cositas en una especie de diario de a bordo que cuelga a los pies de la cama. Después sigue su itinerario y uno se asea un poco y queda listo para el desayuno, que es cuando empieza a escucharse por todo neuropsiquiatría la voz de tenor feliz del doctor Lanusse. Lo malo, lo realmente malo (o es que estoy más loco que una cabra) es esta maldita sospecha mía. Sólo sospecha, por ahora, pero terrible sospecha cuando ya casi se hace cierta: la voz feliz del doctor Lanusse es la de un tenor de extrema derecha. A veces me lo creo ya del todo, y entonces me convierto en una suerte de presa, en un animal herido y atrapado, además de un hombre enfermo...

Pero bueno, sigue, animal...

Es entonces, sobre todo, cuando uno siente el inmenso desconsuelo de que a nadie le importe el insomnio extraoficial, o sea toda esa recatafila de horas intravenosas en que tampoco se duerme un solo segundo y a veces incluso se pierde el control, aunque las estadísticas muestran abrumadoramente hasta qué punto el hombre es un animal de costumbres, incluso cuando está desesperado, ya que los ataques se producen casi exclusivamente de noche, por más intravenosa que sea esta también.

Más que un primer ataque, lo de mi ingreso a esta clínica fue lógica consecuencia de un largo y grave proceso que por fin estalló una noche, a principios del otoño. Me amparé en reflejos que fallaron cuando me superó el desgaste del terror y la penumbra. Llevaba un año durmiendo muy mal, uno más durmiendo pésimo, y ya me había tragado el récord mundial de somníferos sin efecto alguno –dos cajas enteritas de treinta comprimidos, en una sola noche, más que nada como quien desea deshacerse de algo que no le sirve para nada y encima estorba–, cuando batí el récord Guinness de insomnio total. Conocía demasiado, ya entonces, el horror de la noche oficial, el terror a la cama, y el pavor de tener que escuchar incesantemente mis agotados pasos en las oscuras calles de una hermosa ciudad cruelmente dormida.

El horror de la noche se prolongaba hasta las mañanas y las

tardes, se metía, se clavaba en ellas, se infiltraba en el deambular tembloroso, febril, medio loco y sumamente activo de la temporada en que leí que el insomnio facilita el conocimiento superior del ser querido que duerme a nuestro lado, agravándose con ello mi constante y brutal rememoración de un amor desolado y deforme, de un amor que nació triste y enfermo y fingió ser feliz, que se defendió con mentiras cuando fue más inmenso, que debió haber sanado con mi huida de una ciudad, de todo un mundo fantasmal, de una fábula patética y una insostenible farsa, del momento en que decidí por fin enfrentarme a esa cruel realidad y hacer algo para que mi vida dejara de ser el escenario vacío de un incesante monólogo interrumpido por la verdad atroz de una carcajada sin rostro.

Pero llegó entonces la noche total, la ya incontenible rememoración, noches y días eternos dura la mala calidad de esta noche en que uno se aferra a su propio insomnio y busca y pide, devastadoramente, más de lo mismo, más contra uno mismo, noche fría, noche lúcida, noche obsesiva, noche de euforia y tristísima noche cuando por fin cala profundo con su horror y su angustia en la inmensa fragilidad del deambular más tardío, en el deambular de los agotados tropezones sin sentido, en el deambular de las humillantes caídas –morder el polvo, morder el cemento, morder la piedra, morder una vez más los golpes en los codos, en las rodillas, en las cacas de perro, en el zapato–, en el deambular de las nocturnas mañanas, las otoñales primaveras, los crepusculares veranos y ya para siempre la muerte en vida del reo de nocturnidad...

La cosa se puso fea, como pueden ver. Y de ello y de cómo diablos llegué a ello quisiera escribir. Pero una cosa es tener bien irrigado de santa paz el sistema nervioso y otra escribir no intravenosamente. Me sobreexcito, aporreo el teclado de la máquina, golpeo brutalmente la mesa, arranco las páginas y las convierto en pica pica con la misma intensidad de urgencias con que me lanzo luego sobre el timbre en busca de auxilio. Definitivamente, no estoy para estos trotes. Debería dictarle a alguien. Alguien debería ir anotando las verdades que logro asumir en voz baja, bien bajita todavía, como quien prueba, aunque a veces ya con su poquito de cronología. Debería dictarle a alguien que me conozca un poco, siquiera, y que sepa algo de mi itinerario, de las profundas y turbias aguas de mi verdadera vida en Montpellier.

Porque sí, ha sido demasiado turbia mi vida en esta ciudad. Y en mi estúpido e iluso convencimiento debió ser cristalina esa vida aquí. Sana, limpia y alegre para siempre debió, pudo haber sido... Y aunque de esto sólo logro hablar al cabo de muchas horas de sonda, y como bien dormidito, divagando casi, el doctor Lanusse insiste en que debo aclararlo todo ordenadamente y como quien, página tras página, se atreve por fin a darle la cara a la realidad.

Pero yo me siento totalmente incapaz de pensar siquiera en todo aquello si no estoy como ahora, tirado y mirando con los ojos bien abiertos los frascos cristalinos con sus burbujitas de paz duradera chispeando ahí adentro, las mangueritas transparentes y el gotear perfecto y pausado, gordito, limpiecito, como de agua bendita, de mi serena e interminable irrigación calmante, sedante, tranquilizante, pacificadora, setenta miligramos horas y horas y tantos mecanismos más de defensa que el doctor Lanusse me asegura estarán siempre a mi disposición, ya que para protegerme del mundo y de mí mismo es que debo quedarme aquí mucho tiempo aún, por más que mis clases en la universidad no tarden en empezar y por más que él tenga que probar trimestralmente la gravedad ex-cep-cio-nal de mi caso, en vista de que no hay seguro que se haga cargo, por más de tres meses, del horror que suele esconderse en un pabellón de neuropsiquiatría.

Vivir así, protegido exteriormente por los muros de una clínica, interiormente goteadito, profundamente adormecido para este mundo y pudiendo dictarle algo de su terapia a alguien... Un ideal de vida, dadas las circunstancias... Maldito doctor Lanusse. Insiste en que debo escribir sin la ayuda de nadie. Insiste en que debo sentarme ante mi máquina y dar la batalla que me permita salir para siempre de aquí. Él lo vería como una victoria. Yo lo veo como algo imposible.

"Escribir con las tripas." Decirlo es fácil, pero sobran los dedos de una mano para contar a los que, como Rabelais, fueron inmensos gracias a sus tripas. Proust también fue inmenso, claro, pero las tripas como que se le refinaron hasta convertírsele en asma, de la misma forma en que a Stendhal se le convirtieron en pasión y a Céline en rabia. Rabelais murió como escribió: con las tripas bien puestas. Y su final parisino fue amargo, miserable, y tan patético como digno. Fue un itinerario de dolor y de renuncia el que lo llevó de la gloria y los fastos a la soledad y el olvido, mientras que los grandes rebeldes y reformistas que ensalzó se convertían en déspotas y fanáticos, y los poetas que despreció lo desplazaban en el favor de los reyes, de los cardenales y los mecenas...

–Pero, ¿valió la pena tanta tripa, *monsieur* Rabelais?

Por supuesto que sí, pero porque lo suyo en literatura fue el humor, la risa con que se curaba y con que curaba a la gente de los males de su tiempo, del oscurantismo, de la intolerancia, de esas inmensas verdades excluyentes y de la podredumbre solemne de las más altas instituciones, de monarcas y de papas. François Rabelais fue un gran médico del alma, entre otras mil cosas, y como tal descubrió que era más saludable reír que llorar ante los horrores y miserias de este valle de sangre, sudor, lágrimas y caca...

Vaya, pues... Nada mal me estaba saliendo mi clasecita de literatura. Bastante mejor y más entretenida que las que estaba dando antes de empezar a sentirme tan mal... La universidad... Tendría que volver muy pronto a mi facultad... ¿Sería capaz? El doctor Lanusse piensa que sí, que no bien empiece el año lectivo podré salir durante mis horas de clase y regresar inmediatamente a la clínica. Finalmente, loco no estoy, ni nada que se le parezca, o, también, claro: por más que lo parezca, y aunque en este pabellón ande rodeado de cada ejemplar que para qué les cuento... Por otra parte, mi salud física ha mejorado notablemente desde que me trajeron aquí. Nada me haría tanto bien, pues, como empezar a salir un poco a la calle y tener la mente ocupada con lo de mis clases.

Pero a mí me da mucho miedo. La verdad, me aterra sólo pensar en las cosas tan raras y tan tristes que me empezaron a suceder en la facultad. Cualquiera pudo haberme visto y acusado, con toda la razón del mundo. Y, sin embargo, qué gran error, qué inmenso malentendido. Imaginarse esas cochinadas de mí, cuando yo hubiera podido explicar el millón de insomnes razones por las que andaba haciendo esas cosas aparentemente tan degeneradas.

Le recuerdo estos hechos al doctor Lanusse y, sólo por fastidiarlo un poco, añado que son prueba de que la razón la tenemos entre todos, pero él se apresura a mover negativamente la cabeza, como cada vez que insisto en repartir la razón de esa manera, y me propone algo que al principio me parece absurdo: agrupar mis clases al máximo, para que sólo tenga que salir una mañana y una tarde a la semana, por ejemplo, y, además, ir a la facultad en ambulancia, acompañado de una enfermera que permanezca a mi lado y me asista, al menos durante un período de prueba.

–Diablos, doctor. Ahora sí que la gente va a pensar que estoy rematadamente loco. Salgo de un pabellón psiquiátrico con enfermera, a lo mejor hasta con mis frascos, mis sondas, y toda la deliciosa parafernalia esa, y llego a clases tumbado en una ambulancia. Ya sólo falta la camisa de fuerza...

–Nada de eso, señor Gutiérrez. Como siempre, por imaginación no se queda usted corto. Irá usted sentado junto al chofer de la ambulancia y la enfermera se limitará a tomarle la presión un par de veces durante cada clase. Es sólo una medida de precaución, hasta que le vaya tomando confianza a la situación y se decida a salir y volver solo a la clínica. Después podrá usted empezar a ir al cine, por ejemplo, siempre y cuando aquí en la clínica sepamos a qué cine y a qué hora y, más adelante, incluso puede empezar a quedarse una noche en casa, un fin de semana...

–¡Un domingo! ¡Por nada del mundo un domingo, doctor!

–Se olvida usted siempre de lo mismo, señor Gutiérrez: donde quiera que esté, mientras viva y trabaje en Montpellier, tendrá una cama esperándolo en esta clínica.

Quién lo iba a pensar entonces, pero a partir de aquella primera salida a clases, tan accidentada, a fin de cuentas, tan horrible y tan inolvidablemente hermosa, empecé a bajarme del tren que me trajo a Montpellier por primera vez. Imposible darse cuenta en ese momento, claro. Y mejor, porque si tomo conciencia de ello seguro que pierdo el control y, en cosa de segundos, ya estoy metido nuevamente en la ambulancia, y en la parte de atrás, esta vez, seguro, también, con sirena y todo y de regreso urgente y veloz donde los locos.

Con lo cumplidor del deber y lo puntual que he sido yo toda mi vida, la cosa no pudo empezar mejor, para mí, y peor para el doctor Lanusse. Desde el comienzo, o mejor dicho desde la semana que precedió a esa primera dada de alta temporal, dentro de mi baja prolongada y general, las cosas empezaron a funcionar de tal manera que tanto el doctor Lanusse como yo empezamos a tener razón. No quiero decir que tuviéramos la razón a medias sino que cada uno tenía toda la razón del mundo, desde su punto de vista estrictamente personal. Y ahí andaba cada uno con su verdad a cuestas, la víspera de la reapertura de la facultad y comienzo de un nuevo año universitario. El doctor Lanusse no se movía de mi lado y a punto estaba de ordenar una inmediata y larga cura de sueño, como la noche en que llegué delirando a la clínica, acompañado en la ambulancia por un "médico del deporte" que era lo menos indicado del caso y que quería meterme cuchillo por todas las partes hinchadas de mi organismo interno, o sea prácticamente todas, según los primeros auxilios. Debo reconocer que la mayor autoridad del doctor Lanusse me salvó la vida, como también me la salvaron estas siete delirantes palabras que, afirman, pronuncié:

–Mi cama es el lugar del terror.

Nunca pensé que repetir estas mismas siete palabras no sólo volvería a salvarme la vida sino que además lograría, contra todo pronóstico, que decidiera bajarme de una vez por todas del tren que me trajo por primera vez a Montpellier y empezara a recorrer nuevamente el largo y penoso itinerario que me llevó de ser ese a ser aquel y, por último, este. Pues bien, este era el que la víspera del retorno a clases en la facultad presentaba los síntomas de una gravísima recaída. El insomnio, por decirlo de alguna manera, era una vez más universal y a prueba de balas, la cabeza me volaba, y la presión máxima y mínima se me habían juntado en las nubes con millares de lucecitas chispeantes y multicolores sobre fondo nocturno y como astral.

Aunque agravadísimo, el cuadro clínico era el mismo que había empezado a presentarse una semana antes, cuando le conté al doctor Lanusse lo de mi puntualidad y sentido del deber proverbiales, y él, por toda reacción, empleó su voz de tenor feliz para soltar unas palabras francamente desafortunadas, en un momento así, y que, en todo caso, eran hasta en su entonación de extrema derecha:

–Tales virtudes no existen en el Tercer Mundo, señor Gutiérrez.

Definitivamente, no se le suelta una cosa de ese tamaño a un hombre postrado y en estado intravenoso, no. Pero bueno, ya estaban entre nosotros esas palabras y sólo me quedaba observar, allá arriba, la cara que le podía haber quedado al doctor Lanusse después de haberlas pronunciado, confirmando de paso mi terrible sospecha ideológica. Empecé a mirarlo detenidamente, y como que tuve la inmensa aunque lógica suerte de que mi cama perdiera altura o era que yo había empezado a tomar la distancia debida ante un hombre a quien unas solas palabras acerca del deber, la puntualidad y mi persona habían llevado tan pero tan lejos. Total que, en cosa de pocos segundos, era ya enorme la distancia entre el doctor Lanusse y yo, y pude por consiguiente observarlo con eso que se llama la debida perspectiva o, también, la justa medida.

El doctor Lanusse era un hombre bastante alto y delgado, de unos treinta y cinco a cuarenta años de edad. No era de raza aria, propiamente dicha, sino más bien árida, y no dudo al decir que ya desde la edad escolar usaba siempre camisa blanca con cuello sumamente almidonado y que, cada diez días, más por sentido del ahorro que por amor conyugal o mera concesión simpática a su pobre esposa –este hecho me consta, porque un día llamé por teléfono a casa del doctor, y quien me respondió con una obedientísima voz lánguida y doliente, y dijo: "*Cheri,* te llama el enfermo peruano", sólo podía ser una pobre esposa–, se ponía furioso una corbata demasiado verde, regalo de la víctima conyugal, que contrastaba rabiosamente con su eterna corbata azul oscuro con lunarcitos blancos, casi puntitos. Por lo demás, ya he descrito la voz de tenor feliz del doctor Lanusse y ya se ha confirmado mi sospecha, también, por lo que sólo me quedaría añadir que es un profesional muy serio, gracias a Dios, y que a sus hermosos ojos azules no les cabe la menor duda y, estoy convencidísimo, por ello es que hacen juego perfectamente con su voz.

Fueron días y noches de gran suspenso y angustia los que precedieron mi primer desembarco triunfal, en ambulancia, en la Facultad de Letras, puntualísimo y con todo mi sentido del deber en la sonrisa. La verdad, fue una pena que nadie me viera llegar, aunque la señorita Maryse, la enfermera, tomó debida nota de cada alteración de mi pulso y mi presión. El balance fue sumamente positivo, pues aunque mi insomnio seguía siendo mi insomnio, o sea a todas vistas algo tan personal como incurable, no bien el doctor Lanusse autorizó mi salida, porque o me dejaba salir o me moría por su culpa, la presión empezó a bajarme hasta normalizarse, el pulso se calmó, y uno tras otro fueron desapareciendo todos los síntomas. Y no se volvió a tocar el tema de mi sentido del deber y mi puntualidad, por supuesto, porque fui yo quien esa vez le encontró una salida transada a la gravísima situación creada por las palabras del doctor Lanusse acerca del Tercer Mundo.

Y es que la bestia árida erre con erre con que él tenía la razón, y yo, que además qué culpa tengo de ser peruano y tercermundista, si soy más puntual y cumplidor que la mismísima idea suiza de la relojería de alta precisión, hora tras hora me ponía peor por culpa de la ideología salvaje del doctor Lanusse. Y el sexto día por la noche empecé a hacer agua por todas partes, literalmente a derretirme. Me iba a morir, y la verdad es que tampoco me importaba gran cosa, pero más fuerte resultaban siempre, desgraciadamente ya, mi sentido del deber y de la puntualidad, porque no me cansaba de insistir en que, sólo cumpliendo con mis responsabilidades laborales, desde el primer día de clases del año, volvería a relajarme y lograría sobrevivir. Ello significaba, claro está, atentar profundamente contra las más profundas convicciones de mi médico, y ahí estaba el pobre, prendido de mi alteradísimo pulso, debatiéndose entre mi vida y mi muerte, y furioso además con la corbata demasiado verde de su pobre esposa. Ni él ni yo aguantábamos más, o sea que tuve la inmensa suerte de expirarle casi las siete palabras que tan buen resultado me habían dado ya:

–Mi cama es el lugar del terror.

Triunfaron, gracias a Dios y a la seriedad profesional del doctor Lanusse, mi sentido del deber y mi puntualidad sobre sus infames convicciones, y al día siguiente llegué muy a tiempo a mi primera clase.

Lo primero que hice al encontrarme ante los alumnos, por supuesto, fue mentir. En fin, no exactamente mentir, pero sí alterar tanto las verdaderas razones por las que me veía obligado a dictar mis clases acompañado de una enfermera que, al final, en vez de ser el insomne aterrado por la precariedad de su mundo y por su propia persona, el hombre que, queriéndolo o no –eso estaba por verse– había buscado protección y alivio entre los muros de una clínica, me convertí en el sobreviviente heroico de una peligrosísima misión secreta en Liberia, secreto de Estado, más bien. En fin, lo poco que debían saber ellos –mis alumnos– era que, antes de ser liberado debido a una fuerte presión internacional, fui capturado y envenenado, aunque, eso sí, tras haber cumplido muy exitosamente con el objetivo de la misión, y que la presencia de la señorita Maryse, la enfermera, se debía a que aún no me había repuesto del todo de los efectos del veneno y en cualquier momento podía sufrir un desagradable ataque espasmódico.

Maryse escuchó poco menos que espantada mi larga y complicada historia, los alumnos se quedaron realmente turulatos, y yo giré bruscamente hasta darle la espalda a todos y empecé a anotar en la pizarra la larga bibliografía de mi curso. Era la forma más práctica y cómoda de ocultar las lágrimas y de maldecirme por haber vuelto a las andadas. Había mil formas de ocultarle a los alumnos la realidad de lo que me estaba ocurriendo y la razón por la que Maryse estaba ahí. Yo mismo había pensado en una explicación bastante menos aparatosa y arriesgada, pero no, no fui capaz de dar esa explicación, me traicioné a último momento y volví a las andadas.

Hacía tanto tiempo ya, tantos años habían pasado desde que, de golpe, y sin quererlo ni pensarlo, siquiera, me descubrí colocando una realidad admirable encima de la triste realidad de mi existencia, que muchas veces en público yo mismo no sabía quién era durante unos minutos, unas horas, e incluso unos días. En fin, no lo sabía hasta que mis propias lágrimas se encargaban de recordármelo. Y todo funcionaba como si al sentir perdida para siempre la ilusión de una felicidad que siempre creí inherente a mi naturaleza, simple y llanamente hubiera creado lo que yo mismo solía llamar el gran teatro de mi inmenso desconcierto y mi pequeño mundo.

Es tan curiosa la vida y son tantos los seres que habitan en uno. Pero el imaginativo y torturado monstruo de orgullo que habitó siempre en mí, qué duda me cabe ya, se mantuvo años y años agazapado en lo más recóndito de mi inconsciente. Y realmente no me explico cómo, tras haber perdido a mi primer amor y a mi esposa en forma bastante triste y desagradable –las dos me dejaron en circunstancias bastante confusas e indignas–, y tras haberme rebajado, incluso, para recuperar el afecto de dos amigos de los que me había distanciado casi definitivamente, allá en el Perú, de golpe se me hizo tan intolerable la idea de haber perdido a una muchacha como Ornella.

El mismo hombre perdió a Cecilia, su primer amor, y a Rosario, su esposa. Le dolió mucho, le dolió mucho tiempo, pero logró asumir aquellos hechos, y luego, con el tiempo, los fue dejando atrás sin amargura ni rencor, hasta olvidarlos. También fue el mismo hombre el que, dejando de lado cualquier asomo de orgullo o amor propio, hasta se rebajó con tal de sentir la misma inmensa alegría de recuperar la amistad de esos compañeros de estudio con los que había tenido casi insuperables distanciamientos, antes de viajar a Francia. Y después, en París, tuve a lo largo de muchos años relaciones buenas y malas y viví temporadas largas y cortas con algunas mujeres, pero las cosas terminaron siempre de manera bastante sensata y normal, porque hasta entonces seguí siendo el mismo individuo de siempre. Ornella, en cambio, era la típica persona que cualquier hombre en sus cabales hubiera deseado no conocer jamás. Pero la conocí aquel verano de 1978, en Ischia, y cambió totalmente mi vida. Y ahora está presa en Brasil.

Terminé de escribir la bibliografía de mi curso, les pedí a los alumnos que la copiaran, y pregunté si alguien sabía quién había escrito Ornella en la pizarra. Yo no sé si Maryse notó algo, pero lo cierto es que inmediatamente se me acercó para tomarme la presión y, lógico, resultó que la tenía bastante alta. O sea que opté por borrar el nombre de Ornella sin secarme unas lágrimas que ya me había secado momentos antes, aunque no sin antes soltar, balbucear apenas, un último y cruel comentario: "Ornella fue mi compañera de misión imposible en Liberia... Fue capturada... No logré salvarle la vida." Y por último miré a Maryse, como dándole a entender que estos eran grandes secretos entre el doctor Lanusse y yo, en fin, ya cualquier cosa.

Era una bestia, la verdad. Estaba jugando con fuego, porque si regresaba a la clínica con la presión mal, mi famosa teoría del cumplimiento del deber y la puntualidad se iba a venir abajo y el doctor Lanusse iba a gozar como loco al ver que había tenido razón en lo concerniente a sus detestables convicciones. En fin, que estaba cayendo en mi propia trampa, o sea que inmediatamente opté por concentrarme en lo que iban a ser las pautas generales del curso y, diez minutos antes de concluir la clase, les dije a los alumnos que estaba dispuesto a responder a cualquier pregunta que desearan hacerme y aproveché para sentarme un rato a descansar.

Nadie me preguntó nada, porque los alumnos cada año llegaban a la facultad más bebes y más aburridos, más ordenaditos y afanosos sólo por aprobar sus cursos con el menor esfuerzo posible, más conformistas y con menos juventud en la mirada y en el comportamiento. Muy difícil era que, en un mundo así, a alguien le importara la misteriosa doble vida del profesor Gutiérrez. O, a lo mejor, eran tan bebes, tan aburridos y conformistas que hasta se asustaban con la sola presencia del profesor Gutiérrez. Y por eso, sin duda, me sentía yo tan solo e inútil en Montpellier, ya que, por supuesto, a mis colegas no podía contarles absolutamente nada acerca de mi doble vida. Bastante complicada era ya –aunque por otros motivos– la vida que algunos entre ellos me obligaban a llevar con sus espantosas invitaciones a comer. En fin, el año universitario recién empezaba y no tardarían en reaparecer los amigos de siempre. El lío, claro, era que yo mismo había pedido que se prohibieran todas las visitas a la clínica.

Nadie me preguntó nada en mi segunda clase y nadie me preguntó nada en la tercera. Y terminé la mañana con la presión perfecta, entre otras cosas porque no hablé más de Liberia y nadie escribió el nombre de Ornella en la pizarra. Luego, con autorización de Maryse, a quien le dije que podía acompañarme, subí hasta el despacho que tenía en el segundo piso de ese edificio. Por la hora que era, sabía que no iba a encontrarme con ningún colega y decidí volver a aquel extenso corredor que no había pisado desde el verano. Y ahí estuve un buen rato contemplando con verdadero horror y profunda tristeza el largo recorrido desde mi oficina hasta el baño de hombres, y pensando en la suerte que había tenido de que nadie me viera la tarde aquella en que, totalmente ausente, repetí la absurda y maldita costumbre que sin darme cuenta había adquirido mientras caminaba como un sonámbulo por mi amplio departamento. Nunca me daba cuenta a tiempo, o, mejor dicho, sólo cuando me disponía a abrirme la bragueta para orinar descubría que me la había abierto probablemente cuando decidí ir al baño y que todo el trayecto hasta ese lugar lo había hecho con la pinga en la mano. Y así había recorrido aquella tarde el largo trecho que llevaba hasta el baño de ese segundo piso.

Me disponía, por fin, a abrir la puerta de mi oficina, cuando reapareció Claire, mi alma sensible, como la llamaba yo, con su voz ronca, su larguísimo pelo rubio cayéndole en cascada hasta la cintura, su piel tostada, sus inquietos ojos verdes, su gran estatura, y el cuerpazo ese eternamente enfundado en una fina chompa de lana y un pantalón de terciopelo. Siempre vestida de negro mi alma sensible.

–Sabía que estaba usted en Montpellier. Me lo comentó una amiga en una carta, hace unos meses.

–Y tú, ¿dónde has estado metida todos estos años, Claire? La verdad, creí que ya nunca te volvería a ver. Pero ven, entra rápido, y por favor tutéame, como la última vez.

–A lo mejor estabas esperando a la señora que está en el corredor.

–La señora es enfermera, como habrás notado, y me está esperando a mí, Claire. Pero anda y empuja un poquito la puerta, como quien no quiere la cosa, y acércate muchísimo porque simple y llanamente necesito darte un beso. De amigo, de padre, de hermano, o de lo que quieras, pero lo cierto es que necesito abrazarte y besarte mucho rato y con verdadera desesperación. Ven aquí, por favor, y dime tú también con toda el alma dónde diablos has estado metida...

–Max... Max... Max... Mi tan querido Max...

–Maximiliano Gutiérrez, mi alma sensible. No olvides que del Perú ya vine bastante jodido.

–Max... Max... Lo sabes. Regresé a vivir al norte con mi novio. Y no pensaba volver más a Montpellier. Pero, tú, ¿cómo sigues aguantando esas clases? ¿Cómo puedes soportar a unos alumnos que sólo están pensando en la hora en que acaban las clases, mientras que tú te desvives preparándolas?

–Bueno, ya no tanto, Claire... Digamos que mis actuales circunstancias no me lo permiten.

–¿De qué me hablas, Max? ¿Y dónde has estado metido? He llamado mil veces a tu casa. ¿Sabes que he vuelto a Montpellier sólo para estudiar y volverte a ver? Llevo dos semanas buscándote por todas partes y nadie ha podido decirme algo acerca de tu paradero, en toda la universidad...

–Te aseguro que no he estado en Liberia, Claire.

–¿Fuiste al Perú?

–Lo único que te puedo asegurar es que no he estado en Liberia, mi querida Claire.

Claire se rió y nos volvimos a besar. Increíblemente, su familia la había mandado a una residencia de estudiantes vigilada por monjas, y ella había aceptado porque deseaba intentar por última vez ser una alumna disciplinada y terminar su licenciatura. Me contó todo esto con su voz ronca y con una titubeante y casi infantil lentitud que contrastaba con el aplomo que le daban su estatura y su cuerpo impresionante. Me lo contó como si fuera urgente que le diera mi aprobación.

–Sigues siendo mi alma sensible, querida Claire.

–Creí que no te volvería a ver nunca más, Max.

–Y yo estaba a punto de aceptar una misión imposible en Liberia, pero al verte reaparecer he cambiado completamente de opinión. Y ahora dame tu teléfono, confía en mí, espera pacientemente a que te llame, porque te voy a llamar y ya vas a ver cómo y cuánto, y ya verás también cuánto tiempo vamos a pasar juntos este año. Ah, por favor, toma nota de mi horario de clases, los martes por la mañana y los jueves por la tarde, y dame otro beso inmenso antes de salir. Pero eso sí, allá afuera te mato si no me hablas nuevamente de usted, con esa cara de aburrimiento que debe regir siempre las relaciones entre profesores y alumnos.

Nunca más en la vida volvió a hablarme de sus convicciones el doctor Lanusse y, como el asunto Liberia era un secreto entre él y yo, cosa del médico y su paciente, nada más, Maryse se abstuvo de todo comentario que no fuera una confirmación bastante clara y rotunda de que yo era un hombre puntual como un cronómetro olímpico y nacido para cumplir con su deber. Cualquier impedimento podía causarme la muerte. En fin, que me salvé por un pelo de caer en mi propia trampa y eso que anduve jugando con fuego.

Claire... Claire... Claire... Mi alma sensible... Reapareces tú, y brilla como nunca ese delicioso sol de Montpellier... Pero, veamos, ¿qué uso puedo hacer de ti, querida Claire? ¿Hasta dónde serías capaz de acompañarme, mi alma sensible? Tal vez hasta esta misma clínica, pasando por Liberia y un millón de misiones imposibles más... ¿Y en cuál de todas esas misiones perderíamos por completo a Ornella? Una sola respuesta quedó muy clara desde ese mismo momento: todo lo que hiciera con Claire, junto a Claire, con José, su novio, o sin él, sería limpio, positivo para todos, cristalino. Me llené de una profunda alegría al pensar y sentir muy fuerte que de Claire sólo lograría hacer un uso sumamente mediterráneo, que así me dio por decir: "mediterráneo", tal vez porque había salido de esa manera el sol y el cielo estaba tan azul, tan positivo y optimista y azul...

Jamás, la verdad, había logrado mi tratamiento ponerme en un estado de serenidad semejante. Nadie me hubiera creído si contaba algo siquiera acerca de la espantosa angustia, de la alteración total que me había invadido, hasta matarme casi, la noche anterior. Y nadie le hubiera creído tampoco una sola palabra al doctor Lanusse. Yo mismo había pensado que, en la clínica y en las circunstancias en que me encontraba, el ansia de cumplir con mis obligaciones pasaría por completo a un segundo plano. Hasta que empezó a acercarse el día del retorno a clases, claro. Pero bueno, ahora lo increíble era el resultado tan positivo e inesperado que había tenido mi primera salida a clases. A Claire, por ahora, era mejor verla sólo en la universidad y seguir ocultándole que me encontraba en la clínica. Pronto lo descubriría, mi muy inquieta y noble amiga, pero hasta que llegara ese momento era mejor consolidar un poco lo de mis salidas regulares a clase, dentro de una normalidad que mantuviera tranquilo al doctor Lanusse, para pasar enseguida a aquellos nuevos permisos para ir al cine y hasta para dormir en casa de los que él me había hablado.

Pero, ¿quería salir yo de la clínica? ¿Quería salir para algo más, aparte de mi trabajo? Almorcé pensando en el inmenso error que podría significar una salida apresurada de la clínica y confié en la seriedad profesional del doctor Lanusse, a quien en ese instante imaginé en una situación similar a la del personaje de un relato de Hemingway, *Fifty Grands,* que sabiéndose acabado y de antemano derrotado en una pelea de box, apuesta cincuenta mil dólares, *fifty grands,* a que la va ganar. Y llegado el momento empieza a hacer un peleón, como si realmente tuviera alguna esperanza de ganar, pero, por supuesto, pierde. Pobre doctor Lanusse, conmigo y con mi caso le esperaba un porvenir semejante al de aquel viejo y acabado boxeador. Se iba a lucir, ética y profesionalmente, pero a la larga el que saldría feliz de la clínica, si él perdía la pelea, sería un peruano de mierda, suiza y contradictoriamente puntual, cumplidor nato de sus obligaciones, y que encima de todo se daba el lujo malditamente democrático de pensar que la razón la tenemos entre todos, incluso él... Ja... Me lo imaginaba furioso pero también admirable al doctor Lanusse. Y en efecto era admirable que, sabiéndose de antemano derrotado por mí, pusiera toda su seriedad y responsabilidad profesional en lograr que mejorara lo suficiente para seguir adelante por mi propia cuenta en esta vida.

Pero, bromas aparte, ¿quería o no quería salir de la clínica? No debía salir, en todo caso, y lo que deseaba realmente era, sí, quedarme ahí indefinidamente pero sintiéndome como me sentía esa tarde. Sintiéndome mediterráneamente bien por dentro y por fuera, pero sin sonda alguna y con mucho sol. Y con la alegría que me producía la inesperada reaparición de Claire, a quien realmente no creí que volvería a ver, ya que estaba más que seguro que había abandonado por completo sus estudios y regresado para siempre con José, a su Normandía natal.

Pero lo que realmente me convenció de que no quería salir nunca más en mi vida de la Clínica Fabre, esa tarde a la hora del té, fue la aparición, que no reaparición, en este caso, de Marie Christine, una enfermera díscola e indomable, para los demás, pero todo lo contrario para mí. Llegó en reemplazo de una gorda ceñuda cuyo nombre nunca supe, y lo suyo era llevarles el té a los enfermos del tercer piso del pabellón de Saint Roch, una suerte de purgatorio desde el cual algunos accedían al cielo de la libertad definitiva y otros caían en el infierno de la pérdida total de libertad. La soleada tarde en que entró por primera vez en mi cuarto, Marie Christine me pescó totalmente desprevenido, tratando de escribir algo medianamente coherente y golpeando violentamente las teclas de mi máquina. Debí ponerle cara de despiste total, porque inmediatamente soltó una breve y suave carcajadita y empezó a hablarme con un tono sumamente burlón, al ver que tenía ocupada la única mesa de la habitación.

–¿Y ahora dónde quiere que coloque yo esta bandeja? ¿O me llevo el té del señor?

–No se lleve usted nada, por favor, señorita, que yo sin mi taza de té y mis tostadas no sé vivir.

–¿Y el señor es escritor o periodista?

Estuve a punto de decirle, cómo no, que estaba preparando un informe sumamente confidencial para el alto mando, acerca de una misión suicida, pero rápidamente deduje que mi condición de enfermo, y en un pabellón de neuropsiquiatría, nada menos, habría hecho que Marie Christine sospechara altamente de mi condición mental y optara por cortar por lo sano.

–Soy profesor de la Universidad Paul Valéry.

–Eso sí que suena serio y aburrido –se burló Marie Christine, mientras yo despejaba la mesa y ella colocaba la bandeja, agregando que, a partir de ese día, tendría que soportarla todas las tardes a la misma hora, me gustara o no su carácter.

–¿Cómo se llama usted, señorita?

–Marie Christine, para los amigos.

–Entonces para mí no se llama usted Marie Christine.

–¿Y se puede saber por qué?

–Porque me ha hundido usted en la miseria.

–¿Yo? ¿Y cómo?

–Se lo explico. Hace unas semanas, antes de que me trajeran aquí...

–¿Esta es la habitación 306? –me interrumpió Marie Christine, comprobándolo en una hoja que sacó de uno de sus bolsillos–. Y usted tiene que ser el señor Gutiérrez.

–Pues sí.

–No me gusta hundir a nadie en la miseria, señor Gutiérrez, o sea que vuelvo dentro de un rato a recoger su bandeja y discutimos este asunto. Ahora tengo que terminar mi recorrido por todas las habitaciones. Regreso, no se preocupe. Regreso para recoger su bandeja.

Me quedé anonadado, realmente hundido en la miseria. Marie Christine era una muchacha... Bueno, todo el mundo era una muchacha alta, joven y bonita, últimamente... Claire lo era y lo era Marie Christine, en unas cuantas horas, y lo fue también Ornella en los pocos años que duró lo nuestro. Pero aquel día Claire había traído el sol, y luego había bastado sólo con que Marie Christine me dijera que mi profesión de profesor era seria y, sobre todo, aburrida, para que el sol volviera a desaparecer y arrancara uno de esos atardeceres interiores de los que tanta y tan dolorosa experiencia tenía. Cuántas veces, en Montpellier, la hermosa ciudad a la que había llegado en busca de ese sol interior, de esa ilusión de una felicidad que siempre creí inherente a mi naturaleza, todo se había puesto en marcha en mí como en otros tiempos y me había volcado a las calles de la ciudad para que esta me confirmara que ese estado no era pasajero, ni mucho menos momentáneo, que no era el fugaz producto de una infinita nostalgia el que me estaba sorprendiendo con una oculta y latente carga de vida. Caminaba entonces hasta cansarme y no daba con nada, no hallaba nada, ninguna novedad encontraba en mi inútil trajín que me permitiera evitar el desasosegado vacío que producía en mí el súbito retorno de esos frecuentes atardeceres en que Ornella volvía a engañarme y abandonarme como a un perro y yo continuaba negándolo todo, rotundamente, enfermamente, reemplazándolo por otra verdad menos atroz, menos dolorosa. Empezaba entonces la desesperada búsqueda de Laura y Jean, el Inefable Escritor Inédito, de Passepartout el Iraní, de François el Estudiante, de Elisá y su marido el Gitano, de Marie, del mismísimo Monstruo, asiduos, crédulos e indispensables espectadores del gran teatro de mi desconcierto y mi pequeño mundo.

Algo de todo eso tuvo que notar Marie Christine, porque regresó con una actitud muy distinta. Yo apenas había probado el té y las tostadas y había vuelto a refugiarme en el fondo de mi cama, pensando en lo corto y en lo largo, en lo positivo y negativo que estaba resultando ese día para mí.

–¿Me permite que me quede un momento?

–Sí, debería usted quedarse un momento, Marie Christine.

–¿Me explicará usted qué le he hecho?

–Otro día, Marie Christine.

–Bueno, veo que, a pesar de todo, también soy Marie Christine para usted.

–Eso tal vez sea lo peor de todo.

–¿Por qué? ¿Puede usted explicarme por qué?

–Usted... Usted es muy joven, muy alta y muy bonita. Muchas mujeres son muy jóvenes, muy altas y muy bonitas. Pero sólo usted tiene la capacidad de herirme brutalmente y de echar por tierra el buen momento que estaba pasando y, cómo decirlo, de desmantelar por completo mi base de operaciones...

–Lo último sí que no se lo entiendo, oiga.

–El sol brilló esta mañana cuando volví de mis primeras clases en la facultad y el sol se reafirmó esta tarde cuando apareció usted, en vez de una gorda ceñuda...

–Muchas gracias...

–Pues esa, nada más que esa, era mi base de operaciones, y hasta había empezado a escribir unas páginas medianamente coherentes...

–Y yo abrí la boca y le dije algo que no le gustó. Creo que empiezo a entender algo.

–Vino usted y me dijo que era un hombre con una profesión aburrida.

–¿Y eso le puede haber dolido tanto?

–Eso me ha hundido en la miseria, Marie Christine. Puede usted retirarse.

Marie Christine salió de la habitación y la escuché mientras se alejaba con su mesa rodante cargada de bandejas. Escuché incluso cuando la jefa de enfermeras del tercer piso empezaba a llamarle la atención por haberse presentado con unas medias cortas y blancas, de tenis, que definitivamente no eran las del uniforme. Le estaba exigiendo que, a partir de mañana, llevara como todo el mundo las medias del uniforme, cuando ella la interrumpió:

–Escuche, señora –le dijo–, creo que por hoy ya he tenido suficiente.

Después escuché cómo se aceleraba el ruido de la mesa rodante hasta perderse del todo, sin duda al entrar en el ascensor de servicio. "Ahora todas las mujeres son altas, jóvenes y bonitas", me repetí, una y otra vez, pensando en la descuidada coquetería con que Marie Christine lucía sus hermosas pantorrillas y en cómo, sólo con ese detalle, lograba que todo su atuendo resultara sumamente atractivo. Era un pequeño y descuidado detalle, nada más que un toque de rebelde desaliño, pero a partir de ahí todo en ella resultaba encantador, como si con tan poca cosa hubiera logrado contagiarle al pabellón entero ese aliento de vida y libertad que tanta falta le hacía a sus habitantes. Pero bueno, aparte de ser alta, joven y bonita, como todo el mundo últimamente, Marie Christine tenía el pelo muy corto y muy claro y la piel muy blanca y era algo así como la flaca más falsamente flaca del mundo. Y todo aquello, en conjunto, más su voz, su desenfado y su manera de estarse ahí parada y de mirarlo a uno así y así, resultaba francamente alegre y enternecedor.

Para mi gran sorpresa, regresó esa noche con mi comida, sólo con la mía, y reprochándome las cosas que la obligaba yo a hacer. Después volvió a disculparse por haberme hundido en la miseria y me dijo que estaba dispuesta a conversarlo todo de nuevo, de cabo a rabo, porque ella opinaba...

–Creo que poco o nada queda por hablar, Marie Christine –le dije, incorporándome para salir de la cama, ponerme la bata, acercarme a la mesa, sentarme tranquilamente y tranquilamente partir a Liberia en una misión suicida de la que Ornella no iba a regresar, sólo por el hecho de tener un oficio tan pero tan aburrido que para ella, para la joven y alta y linda y rebelde Marie Christine, yo quedaba reducido a ser un hombre aburridísimo, reducido a escombros, vamos.

Pero el avión que debía llevarnos a Ornella y a mí hasta la primera escala africana no partió esa noche, y fui yo, más bien, quien aterrizó ante un plato de sopa caliente que Marie Christine me aconsejó tomar antes de que se enfriara. Como después me aconsejó que no dejara enfriar tampoco el segundo plato y tampoco el postre, que era frío.

–¿Vino usted a verme comer o a conversar? No, ya sé. Usted ha venido a comprobar primero hasta qué punto estoy para que me encierren o no. Pues ya lo ve: estoy encerrado.

–Vaya que es usted *muy aburrido,* señor Gutiérrez –se burló Marie Christine, añadiendo, con voz de santa paciencia–: Mire, como sé que puedo quedarme un buen rato con usted, sólo quiero que coma caliente, primero, y que conversemos después. ¿Me entendió, ahora, o también quiere que le dé de comer en la boca?

Entonces sí que nos reímos juntos, Marie Christine y yo. Y nos reímos también durante toda una semana, a la hora del té y durante la comida. Y yo, sobre todo, disfruté mucho porque nunca le dije una sola palabra sobre Liberia ni sobre nada, y ella, sobre todo, disfrutó mucho porque resulté ser, contra sus pronósticos, un hombre nada aburrido. "Siempre se aprende, Max", me dijo Marie Christine, con una sonrisa medio tembleque y palabras salpicadas, la mañana en que vino a despedirse de mí porque había encontrado un trabajo mejor en Valence. Y claro, por el asunto ese de las medias cortas y blancas, de tenis, que no se iba a quitar hasta que no le diera su real gana.

Todo lo que he contado aquí sobre Marie Christine lo escribí la misma mañana de su partida. Y así tal cual quedó guardado en una carpeta hasta que llegara el momento en que pudiera situarlo en un contexto más importante y global, pero dándole siempre el valor que entonces tuvo y el que ha ido adquiriendo con el tiempo. Porque al principio tuvo, antes que nada, el valor de una historia con principio y final, en la cual por primera vez yo no partía a Liberia en misión imposible ni suicida ni nada. Pero después, a medida que ha transcurrido el tiempo y he logrado acostumbrarme a no partir nunca a Liberia ni a ninguna otra misión imposible, ocurra lo que ocurra y conozca a quien conozca, otro muy distinto ha pasado a ser el verdadero valor que para mí tiene este texto escrito la mañana en que Marie Christine partió para siempre, porque la verdad es que nunca más la vi ni volví a saber de ella. Este es un dato que entonces no podía saber, claro, pero que el tiempo ha confirmado. Y ahora que lo sé, lo único que me importa de este texto es Marie Christine, ella y su aliento de vida y libertad, ella y sus medias cortas y blancas, de tenis.

Tantas cosas pasaron en las siguientes semanas. O es que quise escribir tanto, aprovechar incluso las noches en blanco para contarlo todo, desde el día mismo de mi llegada a Montpellier e incluso antes, mucho antes, si era necesario, que de pronto estallé. De esto me acuerdo mal, muy mal, y sólo sé que el doctor Lanusse, que tanto había insistido en que me esforzara por ir llenando mis carpetas –recuerdo cuando me decía que escribiera hasta con las tripas, si era necesario– se opuso rotundamente a que trabajara sin un horario establecido, tal vez un par de horas por las mañanas y otro par por las tardes. Pero no más, porque eso era pasar de un extremo a otro y, además, era preciso que después de cada sesión de trabajo se me sometiera a un control. Obedecí a medias, al comienzo, y en efecto yo mismo terminé pidiendo varias veces auxilio a timbrazos. Después, parece ser, fue tal el ruido que se escuchó en mi habitación que hubo que arrancarme a la fuerza de mi mesa de trabajo. Y, al final, aprovechando el aislamiento de mi habitación, terminé quitándome yo mismo las sondas e intentando escribir de noche, sin darme cuenta siquiera del estado de sobreexcitación y violencia al que había llegado. Y no hubo más remedio que someterme a dos breves curas de sueño.

Resignado, volví a mi habitación decidido a olvidarme de la escritura y a consagrar todos mis esfuerzos a la facultad. Para empezar, quería recuperar las clases perdidas durante las curas de sueño y ponerme al día, pero esta vez sí que tuve que inclinarme ante la autoridad del doctor Lanusse, en vista de lo negra que tenía yo la conciencia por haberlo engañado. Le prometí que nunca más le iba a mentir y él me convenció fácilmente de que esperara bastante todavía, antes de pensar en recuperar clases. Por ahora, el mínimo, o sea una salida los martes por la mañana y otra los jueves por la tarde, en la ambulancia y con Maryse, hasta nuevo aviso.

En esos días, lo recuerdo, ocurrieron algunos de esos incidentes que tanto lo relativizan todo en la vida. Para empezar, me había ganado el silencioso y conspirante odio de la enferma del cuarto 328, que no soportaba el menor ruido durante la noche. Me había acusado de escandaloso, en carta dirigida al director de la clínica, a raíz de mi primero y segundo ataque nocturno, y seguía insistiendo para que se me trasladara donde los locos furiosos y las camisas de fuerza. Era ahí, según ella, donde yo merecía estar. Pero entonces fue mi vecina de habitación, una viejita a quien jamás nadie visitaba, la que empezó a lloriquear y a gemir todas las noches. Yo, a veces, hasta me introducía en su habitación para acompañarla y consolarla, pero la pobre ni me reconocía, a pesar de mi insistencia en presentarme como su vecino el de la radio, señora, el del boletín informativo de Radio France Inter, cada noche a las ocho en punto, señora, su vecino y amigo, señora, el de las guerras de religión.

Pero no había nada qué hacer, porque le pegué cada susto a la pobrecita que tuve que desistir. Y eso que cada noche, a las ocho en punto, ella entraba confiadísima a mi habitación, a preguntarme cómo iban las guerras de religión, que si los cátaros, que si los albigenses, que si los hugonotes, calvinistas del diablo, que si Simón de Monfort y no sé qué otro Fort, aunque creo que también un Simón que no era el otro pero que también era señor de Monfort, que si la noche de San Bartolomé y la torre Constanze, aquisito nomás, en Aigues-Mortes, donde encerraban a las mujeres protestantes de la región, allá por el siglo diecisiete. En fin, siglos y siglos de odios y guerras y religión pasaban confundidísimos por la memoria, ya sin duda colectiva y popular, aparte de sumamente alterada, de la viejita, y la verdad es que, para un lego en la materia como yo, no había cómo aprender nunca nada acerca de esas guerras de religión cuyos caudillos más recientes, según la viejita y Radio France Inter, se llamaban François Miterrand, Jacques Chirac, Valéry Giscard d´Estaing y varios nombres más de políticos franceses que se mencionaban cada noche en el informativo de las ocho en punto.

No sé si mataron a su tatarabuela en la torre de Constanze o qué, pero lo cierto es que la pobre viejita salió despavorida de mi cuarto una noche, y a partir de entonces empezó a quejarse un poquito más fuerte cada vez. Y la malvada del cuarto 328 rompió el hielo conmigo y se me presentó para decirme, poco más o menos, que los enfermos unidos nunca serán vencidos y que contaba con mi apoyo para formar un sindicato del tercer piso.

–Pediremos la expulsión de esa vieja del diablo.

–La verdad –le dije–, nunca imaginé tanta maldad como la suya, entre nosotros. Yo siempre creí que ser un enfermo mental era sufrir muchísimo por culpa del mundo y vivir a fondo la vanidad de todo. Y ser encerrado por ello y después morirse e irse al cielo, que es donde se va a ir *madame*, mi vecina. Usted, en cambio, le aseguro que arderá en el fuego eterno.

Es cierto que me había rebajado hasta su nivel de maldad, pero también lo es que me habían tocado a mi pobre viejita, que me la querían mandar atar a mi anónima compañera de guerras de religión, hasta entonces la única visita que había permitido yo, y diariamente, tras explicarle, la primera vez que me vino a ver aterrorizada a causa de unas guerras que no tardaban en arrasar Montpellier, que para ella no valía el cartelito ese de PROHIBIDAS TODAS LAS VISITAS.

–Menos la mía –me decía cada noche, a las ocho en punto, abriendo despacito mi puerta y avanzando en seguida con pasitos lentos y sigilosos, para que no se fueran a enterar en el frente de batalla–. Nosotros –añadía– no queremos matar a nadie, y por eso no debe enterarse nadie de que hemos llegado al frente.

Me disponía yo a dar la gran batalla sindical a favor de mi viejita, cuando sucedió algo realmente inesperado. En fin, algo que a cualquiera de nosotros, en ese tercer piso, nos podía ocurrir y, de hecho, nos había ocurrido ya con mayor o menor fuerza. La sindicalista del silencio dejó de aparecer dos o tres días por los corredores y una noche empezó a soltar los más atroces alaridos. Las enfermeras corrían de un lado a otro y el médico de guardia empezó a pedir calma. En seguida, me imagino, se hicieron las llamadas pertinentes por los teléfonos internos del pabellón o de la clínica, que sé yo, pero lo cierto es que al cabo de un momento oí cómo, al abrirse la puerta del cuarto 328, aumentaba un gemido hondo, fuerte y desgarrador. Después disminuyó, al alejarse por el corredor, desapareció luego en un ascensor, y nuevamente volví a oírlo, aunque ya más distante y calmado, como durmiéndose, por la ventana de mi habitación que daba a un jardín. Como de esas cosas no se hablaba nunca y uno se suele referir a los demás enfermos por su número de cuarto, nunca sabré cómo se llamaba la sindicalista del silencio.

Volví a la facultad con la ilusión de ver a Claire, pero pasaron dos semanas sin que viniera a buscarme al final de mis clases. Llamé a la residencia en que vivía, pero la única información que quisieron darme fue que la señorita estaba ausente de Montpellier. Y yo ignoraba hasta de qué ciudad de Normandía era Claire, o sea que poco o nada me quedaba por hacer, aparte de esperar. En realidad, yo lo ignoraba prácticamente todo acerca de esa muchacha que había sido mi alumna cuando recién llegué a Montpellier y que solía acercárseme al final de las clases para contarme que se aburría mucho y preguntarme cómo podía soportar yo a unos alumnos tan sosos que ni se conocían entre ellos, que nunca se ayudaban en nada y mucho menos hacían vida de estudiante.

–Me pagan para eso –era mi pobre excusa, y ella me miraba

sonriente e incrédula, y con su voz ronca me decía que no, que algo más tenía que haber.

–Claro que hay algo más, bastante más que eso, Claire. Hay, por ejemplo, muy bonitas playas en las cercanías de Montpellier, "*la ville où il fait bon vivre*", como afirma algún folleto turístico, y siempre puedes irte a la feria de Nîmes, o a Arles. También puedes irte a Aix-en-Provence, o a pasar por la Camarga.

–¿Y usted va a esos sitios?

–Hasta ahora no, pero ya iré. La verdad es que no hace mucho que llegué a Montpellier y que tampoco he tenido un buen motivo para ir.

–¿Cree usted que se necesita un buen motivo para salir a pasear?

–Se necesita tener ganas, por lo menos.

–Y usted nunca tiene ganas de nada, como todo el mundo en esta universidad. No me lo creo, profesor.

Claire solía acompañarme hasta el estacionamiento y yo siempre le preguntaba si quería que la llevara a alguna parte en mi automóvil, pero ese era el momento en que aparecía siempre José, su compañero, como decía ella, un mecánico sumamente fuerte y atlético, que se pasaba media vida en un centro de culturismo. Me daba la mano respetuosamente, me ofrecía los servicios de su taller, para cuando fuera necesario, y en seguida cogía a Claire por la cintura y juntos partían al galope hacia un automóvil equipadísimo para un rally. Me cedían el paso, al llegar a la puerta del estacionamiento que daba a la carretera de Mende, y después partían metiendo más ruido que una motocicleta sin escape y un avión a chorro, juntos. "La sensible Claire", me decía yo, pensando irremediablemente en la insensible Ornella, la muchacha que había venido a olvidar a Montpellier pero que cada día recordaba más, y más dolorosamente también.

Estaba preparando mis clases una tarde, cuando llamó Claire y me dijo que se había enterado de mi edad y que le llevaba casi un cuarto de siglo.

–Dicho por ti, suena bastante injusto –le comenté.

–Profesor, ¿no le gustaría que fuéramos a dar un paseo todo el fin de semana?

–Eso, en cambio, suena bastante más justo, Claire.

–Quisiera ir a Orange. No conozco Orange, profesor, y me acabo de enterar de que cerca hay un lugar llamado Rochegude, un maravilloso castillo convertido en hotel, qué sé yo...

–Se te nota un poco excitada, Claire. Jadeas, incluso.

–Es que se me ha ocurrido todo de golpe, en la calle, y me he venido corriendo hasta el primer teléfono que he encontrado.

–O sea que te estás muriendo de ganas de salir a pasear conmigo, Claire...

–No sea malo, profesor... No se burle...

Definitivamente, Claire escogió un lugar muy hermoso y sumamente acogedor para contarme que acababa de romper con José. El inmenso y fortificado castillo de Rochegude, que daba su nombre al lugar y que ahora era un exquisito hotel, había resistido en el siglo dieciséis un feroz ataque de los hugonotes, y contenía siglos de arquitectura que iban desde un torreón del siglo doce hasta sus escaleras y terrazas del dieciocho y diecinueve, todo reconstruido sobre sus bases medievales. Pero bueno, lo de la ruptura con José vino más tarde, mientras cenábamos bajo las bóvedas de un cálido comedor de piedra y piso de madera. Yo había reservado habitaciones separadas, pero contiguas y, de ser posible, con una puerta que las comunicara entre sí. Claire se puso roja como un tomate cuando me escuchó recordarle todos estos detalles al recepcionista, y aquella fue la primera vez que la llamé *jeune fille*, logrando que se ruborizara aún más.

–No quiero perder de vista a la *jeune fille* –le dije al recepcionista, guiñándole un ojo y pidiéndole que llamara a alguien para que nos subiera las maletas–. Y dígame, por favor, ¿qué cosa muy sana se puede hacer, siendo las doce de la mañana?

–Les recomiendo la piscina de agua temperada –dijo el recepcionista, agregando que allí podríamos tomar unos aperitivos y estudiar la carta para el almuerzo.

A Claire y a mí la idea nos pareció perfecta, y poco rato después ya estábamos en plena carrera de cien metros libres. Creo que los dos hicimos un esfuerzo por derrotar al otro, más que por ganar, si esto quiere decir algo, y estoy seguro que sí, que en este caso quiso decir mucho.

–No me lo puedo creer, profesor –dijo Claire, al terminar la carrera, echándose con violencia el pelo hacia atrás.

Jadeaba, y sus senos, grandes, redondos, duros, un formidable par de tetas adolescentes, en realidad, hacían lo imposible por recuperar la calma y estarse tranquilitos bajo la línea de flotación.

–Siempre he sido un buen nadador, *jeune fille* –le dije–, y trato de mantenerme en forma. Es una manera de dormir bien. En fin, de intentarlo, porque la verdad es que últimamente ando un poquito insomne.

–¿Qué es dormir, para usted?

–Dormir es distraerse del mundo, según Borges.

–¿Y eso le parece importante?

–Digamos que Borges me parece importante, *jeune fille*.

–Usted siempre tiene una respuesta...

–Y tú siempre tienes una pregunta.

Claire se rió, como quien me da la razón, pero añadió que no, que no me quedara tan tranquilo, que en el fondo no estaba satisfecha con lo que le acababa de decir. Después me pidió que intentáramos otra vez lo de los cien metros libres, y no me quedó más remedio que aceptar.

–Al fin y al cabo eres mi invitada –le dije.

Nuevamente le gané, pero nadando bastante mal esta vez. Y nuevamente todo fue esfuerzo descomunal en esa carrera con muy mal estilo, sin cálculo paulatino de las energías, sin control alguno de las distancias en los cuatro largos que tuvimos que recorrer.

–Creo que por hoy basta, Claire –le dije, francamente agotado–. Tomemos un aperitivo.

–¿Le importa tomarlo en el jardín, profesor?

Bebimos un par de martinis secos y Claire me pidió que volviéramos a nadar otra vez esa tarde, o a la mañana siguiente, agregando que necesitaba ganarme.

–Yo no, *jeune fille*. Yo no necesito ganarte. Ni a ti ni a nadie. Además, creo que si alguien nos hubiera visto nadar habría pensado que nos odiamos con toda el alma, que nos queríamos matar o algo por el estilo.

–Tiene razón, profesor. Mejor es que ya no nademos más. Si usted ha sentido lo mismo que yo mientras duraba la carrera, entonces es mejor que no nademos nunca más.

–Totalmente de acuerdo, *jeune fille*. Y ahora qué te parece si pedimos la carta y una buena botella de vino tinto.

Terminado el almuerzo, visitamos la ciudad de Orange hasta el anochecer, y después regresamos al hotel para cambiarnos, tomar unas copas y cenar. Me duché y me vestí en un instante, y antes de bajar le toqué la puerta de su cuarto para decirle que la esperaba en el bar.

–Profesor –me dijo, desde ahí adentro–: ¿Quiere que le confiese una cosa? En mi vida había tomado una copa hasta hoy pero eso del martini seco me ha encantado. Pídame uno, por favor, mientras bajo.

–De acuerdo, *jeune fille*.

Alcé mi copa por Claire, al verla aparecer en el bar tan increíblemente bonita y distinta, y avanzar muy sonriente, casi desafiante, en dirección a la barra. Me había acostumbrado por completo a la chica eternamente vestida de negro, siempre con los mismos pantalones de terciopelo y la delgada chompa de lana, pero ahora no sólo estaba mucho más alta, gracias a unos tacos inmensos, sin duda alguna, sino que se había puesto un traje que le llegaba hasta los pies, totalmente cerrado, desde el cuello, de falda muy amplia y torso muy ceñido, y de un color beige muy claro lleno de florecillas marrones y verdes. No llevaba collar, pero en cambio en la mano traía un inmenso sombrero de paja con una gran cinta verde alrededor.

–No sé si ponérmelo, profesor. A lo mejor a usted no le gusta que use sombrero.

–Déjame que te lo ponga yo, por favor, *jeune fille.*

Claire se había quedado de pie, junto al taburete en que yo estaba sentado, ahí en la barra, y tuve que estirarme para llegar bien hasta lo alto de su cabeza y acomodarle el sombrero. Le dio por ayudarme, y no sé cómo, aunque esto no era nada difícil en este caso, tuve sus senos pegaditos a mi pecho y mi nariz cerquísima a la suya y nuestros ojos empezaron a mirarse intensa y curiosamente, probablemente porque estaban pensando que, con tanta cercanía, lo único que se les iba a ocurrir a nuestros labios era besarse, acercándose un poquito más, por supuesto, y con el menor pretexto.

–Nos miran de todas partes, profesor –me contuvo Claire.

Aparte del barman, ahí había tan sólo tres o cuatro personas más, o sea que no le hice el menor caso y me acerqué aún más a su rostro para acomodarle bien el sombrero.

–No se dejan las cosas a medio hacer, *jeune fille.*

–Profesor –me dijo, entonces, poniendo ambas manos sobre mis hombros, mirando en redondo a la escasa concurrencia, y esperando que yo soltara de una vez por todas el ala del sombrero, para darme un beso y decirme:

–Es raro. Es el primer beso que doy en mi vida con un sombrero puesto.

–Podríamos brindar por eso...

–Perdone, profesor –se ruborizó Claire, alejando ligeramente su rostro del mío–. Lo que acabo de decirle suena a que yo he besado a miles de hombres en mi vida.

–Eso no me importa en absoluto, *jeune fille.* En cambio voy a recordar siempre lo del sombrero. Me ha encantado.

–Yo en toda mi vida sólo he besado a José, profesor.

–Claire, por favor. Me imagino que querrás decir en toda tu vida sin sombrero.

Claire se rió con mucha alegría y propuso brindar por nosotros, solamente por nosotros y sin pensar en nadie más. Así fue, y yo pedí otro martini seco para darme ánimos y aprovechar que ella seguía con el sombrero puesto y besuquearla un poco, con ese pretexto tan tierno, tan natural y tan sano. Pero, la verdad, lo que realmente estaba intentando es que el nombre de José no volviera a aparecer esa noche en la conversación, porque, lo estaba temiendo, ese maldito mecánico de origen español y levantador de pesas podía literalmente arruinarnos la cena.

Casi un cuarto de siglo me separaba de la belleza que ingresó esa noche conmigo al comedor de aquel maravilloso castillo, y algo me pesó en los hombros con la misma importancia histórica, por decirlo de alguna manera, con que a mi primera llegada a Atenas, casi un cuarto de siglo antes, también, la visita al Partenón me produjo una sensación de gravedad y exceso de equipaje. Y no me oculté, tampoco, mientras vigilaba agradecido y complaciente cómo el maître dejaba bien sentadita y cómoda a Claire y se disponía a desplazar mi silla con la misma intención, que desde mi llegada a Montpellier había empezado a cumplirse casi un cuarto de siglo de un montón de cosas, empezando por mi llegada a Francia como estudiante. Y entonces acababa de terminar el colegio y tenía más o menos la misma edad que Claire.

–Mierda...

–¿Qué dijo, profesor?

–Estaba a punto de comentar lo linda que se te ve con la luz de estas velas.

–Gracias. Usted también está muy elegante.

–No es lo mismo, Claire. Por más que me lo digas con esa voz tan ronca y tan linda, no es lo mismo.

–Bueno, está... está... Se le ve muy distinto hoy, profesor.

–La verdad, si lo pienso bien, el de hoy podrá ser un día totalmente distinto en mi vida. Le he ganado dos veces nadando a una robusta muchacha de dieciocho años, por la mañana, y por la tarde he besado a una mujer casi un cuarto de siglo menor que yo.

–Sé que pude herirlo mucho al decirle eso, profesor.

Sentí que José no tardaba en aparecer detrás de esa herida e hice un último esfuerzo por evitarlo pidiendo la carta, seleccionando los mejores platos y ordenando un delicioso borgoña, para en seguida ponerme muy gastronómico y rematar, si las circunstancias lo permitían, con champán. Pero no pasamos de la entrada y ya José estaba con nosotros. La verdad, casi apareció nadando, el tipo, porque Claire como que volvió a zambullirse en la piscina temperada para revivir lo que habían sido nuestras dos carreras de esa mañana.

Pobrecita. Contra viento y marea había nadado en su afán incluso de ahogarme, si era posible, ya no sólo de ganarme y humillarme. Porque en su vida había engañado a José y ahora había partido todo un fin de semana conmigo sólo porque había tenido un disgusto con él. Y entonces, claro, mientras nadábamos, no había encontrado nada mejor que hacer que intentar derrotarme para burlarse luego de mí, exacto a José, que también me habría dejado tirado y humillado en una carrera de cien metros libres, porque yo me había aprovechado de un disgusto entre ambos para llevármela a ella a pasear...

–Complicadillo el asunto, y un poco injusto, ¿no te parece, *jeune fille*?

Pero el asunto se le complicó todavía más, aunque tal vez un tanto a mi favor, desde el momento en que se le ocurrió darme una segunda interpretación de las dos carreras matinales. Cuando volviera a ver a José, o sea no bien regresáramos a Montpellier, él se iba a burlar de ella e iba a minimizar su vengativa escapada conmigo, diciéndole que qué le podía importar que fuera a dar una vueltecita a Rochegude y Orange con un viejo de cuarenta años. Y como yo no era un viejo sino un hombre buenísimo y un excelente profesor, ella le iba a contar que, aunque nadó contra viento y marea y hasta me hizo trampa en la partida, en la segunda carrera, yo la había ganado por un cuarto de siglo –¡oh, perdón, profesor!–, por un cuarto de piscina y dos veces seguiditas, sin dar la más mínima señal de fatiga, cuando él, José, apenas si la ganaba por puesta de mano.

Francamente, la deliciosa comida aquella resultó bastante más agotadora que las dos carreras de la mañana y no hubo champán. Terminada su larga investigación acerca de las verdaderas motivaciones que ocultaban esas dos carreras, por parte de ella, ahora Claire, cuarta copa de vino en mano y bastante pesadita ya, deseaba saber por qué había nadado yo tan brutalmente.

–¿Y usted a quién ha tratado de humillar, profesor?

–A nadie, Claire. A nadie.

–Dígame, por favor, profesor, ¿qué fue exactamente lo que intentó hacer usted esta mañana en la piscina?

–Si me llamas Max, te lo cuento –le dije, triste y aburrido.

–¿Qué intentó hacer usted, Max?

–Bueno, me imagino que traté de matar a José por persona interpuesta. Después de todo, ya se me había ocurrido que esta escapada conmigo estaba en el fondo llena de amor por José.

–José me gusta, y lo quiero, profesor, pero no lo amo. No estoy realmente enamorada de él.

–No sé si me vas a entender, Claire, y no sé cómo lo vas a tomar. Pero te tengo cariño y siempre me he llevado muy bien contigo, dentro y fuera de la facultad. Por eso me atrevo a darte una opinión. José es casi un analfabeto. Tal vez sea un santo y te guste mucho como hombre, pero es casi un analfabeto y no tiene la misma educación que tú. Y eso puede resultar muy atractivo al principio y funcionar muy bien en la cama un tiempo...

Claire se despidió de mí con una bofetada que llamó la atención en todo el comedor, interrumpiendo momentáneamente la gran tranquilidad con luz de velas que reinaba bajo esas bóvedas. Pedí la cuenta y, a manera de explicación general, le comenté al mozo que así de mal terminaban a veces las excursiones entre padres e hijos. Allá quien me quisiera oír y creer. En todo caso, ahora me tocaba ir a ver qué le pasaba a mi hija.

Pero en realidad lo que hice fue entrar a mi habitación, desnudarme, meterme en la cama e intentar averiguar qué diablos le pasaba al padre de la criatura. Por lo pronto, el padre de la criatura necesitaba esas copas de champán que por culpa de ella no había podido tomar, o sea que apretó un botón de mando y fue obedecido con la eficiencia que caracteriza a la mejor hostelería. Con el champán, claro, estaba llegando el recuerdo feroz de Ornella, pero este fue interrumpido por la mano de Claire golpeando en la puerta, porque quería pasar un ratito a disculparse.

–Duerme tranquila y absuelta, que mañana será otro día– le dije.

Pero las chicas de estos tiempos no se conforman con absoluciones y se toman libertades que hace un cuarto de siglo uno jamás habría imaginado. Por ello, Claire insistió con unos golpecitos más en mi puerta, casi simultáneos a su felino ingreso a la habitación, y me preguntó si podía beber de mi copa. Accedí, cual padre permisivo, y lo próximo fue compartir también el mismo cigarrillo, aunque esta vez Claire tuvo a bien preguntarme si no me molestaba el olor y el sabor de su lápiz de labios.

–Me encanta, realmente me encanta –respondí, y para qué dije nada, porque resultó que estaba muy arrepentida por lo de la bofetada y que en su vida había besado con lápiz de labios a un hombre.

Le dije entonces que fuera a ponerse otra vez el sombrero, para sentirme doblemente primero, y su cálida reacción fue lanzarse a mi cama y aplastarme con una brutalidad que, parece ser, sí venía al caso, porque según ella estaba llena de ternura y alegría. Le dije que se hiciera a un lado, por favor, porque entre otras cosas me estaba ahogando con su cascada de pelo rubio, pero rápidamente se lo echó sobre la espalda con ambas manos y quedamos cara a cara, yo con la cabeza hundida en la almohada y la frazada hasta el cuello, y ella allá arriba, mirándome y dejando escapar más de una lágrima, apoyándose ahora en la cama con las piernas recogidas y los brazos extendidos por ambos lados de mi cuerpo.

–Déjeme entrar, profesor. Déjeme, por favor, que me ponga a su lado.

–Va a ser bastante difícil si lo sigues aplastando todo.

Claire pegó un gran brinco de leoparda, se acercó muda a un sillón, y desde ahí empezó a mirarme entre sonriente y sonrojada, mientras se desvestía descaradamente, eso sí. Llené la copa de champán hasta el borde, me la bebí como si fuera agua, la deposité suavemente sobre la mesa de noche, y alcé la frazada de tal manera que Claire pudiera entrar en la cama. Ella me sonrió y empezó a decirme que a mí sí me quería definitivamente, con amor, con amistad, como alumna y como mujer, con ternura y con confianza, con algo muy fuerte en ella que, estaba muy muy segura, iba a durar para siempre, porque yo era el hombre del que realmente se había enamorado por primera vez en su vida. Y se rió con todas sus ganas cuando me llevé los dedos a los oídos para no oír tanto disparate y le saqué la lengua. Después la llamé a mi lado y le dije *jeune fille,* mientras alzaba los brazos para recibirla con todo el cariño del mundo, por primera y última vez, esto sí que lo sabía.

–Ha sido todo menos una carrera de cien metros libres, *jeune fille* –le dije a la mañana siguiente, mientras desayunábamos en la cama, con la habitación en penumbra.

–Lo quiero mucho, profesor –dijo Claire, en voz muy baja, como quien aún no ha despertado del todo y no sabe muy bien dónde está.

Tampoco yo supe muy bien dónde estuve la noche anterior,

mientras hacíamos el amor con mucha alegría, con ternura y con pasión, y nos dormíamos conversando y más tarde despertábamos al mismo tiempo para decirnos tres o cuatro cosas más y acariciarnos y encender la luz en busca de otra copa de champán y después besarnos para volver a apagar. No, no supe muy bien dónde estuve porque pensé demasiado en Ornella y mil veces me imaginé tratando de abandonarla por una mujer más joven y tanto más hermosa y natural, pero sobre todo tanto más sana, tratando de abandonarla por esa muchacha que ahora desayunaba conmigo y empezaba a colmarme de atenciones.

–Te quiero mucho, *jeune fille* –le dije–. Y ya es hora de que empieces a tutearme.

–¿Nos quedamos hasta mañana, Maximiliano?

–Max para los amigos, por si acaso. Sí, nos quedamos hasta mañana, mi muy querida Claire.

Nos bañamos en la piscina sin carreras de cien metros libres, tomamos martinis secos de aperitivo, almorzamos y no nos movimos del hotel en todo el día. La siesta fue una larga delicia que sólo interrumpió la comida de esa noche, porque yo insistí en regresar a ese comedor y en verla nuevamente con el traje largo de la falda amplia y el torso ceñido, más el sombrero, *jeune fille,* y ni una sola bofetada, por favor. Y todo salió tan bien que hasta pudimos haber bebido champán en la sobremesa, pero preferimos mil veces que nos lo trajeran a la habitación.

–Este hombre está agotado, *jeune fille* –le dije, al llegar a Montpellier y dejarla en el estudio que alquilaba en la calle Foch. Habíamos partido tarde, y la noche del lunes se nos vino encima cuando entrábamos a la ciudad. Los dos teníamos clases a la mañana siguiente, además, y aunque ninguna mención hicimos de ello, cada uno optó en silencio por volver a su casa. Claire abrió la puerta de mi automóvil, puso un pie sobre la vereda y volteó a mirarme. Después extendió un brazo para cogerme la mano y estuvo un rato indecisa, mientras yo la miraba sonriente y le acariciaba el hombro con la otra mano.

–Nunca he sido tan feliz en mi vida, Max. Y sé que nunca más lo volveré a ser. Pero tú no me lo crees.

–Te lo creo, mi muy querida Claire. Por supuesto que te lo creo.

–¿Tú has sido feliz, Max? ¿Has sido feliz de verdad?

–La prueba es lo maravillosamente bien que voy a dormir esta noche. Espérate hasta mañana y te contaré.

–Dormir es distraerse del mundo, Max.

–Eso mismo, mi amor. Buenas noches.

Todavía la recuerdo abriendo la puerta del edificio con una mano, dejando su pequeña maleta en el suelo, y poniéndose el sombrero antes de voltear y hacerme adiós. Llevaba puesto el traje que tanto me gustaba y era, definitivamente, una de las mujeres más bellas que yo había visto en mi vida, aunque lo ocultaba bastante con el habitual desaliño de su atuendo negro y con ese caminar estudiantil que dejó atrás de golpe cuando se puso su traje largo para comer por primera vez conmigo.

Y recuerdo como en un sueño lo bien que dormí esa noche y las siguientes y lo sereno que me mantuve durante los días en que Claire no asistió a mis clases ni vino a esperarme a la salida. Después, me encontré con una carta que había estado esperando pacientemente y cuyo contenido había imaginado casi todo. José le había alquilado su taller de mecánica a un pariente para irse con ella a Normandía y ella no le había contado lo nuestro, para qué herirlo, aunque tal vez se lo contaría si algún día se casaban. Pero seguro que no se iban a casar. Ninguno de los dos era partidario del matrimonio y, en todo caso, ella estaba muy segura de que no se iba a casar jamás. Tal vez si hubiera nacido un cuarto de siglo antes y si yo la hubiera querido tanto como a aquella otra mujer sin nombre pero que se me notaba en la cara y absolutamente en todo lo que hacía, absolutamente en todo, Max.

Aquello sucedió en el invierno de 1981, pero ahora andábamos en pleno otoño de 1984, y Claire, esta vez sí, había desaparecido en el momento en que más la necesitaba, maldita sea. Porque mi decisión estaba tomada y ella no me podía fallar, estuviera o no con José. Diablos, al menos pudo haberme contado si José continuaba siendo su compañero. Se había ido con él a Normandía, claro, pero eso fue más de dos años atrás, y en nuestro cálido reencuentro en mi oficina no lo mencionó para nada. En cambio, me aseguró que a Montpellier había regresado sólo por verme. Bueno, por estudiar y por verme. Pasaron dos semanas más sin noticias de Claire y, al notar que el doctor Lanusse volvía a confiar en mí, opté por enviarle una carta contándole muy claramente lo de la clínica. Era la única manera de averiguar si había desaparecido del todo o no.

Claire me llamó a los pocos días, ansiosa por verme lo antes posible. José había sido la causa de su brusca y silenciosa desaparición, pero ahora ya era poco lo que quedaba por explicarme. Él había regresado a Montpellier un año antes que ella, en vista de que nunca se llevaron bien mientras vivieron juntos en Normandía, y ahora acababan de realizar una última tentativa de reconciliación, totalmente fracasada. Volvía a sus estudios, volvía a la residencia de estudiantas, y estaba dispuesta a ayudarme en todo lo necesario, pero antes que nada tenía que verme.

El doctor Lanusse dio instrucciones para que se permitiera la visita diaria de Claire, y escuchó pacientemente las razones que le di para que me dejara dictarle a esa buena amiga y alumna aquellas páginas que yo no lograba escribir sin arriesgarme a nuevas recaídas. Me costó mucho trabajo convencerlo, pero accedió al final, pensando sin duda que esa era la única manera de poner en marcha algo que él consideraba una parte fundamental de la terapia.

–Trabajará usted todas las tardes, señor Gutiérrez...

–Menos la del jueves, doctor, porque Claire y yo tenemos clases.

–Créame que no he olvidado ese detalle, señor.

–Mire, doctor, yo creo que podría dictarle a Claire unas tres o cuatro horas cada tarde, con las sondas puestas y sin que nadie nos interrumpa.

–Permítame que sea yo quien se ocupe del tratamiento, señor Gutiérrez...

–Doctor, pero...

–Escúcheme bien, por favor. No vamos a cambiar absolutamente nada de lo que hemos venido haciendo hasta ahora. Y ya después iremos viendo poco a poco cuáles son los primeros resultados. Por lo pronto, le he dado mi autorización, pero ello no impide que aún me sienta bastante escéptico ante lo que considero una asociación laboral bastante curiosa, por decir lo menos, señor Gutiérrez.

–Ya verá usted que todo sale muy bien, doctor.

–¿Cuándo va a venir a verlo su amiga?

–Vendrá hoy, por primera vez.

–¿Y ya le ha contado usted su idea?

–Lo haré no bien la vea, doctor. Me ha costado trabajo ubicarla, pero tengo toda la confianza del mundo en que estará dispuesta a ayudarme. Es la persona ideal, créame, lo sé, lo siento.

–Bien. Pues si la convence usted, dígale que venga a verme esta misma tarde a mi consulta privada. Es indispensable que yo hable con ella antes de que empiece usted a dictarle.

–De acuerdo, doctor. Y gracias.

Claire no supo qué cara poner cuando me vio en la cama, recostado sobre un gran almohadón y con una sonda en cada brazo. Y yo mismo no supe muy bien qué decirle, al ver cómo se le borraba de golpe la sonrisa con que había abierto la puerta y cómo, mientras se acercaba a la cama con su eterno atuendo negro, su cara adquiría una palidez que nunca antes le había visto y su voz ronca repetía mi nombre una y otra vez, como si no lograse aceptar que era yo el que había ido a dar hasta ese pabellón psiquiátrico.

–Me va a ser muy duro contártelo todo, *jeune fille*. Pero lo voy a hacer. Aunque así, de entrada, no me entiendas, créeme que tú y yo vamos a llegar a saber, hasta el último detalle, cómo y por qué diablos vine a dar aquí.

–Pero, ¿tú no lo sabes, Max? No entiendo...

–Algo sé, y hasta mucho, probablemente, pero lo que no sé o no puedo, es asumirlo. Nunca supe asumirlo y por eso sin duda vine a parar aquí.

–¿Qué es lo que no pudiste asumir nunca, Max?

–Ni siquiera me has dado un beso, *jeune fille*.

Claire puso ambas manos en mis mejillas y empezó a darme largos y espaciados besos en la frente. Me besaba, alzaba la cara, me miraba, pronunciaba mi nombre y me volvía a besar, aunque sin apartar las manos de mi cara.

–¿Cuánto tiempo llevas aquí, Max?

–Mes y medio, más o menos...

–¿Y cómo estabas en tu oficina el día que te fui a buscar?

–Me dan permiso para salir cuando tengo clases.

–Max... mi tan querido Max... No cambiarás nunca. Tú y tu seriedad profesional. Lo primero que hubiera dejado cualquier otro profesor, en tu caso, son esas clases tan aburridas. Pero tú no, por supuesto. Y ahora entiendo lo de la enfermera que te esperaba a la salida de tu oficina. Pero, bueno, ¿por qué no me contaste nada esa mañana? He estado con José, sí, pero de haber sabido esto créeme que también habría estado contigo siempre.

–Gracias, *jeune fille*. Siempre he confiado mucho en ti, ¿sabes? Aunque hayan pasado más de dos años sin noticias tuyas, mientras estuviste en Normandía.

–Al abandonar Montpellier aquella vez, también me quise alejar de ti, Max, lo reconozco. Pero eso nunca quiso decir olvidarte. Siempre te he recordado, y, aunque te vas a reír de mí, siempre te quiero. ¿Y tú, Max? ¿Tú has olvidado algo? Algo de lo tuyo, quiero decir...

–Creí que podría olvidarme de muchísimas cosas, Claire. Y lo hubiera logrado fácilmente si dentro de mí no hubiera tenido agazapado a un feroz e imaginativo monstruo de orgullo. Jamás sospeché siquiera de su existencia, pero ya ves, un día salió a la superficie y se apoderó totalmente de mi persona.

–No te entiendo muy bien, Max.

–¿Estás dispuesta a ayudarme mucho, *jeune fille*?

–En todo lo que me pidas.

–¿Aunque sea muy duro y muy triste para ti y para mí?

–Lo asumo desde ahora, Max.

–¿Y aunque sea largo y pesado y hasta aburrido?

–No recuerdo haberme aburrido contigo nunca, Max.

–Entonces tienes que venir todas las tardes, menos las de los jueves, y tomar nota de todo lo que te iré dictando acerca de mi llegada a Montpellier y la realidad de mi vida en esta ciudad. No la que conocen mis buenos colegas y amigos, o los mismos alumnos. Nada de eso. Ni siquiera lo poco que conoces tú, mi querida Claire. Así empezaremos, por lo menos, y en el camino iremos viendo qué más podemos hacer. Pero yo quisiera trabajar incluso los fines de semana, Claire.

–Cuenta conmigo siempre, Max. Seré feliz el resto de mi vida, sabiendo que te ayudé a superar este mal momento y a salir de aquí. Pero, dime, ¿saben tus colegas y amigos que estás aquí? ¿Lo sabe tu familia, en el Perú?

–Mi familia no sabe nada y aquí son muy pocos los que se han enterado, creo. Pero, en todo caso, están prohibidas todas las visitas, con excepción de la tuya. Ah, el doctor Lanusse, el médico que me trata, quiere verte en su consulta privada hoy mismo. Creo que deberías ir ya. Su dirección está en la lista de teléfonos.

–¿Cuándo empezamos, Max?

–Mañana mismo, si el médico lo permite.

–Entonces me voy ahorita mismo a su consultorio y ya verás tú que sí lo permite.

Pocos días después, lo que empezó siendo un incómodo dictado, debido más que nada a la rapidez con que yo saltaba de un tema a otro o esquivaba algún hecho que aún no me atrevía a enfrentar, pasó a ser un difícil y duro monólogo que Claire interrumpía de vez en cuando y que iba quedando registrado en una grabadora que ella se llevaba luego a su casa para transcribirlo todo y revisarlo conmigo al día siguiente. Y, más adelante, la gran observadora que resultó ser Claire hizo que aquel monólogo se convirtiera en un curioso y muy intenso intercambio de voces en el que ella no sólo cumplía una misión muy similar a la de un apuntador, sino que además suprimía cosas ya dichas o sin valor en ese momento y añadía comentarios que yo aceptaba o no, y cuya verdadera finalidad era la de llegar siempre al fondo de las cosas, por más doloroso que ello me resultara a mí o nos resultara a ambos. Hubo tardes, lo recuerdo ahora con inmenso cariño y gratitud, en que los enfrentamientos entre ella y yo llegaron a ser tan violentos que tuvimos que interrumpir la sesión de trabajo y Claire estuvo a punto de mandarme al diablo para siempre, sobre todo porque desde el comienzo fue inmenso su rechazo contra aquel feroz e imaginativo monstruo de orgullo que se había apoderado de mí desde el día en que Ornella terminó de burlarse de mí...

II

Nunca logré asumir el hecho contundente de que Ornella no me amara. Me aferré, por el contrario, al recuerdo de la manera en que la conocí, en una pequeña y rústica trattoria al aire libre, en Ischia, a comienzos del otoño de 1978. Estábamos comiendo solos, en dos mesas poco distantes, y el viento de la noche traía rumores de melodías de otros restaurantes vecinos que se mezclaban con las canciones que un mozo algo aburrido ponía para los pocos comensales que quedábamos. En ello, en que muchos de los platos del menú habían dejado de prepararse, en que escaseaban los vinos que figuraban en la carta, en ello y en muchas cosas más se notaba que el verano se había ido del todo por ese año y que pronto, muy pronto, la isla entera empezaría a cerrarle sus puertas al turismo estival.

Peter Ustinov, el actor, entró en ese momento al restaurante, acompañado de varias personas. Fue recibido con el calor y las demostraciones de afecto dignas de un viejo y distinguido cliente, y su mesa fue atendida con un esmero que ninguno de los mozos había demostrado con los comensales que estábamos ahí. Y Ornella, que según me enteré después ya había tenido una discusión a causa de un plato de pasta que le sirvieron frío, soltó un comentario demasiado vulgar que inevitablemente llegó de un extremo a otro de la pequeña trattoria. Era obvio que había bebido demasiado.

El propio Peter Ustinov intentó calmarla, con gracia y simpatía, acercándose a su mesa y dirigiéndose desde ahí a los mozos para decirles que, por favor, a partir de ese momento trataran a la señorita como a una vieja amiga suya. Pero la amabilidad del actor se estrelló con un obstáculo insalvable.

–Regrese a su mesa, viejo inmundo, que aquí no lo ha invitado nadie.

–Usted perdone –se excusó el actor, ocultando tan desagradable sorpresa con una sonrisa bastante forzada, y añadiendo–: Perdone, pero es que pensé que estaba hablando con una dama.

En seguida giró sobre un pie empinado, con verdadera gracia y soltura, y fingió que volvía a la carrera y aterrado hasta su mesa. Nadie pudo ocultar una buena sonrisa y más de un mozo aprovechó la ocasión para soltar una insolente risotada. Después sólo se oyó la música y yo me quedé observando a Ornella con verdadera tristeza y con una repentina y extraña mezcla de ternura, de cariño, de algo tan inesperado como profundo y doloroso. Era obvio que había quedado mal, muy mal, y que el mozo que había discutido con ella estaba dispuesto a aprovechar esa difícil situación para acercarle la cuenta y pedirle de mala manera que se fuera. Sin pensar jamás en las consecuencias que tendría un gesto nada frecuente en mí, por lo demás, me incorporé para acercarme hasta la mesa en que estaba Ornella.

–Me encantaría acompañarla a salir de aquí –le dije, pidiéndole en seguida permiso para sentarme a su lado.

–Siéntese –me dijo– y pida algo de beber.

–¿No prefiere que vayamos a otra parte? No creo que seamos muy populares aquí.

–La impopular soy yo. Nadie más que yo.

–Bueno, en la medida en que he venido a acompañarla, creo que también a mí me van a mirar con cara de pocos amigos.

–Es cierto. Vamos. Este sitio me repugna, después de todo. ¿Tiene usted automóvil?

–Está en la entrada.

–Gracias. Por lo menos no tendré que pedirle a ninguno de estos cretinos que me llame un taxi.

Ornella me guió por calles muy angostas y oscuras, llenas de curvas y en pendiente, hasta que llegamos a una pequeña explanada desde la cual podía divisarse el mar, bastante más abajo. Yo no veía un bar por ninguna parte, la verdad, pero ella me había pedido que detuviera el automóvil y que lo estacionara frente a un muro cubierto de enredaderas.

–Esa es la entrada de mi casa –me dijo, señalándome una pequeña reja iluminada por un foco de luz casi oculto entre el follaje–. Y ahora, bájese y deje de mirarme de esa manera tan inquisidora. Le invito a todas las copas que usted quiera, esta noche. Mire que ni siquiera sé cómo se llama y ya lo estoy invitando a tomar todas las copas que desee.

–Me llamo Maximiliano...

–Y yo que pensé que se llamaba usted Don Quijote. Pero no. El señor se llama nada menos que Ma-xi-mi-lia-no. Y así, con todas sus letras.

–Puede usted llamarme Max...

–De acuerdo, Max. Y tú llámame Ornella, y santa paz. Bueno, pero antes que lo olvide: muchas gracias por sacarme viva de ese antro. Viva y como a una mujer decente.

Ornella se apoyó en mi brazo mientras cruzábamos el jardín y entrábamos a la pequeña villa en la que solía pasar sus veranos. Había bebido bastante más de la cuenta y no tenía la menor intención de disimularlo. El desorden que reinaba en la sala era total, y tuve que quitar montones de revistas de moda y de fotografía para poderme sentar en un sofá mientras ella iba por una botella de vino y dos copas. Los cuadros colgaban torcidos de las paredes, las flores estaban bastante marchitas, y el suelo estaba lleno de objetos que iban desde ceniceros hasta lápices de distintos colores.

–Max, por favor –me dijo Ornella, al regresar con el vino y un sacacorchos–, deja ya de mirar mi desorden personal y ábreme en cambio esta botella.

–Se nota que vives sola y que el orden no es tu fuerte –le comenté, en tono de broma, mientras luchaba por abrir la botella.

–Pasada la medianoche, Max, es una verdadera crueldad decirle a una mujer que vive sola –se rió ella, agregando–: Pero, en fin, ¿tú qué sabes acerca de eso?

–Creo que a mi edad los hombres sabemos algo ya de la soledad, Ornella.

–Pero no las mujeres. Y además, yo no tengo tu edad. ¿O es que parece que tuviera cien años?

Muy poco tardé en darme cuenta de que Ornella era una mujer atormentada por el paso de los años. Y esa mañana, cuando me despedí para regresar a mi hotel, sabía ya de sobra que no deseaba separarme de ella por nada de este mundo. Nos habíamos pasado la noche entera tumbados en ese sofá bebiendo vino, escuchando música ligera y contándonos cosas de su vida en Roma y de la mía en París.

Ornella tenía treinta y cuatro años y, aunque sin llegar a ser famosa, sobre todo por su indisciplina e independencia, había sido una modelo bastante cotizada de conocidos modistos y fotógrafos. Su trabajo le permitió viajar hasta cansarse, y también había probado suerte en el cine italiano y francés, pero sin pasar de tres o cuatro breves apariciones de corte erótico en comedias de pacotilla. Tuvo familia, sí, pero como si jamás la hubiese tenido, porque dejó su casa, en Génova, a los quince años de edad, y desde entonces no había regresado ni escrito nunca. Y, con toda seguridad, sus padres y hermanos desconocían hasta su actual domicilio en Roma.

Por ahí andaba la conversación noctámbula cuando a Ornella empezó a hacerle muchísima gracia que yo fuera profesor universitario.

–Con razón se te notaba tanto, Max –me dijo, cogiéndome una mano y llevándosela a la boca para que le impidiera reírse de mí.

–¿En qué se me nota tanto? Explícame, por favor.

–No te das cuenta, señor pedagogo, de que vas enteramente vestido de profesor en vacaciones.

–La verdad, no sé en qué consiste eso. Siempre me he vestido igual.

–Eso, precisamente. Siempre te has vestido exacto a lo que eres en este momento: un adorable profesor en vacaciones.

–Humm...

–Pero bueno, no te desesperes –me dijo Ornella, incorporándose de golpe y sorprendiéndome con un inesperado anuncio. Me iba a dedicar un pequeño desfile de modas privado.

Ése fue el tiempo de la herida, para mí. El tiempo interminable de la ternura y de la pena, el tiempo del cariño. Yo le llevaba cinco años a Ornella y me sentía joven, con la vida entera por delante, profesional y afectivamente. Ese año acababa de publicar el segundo de mis libros de ensayos literarios y la crítica lo había recibido aún más elogiosamente que el primero. Y estaba aprovechando los dos meses de descanso en Ischia para empezar a redactar el tercero. Ornella, en cambio, veía cómo cada vez con mayor frecuencia sus contratos no eran renovados y se sentía en la edad en que una modelo vive su ocaso definitivo, sin saber muy bien cómo encauzar su vida hacia otros derroteros laborales. Parecía no intentarlo, siquiera, y esa noche el alcohol no logró sugerirle nada mejor que ese pequeño y casi patético desfile privado de modas que consistía en ponerse un traje de otoño sobre el cuerpo desnudo, desfilar delante de mí como en una pasarela, dándose más de un golpe contra un objeto o un mueble, cambiarse en seguida de traje, sin abandonar el pequeño salón en que estábamos, y así una y otra vez para que la viera muchas veces desnuda.

–¡Basta! –grité.

–Dime si te he gustado o no, profesor...

Y me pidió, me rogó casi, que brindara por todo su cuerpo, por todo su hermoso cuerpo y por su cabeza vacía.

–Brindaría, sí, pero con champán –le dije, mirándola y sonriéndole.

–¿Brindarías con champán por una cabeza vacía, profesor?

–Digamos que me estaba refiriendo sólo al cuerpo, aunque tampoco creo para nada en lo de la cabeza vacía. Pero ahora abrígate, Ornella, y acompáñame a la puerta. Debo irme ya.

No dejó que me levantara del sofá y entonces comprendí que, en el fondo, tampoco yo estaba deseando irme. O sea que la ayudé a sentarse nuevamente, desnuda esta vez, y la encerré entre mis brazos cuando se refugió en mi cuerpo en busca de abrigo y cariño.

–Estoy engordando –me dijo, imitando la voz de una niña mimada y elevando hacia mí sus tristes e inmensos ojos azules.

–Pues te quedan perfectos esos kilitos.

–Terminaré por convertirme en un elefante alcohólico.

–Francamente no lo creo, con la silueta que tienes. Y si en algo te puedo ayudar...

–¿Tú me puedes ayudar, profesor? ¿Crees realmente que tú me puedes ayudar?

–Nada me gustaría más, Ornella –le dije, acariciándole la cabeza y la frente.

–Entonces ayúdame. Ayúdame ya. Ayúdame inmediatamente, por favor.

Estas palabras se convirtieron en un lamentable estribillo que duró hasta que se hizo de día. A veces Ornella las pronunciaba casi dormida y resbalándose en el sofá, y a veces reaccionaba, se volvía a enderezar, hundía su cabeza en mi pecho, y las volvía a pronunciar alzando la cara para arrancarme un beso. Y en la mañana, tras convencerla de que tenía que descansar y de que podíamos vernos a mediodía en la playa, me pidió que la acompañara hasta su cama, que le cerrara bien las persianas para que no la molestara el sol, y me dijo:

–Si soy muy buena, no iré a buscarte para ir a la playa. Si soy muy mala, dormiré sólo un par de horas y correré a buscarte a tu hotel.

–Sé perversa, entonces –le dije.

–Y tú, profesor, tú siempre sé muy bueno conmigo.

Los cinco días que me quedaban en Ischia los pasamos en la playa, almorzando en restaurantes de esa pequeñísima costa, vagabundeando por la isla en las tardes, y encerrándonos en casa de Ornella no bien caía la noche. No bebió una gota más de licor, en esos días, y en cambio yo sí pude deleitarme con los deliciosos vinos tintos que guardaba en una caótica bodeguita y con los platos de toda Italia que se lució preparando. Me encantaba la forma de vestir de Ornella, sencilla al máximo, como si nunca hubiese estado vinculada al sofisticado mundo de la moda, y me encantaba su pelo castaño y muy corto y la gracia con que caminaba, casi siempre sin zapatos, ondulando fuerte y ágilmente las caderas y permitiendo que se notara en cada paso la rotundidad de sus nalgas. Para mi gusto, Ornella no necesitaba adelgazar ni un gramo. Tenía una hermosa silueta y sus piernas eran largas y muy bien torneadas, pero bueno, ella no opinaba de la misma manera y, aunque durante los días que pasamos en su casa de Ischia estuvo tranquila, alegre y sumamente cariñosa, sobre el tema de su peso parecía que nunca nos pondríamos de acuerdo. Además, Ornella tenía una verdadera obsesión por la gente joven y odiaba la idea de haber alcanzado los treinta y cuatro años.

Todo hacía suponer, sin embargo, que la mujer que cambió de parecer, que decidió de un momento a otro cerrar su casa de Ischia para venirse conmigo a Roma –última etapa de mi viaje a Italia de ese verano, ya que pronto debía estar de regreso para mis clases en París–, se sentía capaz de encontrar un nuevo equilibrio a mi lado. En Roma me alojé en el amplio departamento que Ornella tenía en la plaza Cenci, y las cosas empezaron a funcionar tan bien que muy pronto hablamos de irnos a vivir juntos un tiempo a París. Los dos lo deseábamos y los dos deseábamos también que esa fuera una experiencia llena de éxito, entre dos personas muy distintas pero que habían empezado a quererse y a respetarse y, sobre todo, a sentirse muy bien uno al lado del otro.

Pero entonces apareció Olivier Sipriot. Yo tenía, en aquel momento, el valor y las fuerzas para agarrar mis maletas y largarme inmediatamente. Después ya no. Después no encontré nunca más ese valor ni esas fuerzas. Y en pocas horas empecé a verme envuelto en un infierno del cual aún hoy trato de escapar. No olvidaré jamás que todo aquello empezó al atardecer, el veintiocho de octubre de 1978, mientras el teléfono sonaba tres veces, continuamente, y se volvía a cortar. Ornella se negaba a contestar y cada vez se iba poniendo más nerviosa.

–Es mi agente –me explicó, fingiendo desinterés–. Es mi agente y llama para anular mi participación en dos desfiles de moda que tendrán lugar en diciembre.

–La verdad, no sé cómo lo puedes adivinar, mi amor.

–Es que me ha dicho que estoy cada día más gorda.

–Eso sería antes del verano...

–No, tonto, me lo dijo la otra tarde, cuando salíamos del cine.

–Amor, hemos ido sólo dos veces al cine y francamente no recuerdo nada de lo que me cuentas.

–Pues yo sí me acuerdo, profesor. Al monstruo ese le bastó con tocarme una teta y mirarme.

–Ornella...

–Mira, profesor, ¿por qué en vez de ser tan pesado no vas a la cocina y me traes hielo para un whisky?

–Pero Ornella, por favor, si anoche mismo me decías lo contenta que estabas porque hace diez días que no bebes nada.

–Anoche fue hace un siglo, profesor. O sea que corre a buscar ese hielo y sírveme un whisky doble. O vete a dar un paseo y déjame en paz.

–Ornella...

–¡Mierda!

Estuve pensando en mil cosas, en la cocina, pero sólo sentía una. Sentía el inmenso dolor causado por el desprecio de las palabras de Ornella, por el énfasis que había puesto en ellas para que resultaran lo más hirientes posible, por el odio y el desdén con que me había dicho profesor, dos veces. Ella me llamaba así muy a menudo, pero siempre con una entonación tan cariñosa como tierna y alegre. Aquel fue un momento tremendo y mucho dudé acerca de lo que debía hacer, sobre todo porque me resultaba realmente imposible creerle a Ornella lo de su agente comercial. Pero a ello me aferré, sin embargo, mientras sacaba el hielo y regresaba a la sala casi oscura de aquel departamento de techos muy altos y enormes ventanas que daban sobre la plaza. El teléfono había dejado de sonar, felizmente.

–Max, te ruego que me perdones. Sírveme un buen whisky y sírvete tú también uno, si quieres. Y perdóname, sobre todo perdóname.

–¿Por qué has tratado de herirme de esa manera, Ornella?

–Para que te fueras, mi amor. Para que huyeras de esta modelo vieja y acabada que ya sólo sabe ser antipática y engordar. Y que bebe mucho, además.

–Ornella, ¿te puedo pedir un favor?

–Depende.

–Te ruego que llames a tu agente y averigües si es verdad lo de los desfiles. Te lo ruego, Ornella.

–No quiero... No puedo, Max.

–Mira, yo me voy a la calle un buen rato para que hables tranquila todo el tiempo que quieras. Y después, cuando regrese, me lo cuentas o no, pero salimos a comer a algún sitio simpático y tratamos de superar esta tensión.

–Siempre me digo que deberías llamarte Don Quijote, profesor, aunque esta noche te pareces mucho más a san Francisco de Asís.

–¿Entonces?

–Acepto.

Caminé hasta el puente Garibaldi, crucé el río, y avancé largo rato hasta descubrirme totalmente perdido en el Trastévere. Tomé una copa en la terraza del primer café que encontré, y cuando sentí frío y vi que se me estaba haciendo tarde tomé un taxi para regresar a la plaza Cenci. Fue entonces cuando vi por primera vez a Olivier Sipriot, apoyado con Ornella en un lujoso Alfa Romeo blanco y descapotable, estacionado ante el portal del edificio en que vivíamos. Los vi abrazarse y besarse largamente. El taxista aún no se había acercado lo suficiente y pude pedirle a tiempo que girara en redondo y me dejara en la entrada del puente Garibaldi. Me temblaban las piernas cuando bajé de ese automóvil y a ello se añadía una sequedad cada vez mayor en la boca y un repentino dolor de cabeza. Sentí toda la pena y el dolor, toda la impotencia que muy pronto me dejaría para siempre sin el valor y sin las fuerzas para deshacerme de Ornella.

Después caminé muy lento hasta llegar nuevamente a la plaza Cenci, en el preciso momento en que el Alfa Romeo blanco partía como un bólido, atravesaba la plaza desierta, y Olivier Sipriot pasaba a mi lado como quien no ha visto nunca a nadie.

–Ornella –la llamé, en el instante en que se disponía a abrir el alto y pesado portón de madera del edificio.

Fingió no haberme oído y corrí hasta darle alcance y sujetarla ferozmente de un brazo. El alto farol que iluminaba la entrada al edificio fue el único testigo de la cantidad de bofetadas que le di a Ornella. Ella las recibía casi en silencio, mirándome con sus inmensos ojos azules, gimiendo a veces, prácticamente inerme. Me cansé de darle tantos golpes a ese rostro precioso que ahora había empezado a bañarse en lágrimas.

–Profesor –me dijo Ornella, con la voz rota.

–Puta de mierda.

–No, profesor. Ese hombre no era mi agente comercial, por la sencilla razón de que mi agente es una mujer. No voy a intentar engañarte con eso, profesor, pero no soy una puta. Por favor, no soy una puta, Max.

–¿Quién era ese hombre, entonces?

–Olivier Sipriot.

–¿Y quién es Olivier Sipriot?

–Su apodo es El Aventurero. Pero te lo juro, Max, Olivier Sipriot ya no es nadie para mí.

Nuevamente abofeteé a Ornella. Sin poderme contener, empecé a darle una bofetada tras otra hasta que se resbaló y fue a dar al suelo. Entonces abrí el portal, corrí hasta el ascensor y subí al departamento para preparar mi equipaje y largarme. Tenía el valor y las fuerzas. Pero cuando bajé con mis maletas y encontré a Ornella sentada sobre la acera, mirándome desde ahí abajo con toda la tristeza de sus ojos empapados, cuando la ayudé a incorporarse y empecé a secarle las lágrimas con mi pañuelo y a abrazarla y besarla, supe que nadie en este mundo, y mucho menos Olivier Sipriot, lograría alejarme ya de ella.

Pero creo que ya es hora de empezar a aceptar que Ornella nunca me amó y que, si algún cariño me tuvo, este sentimiento duró muy poco en ella y se manifestó siempre de forma intermitente. "Tal vez sí llegó a tenerme cariño", me he dicho, miles de veces, "tal vez hizo todo lo posible por llegar a corresponderme seriamente", me he repetido, casi desesperado, un millón de veces, y es que inmediatamente me he dado cuenta de que me estaba negando a asumir algo que quedaba oculto por ahí, algo que aún hoy me resulta excesivamente duro y cruel. Conocí su decadencia física, eso sí, su cada vez mayor dependencia del alcohol y de las drogas. Y en la terrible e interminable temporada que vivimos juntos en París, yo mismo empecé a beber demasiado al ver que ella iba perdiendo uno tras otro sus contratos con fotógrafos y modistos y que su tendencia a claudicar del todo literalmente terminaba con su carrera. Sin embargo, yo insistía en encontrarla cada día más hermosa y solía bromearle y decirle que, cuantos más kilos me dieran de la mujer amada, más feliz y satisfecho me sentía. Eso la consolaba a veces un tiempo y la unía a mí por breves temporadas en que volvíamos a su casa de Ischia y lográbamos sentirnos tranquilos y relativamente bien.

Pero, claro, debo decir que esas temporadas coincidían con las desapariciones de Olivier Sipriot, huyendo como siempre de la policía. Ese francés sin escrúpulos, frío como nadie, se pasaba la vida metido en mil pequeños atracos y negocios de estupefacientes, y cuando se arruinaba regresaba en busca de Ornella, como si yo no existiera. Curiosamente, nunca tuvieron relaciones sexuales, y ella llegó a asegurarme que Olivier Sipriot era totalmente asexuado. Sin embargo, la dependencia de Ornella era total ante ese truhán que se pasaba la vida sacándole dinero con el cuento de poner en marcha el gran golpe de su vida, un complicadísimo robo de esmeraldas que iba a tener lugar en Brasil y que nos convertiría a todos en multimillonarios.

Sí, a todos, incluido yo, que terminé alojando y manteniendo durante breves temporadas a ese detestable individuo, con tal de ver a Ornella tranquila y contenta. Lo recibía en mi departamento de París y me pasaba noches enteras viéndolos drogarse mientras yo bebía hasta perder el conocimiento tras haberlos escuchado hablar en mis narices de lo aburrida que era la vida de un profesor y de lo maravillosa que era la vida cuando estaba llena de aventuras. Pero eso, claro, lo iban a remediar ellos dos, no bien llegara el momento del gran golpe brasileño y entonces sí, profesor, adiós a sus espantosas clases y a sus libros, y a vivir todos en un yate, dándole mil vueltas a este mundo en que el dinero lo es y lo puede absolutamente todo, señor profesor.

Ya en aquel tiempo yo aceptaba cualquier cosa con tal de que Ornella permaneciera a mi lado, y vivía siempre bajo la amenaza de que un nuevo retorno de Olivier Sipriot me redujera nuevamente a la misérrima calidad de resignado y doliente imbécil que le corresponde a un intelectual acomplejado ante un hombre de acción. Cumplía con dar mis clases sin que nadie notara el drama personal que estaba viviendo, pero había abandonado por completo la escritura de mi tercer libro de ensayos literarios. Los días que Ornella y yo pasábamos solos transcurrían entre cafés, cines y restaurantes, y aquellas bulliciosas trasnochadas en bares de Montparnasse, sobre todo en el Rosebud, en que entre copas y humo volvíamos a encontrarnos a gusto y hablábamos de abandonar París y empezar una nueva vida en el Perú.

–Si lograra olvidar que alguna vez fui una buena modelo –me repetía ella, mientras regresábamos a mi departamento de la calle du Bac.

–No veo por qué no podrías seguir posando para mil fotógrafos, Ornella. Te han llamado varios, en los últimos meses, pero nunca les haces caso.

–He cumplido los treinta y cinco años y estoy muy gorda, mi querido san Francisco de Asís.

–Vamos a ver, mi amor. Tú de fotografía sabes un montón. ¿Por qué no me enseñas algo o me das instrucciones para que yo te haga unas cuantas fotos? Estoy seguro de que quedarías muy contenta con el resultado y de que eso te animaría a posar de nuevo.

–Ya es muy tarde, Max.

–Mira, mi amor, sé que soy un ignorante en la materia, pero estoy seguro de no equivocarme cuando te digo que sí, que muy probablemente no estés lo suficientemente delgada para desfilar por una pasarela luciendo modelitos, pero que eso se debe a que la profesión de modelo requiere de mujeres excesivamente flacas. La fotografía es otra cosa, lo sabes muy bien, y yo sé, porque me consta, que los kilos que has ganado te han convertido en una mujer muchísimo más sensual. Y además está tu cara. ¿Quién tiene la nariz perfecta que tú tienes? ¿Quién, esos labios tan gruesos y carnosos? ¿Y quién tiene unos ojos tan inmensos y azules y una piel tan perfectamente lisa y pálida?

–Profesor –me decía Ornella–, mi adorado profesor, no veo la hora de estar ya en tu casa para dormir juntos y seguir mañana mismo viaje a tu país.

Noches como esa me hacían olvidar a menudo el infierno de las semanas precedentes y Ornella y yo volvíamos a estar juntos y solos y a sentirnos tan bien como en aquellos primeros días en Ischia, cuando recién nos conocimos. Ornella ya no era tan delgada como entonces, pero ni falta que le hacía. Ahora era esa mujer que se desnudaba en un segundo pero que luego entraba lenta y sigilosamente en mi cama y se quedaba tendida ahí a mi lado, muda, como ida, mientras yo le acariciaba los senos ligeramente caídos, que tanto la torturaban, y sentía la fuerza de su respiración inquieta y anhelante. Entonces ella recogía las piernas y aún podía notarse el vigor de unos muslos y unas pantorrillas que pronto, muy pronto, yo iba a acariciar suavemente con mis manos, diciéndole que la amaba como no había amado nunca en mi vida, y cogiéndole en seguida los brazos que ella había cruzado por detrás de su cabeza. Lograba así que me mirara, por fin, y también atraer su cuerpo hasta aplastarlo muy fuerte contra el mío y entrelazar nuestras piernas en el momento en que nos empezábamos a besar.

–¿Qué haré cuando te pierda, profesor Max? Debes ser el último hombre al que todavía le gusto en toda Europa.

–Ya quisiera una adolescente tener el cuerpo que tú tienes, mi amor.

–No me hables de adolescentes, Max, por favor. Y bésame y acaríciame. Bésame y hagamos el amor hasta que la adolescencia toda haya desaparecido de la faz de la tierra, incluyendo el recuerdo de la mía. Y después mata a Olivier Sipriot y llévame al Perú, aunque ese desalmado es capaz de seguirme hasta el fin del mundo.

–Yo te puedo llevar al fin del mundo, mi amor, pero creo que es a ti a quien le corresponde deshacerse de ese tipo.

–Hazlo tú, por favor, Max. Hazlo tú por mí.

–Los dos saldríamos ganando si ese tipo desaparece, Ornella, pero si eres tú la que se encarga de ello, nadie ganaría tanto como tú misma.

–Entonces abrázame y hagamos el amor hasta que Olivier Sipriot desaparezca, al menos por esta noche.

Yo no tenía ya el valor ni las fuerzas para nada, entonces, o sea que hacíamos el amor para que ese tipo desapareciera, al menos por una noche, como una limosna que ella depositaba en mi mano por un cariño que fue, y porque a ella le gustaba huir de la realidad inmediata hablando conmigo de un viaje al Perú que jamás haríamos. Y también, claro, porque yo debía ser el único hombre en toda Europa al que ella le gustaba todavía.

La piedad se había instalado en mi departamento de la calle du Bac, y a veces, cuando Olivier Sipriot nos dejaba en paz un buen tiempo, funcionaba incluso como un sucedáneo del amor, al suavizarse temporalmente sus atributos de pasión enferma, de tristeza y de vicio ególatra y fatal. Pero cuando el tiempo en que Olivier Sipriot nos dejaba en paz se hacía demasiado largo y Ornella volvía a ponerse insoportable, una vez más, yo mismo empezaba a esperar con ansiedad que el teléfono sonara tres veces y en seguida dejara de sonar. Eso quería decir que El Aventurero había regresado y que nos anunciaba una larga permanencia en casa, con obligada cura de reposo, o más bien cese temporal de actividades, porque tenía a la policía en sus talones. Olivier Sipriot había encontrado su escondite ideal en el muy burgués departamento de un aburrido profesor del cual simple y llanamente la policía no sospecharía jamás. "Dios lo oiga", me decía yo.

Y dejaba que Ornella le abriera la puerta al héroe que regresaba de los más sucios frentes y los escuchaba mientras se saludaban exacto que aquella primera vez en Roma, aunque sin Alfa Romeo

descapotable, ahora, porque aquel lujoso automóvil había ardido
en los campos de batalla y el valiente Aventurero se había quedado
sin cabalgadura. Mientras tanto, me consolaba pensando estúpida-
mente en la suerte que tenía de recibir al único héroe que no era
del todo hombre ni del todo nada.

Pero claro que llegó el día en que aquel hombre incompleto se
nos apareció herido de bala. A mí, la verdad, me encantó la idea,
sobre todo al comprobar que se trataba de una herida bastante grave y al contarnos él que había dejado un reguero de sangre en su
desesperada huida hasta mi departamento, con la policía en los
talones. Yo odiaba tanto a Olivier Sipriot que estuve a punto de
decir que, en ese caso, ya sólo nos quedaba sentarnos a esperar
que llegaran la policía o los miembros de la banda rival, un poco
como en el cuento *The Killers,* de Ernest Hemingway, en que un
gánster ha roto la ley del hampa y se tumba quietecito en una cama
porque ya no le queda absolutamente nada que hacer y está harto
de huir. Pero no dije esta boca es mía, por supuesto, porque eso
habría sido mostrarme realmente encantado con la grave herida de
Olivier Sipriot y Ornella me hubiera despreciado un poco más
que de costumbre.

Me acerqué al ensangrentado cuarto de huéspedes con la esperanza de asistir a un desenlace fatal, pero parece que me dejé llevar
por mis deseos, porque El Aventurero no estaba en coma y sólo
tenía el brazo derecho perforado por un balazo, lo cual lo dejaba
aún perfectamente capacitado y hasta más autorizado que nunca
para darle a Ornella todo tipo de instrucciones. La primera se refe-
ría a la inminente utilización de mi automóvil, pero cambiándole
las placas por otras italianas que él traía en el inmenso impermeable verde oliva que no se quitaba ni para bañarse en el mar. La segunda, dirigida íntegramente a Ornella, era que corriera al banco,
que sacara todo el dinero del que disponía, y que de regreso pre-
parara un equipaje elemental, aunque sin olvidar por supuesto sus
tarjetas de crédito y sus chequeras, porque esa misma noche, no

bien ella, y no yo, le hubiera cambiado de placas a mi carro, partían a...

Creí que El Aventurero se había desmayado, por lo menos, cuando no terminó de decir a dónde partían, pero era que yo le estaba bloqueando y vendando la tremenda herida y que él no podía mencionar delante de este pobre profesor aterrado el destino de su fuga ensangrentada. Dudé de mi existencia, en ese momento, pero por la noche la cosa fue bastante más dura porque Ornella y El Aventurero ni siquiera se despidieron de mí cuando partieron con rumbo desconocido. Recuerdo que traté de ayudarlos con el equipaje y que, al ver que hasta en eso desconfiaban de mí, ya sólo intenté despedirme de una mujer que hasta entonces había vivido conmigo y que yo amaba con piadosa pasión. Pero Ornella ni siquiera me vio y entonces sí que dejé de existir.

Dos meses sin noticias de Ornella eran mucho más de lo que podía soportar el hombre ya bastante acostumbrado a lo insoportable que era yo desde hace tiempo. Y, aunque jamás me confesé que tenía derecho a ello y que ese par de monstruos de ingratitud e indiferencia estaban obligados por lo menos a llamarme un par de minutos para decirme si estaban bien o no, un día simplemente opté por gastarme una buena tajada de mi pequeñísima fortuna personal en adquirir el más descapotable y blanco de los Alfa Romeo de más lujo. Y me lancé al camino que me llevaría a Ischia, primero, y a Roma, después, pero sólo para encontrarme con rejas, puerta y portales cerrados, y guardianes o porteros que nada sabían hacía siglos de la *signorina* Ornella Manuzio, que así se apellidaba la condenada.

Me fui a desesperarme en el pequeño hotel Mozart, y sólo cuando el recepcionista mencionó la fecha de mi llegada me di cuenta de que al día siguiente por la mañana tenía clases en París. Traté de reaccionar con el desconocido espíritu de aventura que me había acompañado en las carreteras que recorrí y en los barcos que usé para el transbordo a Ischia, pero me di cuenta por primera vez en mi vida de lo increíblemente maniático que podía ser yo como profesor. Sabiendo a ciencia cierta que los alumnos jamás dramatizan cuando un profesor falta a su clase y que hasta se alegran de ello, empecé a mirar mi reloj para estudiar todas las posibilidades que me quedaban de llegar a tiempo a La Sorbona. En realidad, sólo me quedaba una: encontrar un parking donde dejar mi automóvil por unos días, pegarme un buen madrugón y tomar el primer vuelo Roma-París de la mañana siguiente.

El vuelo se atrasó, por supuesto, y fue tal el dolor de cabeza y el sudor frío que me sorprendió en el aeropuerto de Roma, que hubo que llamar a un médico. Y ese médico tuvo que pedirle a otro que viajaba a París que me siguiera controlando la presión y administrando tranquilizantes durante el vuelo, porque nunca había visto un caso igual: *Il signor* Gutiérrez asegura que siempre ha tenido una perfecta presión arterial y que jamás ha faltado a una clase en su vida. Y asegura que, por consiguiente, sólo si llega a La Sorbona a las once en punto de la mañana desaparecerá del todo el alto riesgo de infarto en que se halla. *E il signor* Gutiérrez asegura, por último, que empieza a conocerse a sí mismo, porque definitivamente no le encuentra ninguna otra explicación al problema.

No se lo pudo creer el médico durante el vuelo a París, pero ya al llegar a La Sorbona, cinco minutos antes de las once, y comprobar que mi presión arterial había vuelto a su total y perfecta normalidad, comentó lo en pañales que se encontraría eternamente la medicina, porque siempre habrá enfermos y no enfermedades, y se despidió de mí. (A este antecedente me referí con particular insistencia cuando una situación muy similar se nos presentó al doctor Lanusse y a mí, hace algunas semanas, pero, en fin, ya sabemos que el de la voz de tenor feliz de extrema derecha casi me mata con sus ideas nazis acerca de la puntualidad y el sentido del deber, y su imposible existencia en el tercer mundo.)

Pero el viaje a Italia en el más descapotable y blanco de los Alfa Romeo de más lujo, con los cabellos al viento, porque se me voló la gorra, con música de los Bee Gees, Creedence Clearwater Revival, Rolling Stones, David Bowie, Jimmy Hendrix, en fin, con música de la que Ornella y El Aventurero escuchaban sin cesar mientras fumaban sus tronchos marihuaneros, y que yo detestaba, con un sol que sólo puedo calificar de sol de autopista italiana, y sobre todo conmigo metiendo fierro a fondo y batiendo todos mis ré- cords de velocidad, o más bien inaugurándolos, porque hasta entonces siempre había manejado con la mayor prudencia por ciu- dad y campo, tuvo un alegre y extraño efecto sobre mi aburrida persona. Juro que así viví estas cosas, este inesperado, desconoci- do e incontrolable torrente de vida que empezó a escaparse a bor- botones de entre mi cuerpo y alma, de entre mi carácter, más bien reservado y taciturno, y a consubstanciarse, o algo así, no sólo con la naturaleza sino hasta con la naturaleza de las cosas. Y yo qué sé qué más, pero lo cierto es que era un día sumamente soleado y los campos y las ciudades que iba dejando a mi paso veloz y musi- calizado estaban todos terriblemente floridos, como en Van Gogh, y, me atreveré a decir, consubstancialmente primaverizados.

Claro que esta verdadera insolación del estado de cosas y de mi propia persona se eclipsó gravemente cuando no encontré a Or- nella en Ischia y hasta alcanzó un grado de postración desesperada cuando fracasé también en Roma. Pero con la misma música y unas condiciones climatológicas muy similares, si no idénticas, a las del viaje de ida, el viaje de regreso se convirtió en más que un exceso de velocidad feliz y sumamente musicalizado, cuando volví a Roma a recoger mi automóvil.

Y surgió en mí, además, como un torrente mental y sentimental, la necesidad total de visitar Perugia, la ciudad en que había pasado algunos veranos estudiando italiano durante mis primeros años en Europa. O sea que encañoné en esa dirección el Alfa Romeo más blanco y más descapotable de más lujo, con la misma alegre e in- contenible fantasía con que ahora quisiera dictar estas páginas, o sea con ciega torrencialidad y como quien puede contarle un viaje a la luna a cualquiera y hacerlo pasar por real. Recuerdo que gritaba constantemente en el camino que me llevó hasta esa ciudad de la Umbría, con su arco etrusco de bienvenida al extranjero, con aquella vía Francesco Innamorato en que se hallaba la pensión de estudiante pobre en que solía alojarme, años atrás, con su corso Ferrara para tomar el granizado de café con crema, los días domingos, y con el hotel Bruffani Palace donde entonces soñé con alojarme un día, y de hecho lo iba a hacer ahora, no bien llegara con mi naciente y sorprendente estado de ánimo Alfa Romeo.

Las cosas suceden y punto. Ya estaba alojadísimo en el Bruffani Palace y sentadísimo y feliz con mi granizado de café con crema en el corso Ferrara, cuando, lo juro, aparecieron en franco estado de deterioro Ornella y Olivier Sipriot. Mi amor loco por Ornella se manifestó en la forma en que la encontré maltratada, acabada y bella como nunca. A él, en cambio, le faltaba el brazo del tiroteo, o sea el derecho, y no sé si por eso estaba más flaco que nunca, pero a la legua se le notaba que había perdido muchos kilos.

¡La vida hubiera dado por rescatarla a ella! ¡La vida! Pero estaban mendigando y eso me desconcertó muchísimo. Mendigaban como los hippies de antaño, eso sí, o sea como quien reclama un derecho ancestral, pero lo que es pedirles plata a los transeúntes, pues sí, se la pedían. Y yo ahí sentado en un punto privilegiado de observación y sin que ellos pudieran verme, al menos mientras no se acercaran a estirar las manos en el café Ferrara, porque pedían los dos. A ella le quedaba trágico y lindo y enternecedor pedir, pero en cambio a él, eso de mendigar con la mano izquierda lo privaba para siempre, ojalá, de su aureola de aventurero. ¡La vida hubiera dado porque le cortaran el otro brazo! ¡La vida!

–Cada día te estoy más agradecido, *jeune fille.* Y cada día siento más cariño por ti. Ven, apaga la grabadora un rato y siéntate aquí en la cama.

–Max...

–Anda. Acércate para darte un beso con sondas. Y pensemos en lo que vamos a hacer cuando yo salga de aquí...

–Max, por favor, no te desvíes del tema.

–Oye, te voy a empezar a llamar Claire, la implacable.

–¿Sigues o no?

–Bueno, allá voy si no me caigo, como dicen en mi país. Porque aquí arranca la parte en que, te lo juro *jeune fille,* me ceñiré como nunca a los hechos. Y es que acabo de darme cuenta de que es el preciso momento en que empiezan a notarse los primeros síntomas de la enfermedad que me ha convertido en prisionero del vacío y de la noche. Y también me he dado cuenta de que muy pronto empezarán a notarse todos los demás. O sea que te contaré la verdad y nada más que la verdad, con todas mis mentiras incluidas. Y así podré llegar definitivamente a Montpellier, bajarme del tren, recorrer el duro camino que me trajo hasta esta clínica y...

Surgió, también, mientras tomaba mi granizado de café con crema en Perugia y los observaba mendigar, el estratega que nunca hubo en mí. Y me dije que, culturalmente, yo siempre había estado muy por encima del nivel de Ornella y de Olivier Sipriot, franchute sin educación ni bandera, como debe haber muy pocos. Ella me había contado que el colegio lo dejó a los quince años, cuando le tiró un portazo a su familia y se largó de Génova a Roma, en busca de una vida menos aburrida. A los diecisiete años ya era una modelito promesa y a los veintidós una experimentada combatiente cuyas armas habían sido su cuerpo, en el mejor y peor sentido de esta palabra, su altivez, y su estudiado espíritu rebelde. A los veinticinco se encontró rodeada de millones de modelitos promesa de diecisiete años, cuyas armas eran sus cuerpos, sólo en el peor sentido de la palabra, su altivez y su estudiado temperamento rebelde. A los veintiocho años era una heroína más harta que fatigada y conoció al interesante francés Olivier Sipriot y la heroína, dicho sea de paso, en un momento en que también estaba hastiada de sexo y necesitada de amor, debía reconocerlo, aunque le costaba.

Como Ornella me aseguró siempre que El Aventurero era un ser totalmente asexuado, y es cierto que nunca pasaron de besos y abrazos prolongados, es fácil deducir que en él encontró, además de heroína, amor sin sexo. Y que él le metió esa sed de aventura y peligro que ambos identificaban única y exclusivamente con el dinero ajeno, de preferencia en Brasil. Por supuesto que Ornella nunca fue una mujer dada al ahorro o la inversión. Todo lo contrario, más bien, y el departamento de Roma y la casa de Ischia eran lo único que le quedaba de su incondicional entrega a Olivier Sipriot. Cumplió treinta y cuatro años bebiendo demasiado desde los veintiocho o treinta –no recordaba bien, y para qué averiguarlo–, y poco tiempo después me conoció a mí. Le hice gracia y me tomó mucho cariño, pero siempre pensó que yo no la debía haber conocido a ella y mucho menos a Olivier Sipriot. No era mi mundo. Pero bueno, ya estaba ahí.

Yo acababa de repetirme todas estas cosas, para sacar las conclusiones pertinentes y optar por una estrategia, cuando noté que Ornella y El Aventurero se acercaban peligrosamente al café Ferrara. Salí disparado en busca de mi bólido, puse el motor en marcha, y el resto de la tarde me lo pasé siguiendo lentamente a mis mendigos por las calles principales de la ciudad. Necesitaba que se apartaran un poco de las zonas más transitadas para poderlos abordar sin que la gente se pusiera a curiosear. Tenía todo mi amor por Ornella en mi contra, y luchaba por no sucumbir a una espantosa crisis de ternura, porque allá iba la pobre, con un pañuelo verde en la cabeza, inmensos anteojos negros, pantalón y camisa negros, y unas alpargatas que yo le había regalado. Caminaba como si estuviese agotada y con ampollas en los pies, y su estado de abandono, sin duda ocasionado por la mala vida que llevaba al lado de ese truhán, parecía haberle aumentado la edad y disminuido la estatura. En cambio él, quitándole lo del brazo y los kilos de peso, seguía tan alto como siempre y con su eterno y sucio impermeable verde oliva.

La suerte los llevó hasta la vía Francesco Innamorati, no bien dejaron de mendigar, o sea que estacioné en la pensión de mis años mozos y los esperé ahí, con una excelente justificación de mi presencia en esa ciudad: había venido a Perugia a recordar aquellos tiempos. Y ahí andaba, abriendo la reja del jardín y mirando el edificio con despistado aspecto rememorante, cuando se me acercaron asustadísimos, pero también, qué duda cabe, porque un imbécil como yo siempre podría serles útil en un caso como este.

–¡Qué diablos haces aquí, Max! –me preguntaron, seguiditos uno detrás del otro.

–En París hay huelga universitaria y...

–Olvídate de tu bendita Sorbona, por favor. ¡En Perugia! ¡Qué diablos haces en Perugia!

–Viví en este edificio hace muchos años, y he venido a decirle adiós por última vez.

No sé por qué diablos se me ocurrió decir que había venido a despedirme de nada, por última vez, porque momentos más tarde aquello iba a desencadenar una andanada de mentiras agudizadas por un hecho atroz: Olivier Sipriot y Ornella llevaban anillos de marido y mujer –él en la mano izquierda, por supuesto, pero lo llevaba–. Y, como si una vez más yo no existiera y ahora, además, no hubiera existido nunca, me explicaron lo de su matrimonio con lujo de detalles y mil excusas, no bien adivinaron la razón por la que, de golpe, yo había enmudecido. "He perdido una batalla, pero me queda el resto de la guerra", me dije, palpando la carrocería optimista y blanca de mi bólido descapotable y Alfa.

–Oh, Max –se compadeció Ornella, como quien intenta recuperarme para este mundo. Y agregó–: Te juro que ha sido por lo de Brasil y el pasaporte falso.

–Calla tonta –le soltó él.

–Tengo entendido que la miseria une –les solté, sobre todo a él, para que vieran que algo sospechaba yo del pésimo momento que atravesaban. Y añadí, ya en plan de venganza y nada más–: Por ahí he leído algo acerca de la inmensa solidaridad de los pobres. Pero bueno, ¿y lo de Brasil para cuándo? Porque a lo mejor coincidimos en algún sitio de América del Sur.

Los reduje a algo muy similar a mí mismo, con mis últimas frases, y también logré despertar en Olivier Sipriot una intensa curiosidad por mi futuro, cuando mencioné a América del Sur, y por mi presente, cuando estableció una relación directa entre mi persona y el más blanco y descapotable de los Alfa Romeo de más lujo, que además era más moderno y de mayor cilindraje que el que él tuvo. Noté entonces que de la curiosidad pasaba a la admiración y de esta a la envidia y así sucesivamente hasta llegar a la humildad con pérdida de la dignidad humana. Al tipo como que no le salían las cuentas con relación a mi persona, y ya lo tenía a mis pies. Ornella, en cambio, parecía un animal con ganas de que lo dejen dormir, aunque no por ello dejó de soltar dos o tres murmullos de asombro y duda, como si de pronto yo me hubiera convertido en un aventurero digno de observación y, a lo mejor, hasta de consideración. Y tenían hambre. Sí, los dos me contaron que les encantaría comer algo conmigo. "Pero conmigo", pensé, sonriendo irónicamente. "Conmigo para que pague."

–Estoy en el Bruffani Palace –les dije, sugiriéndoles que nos fuéramos a cambiar y luego nos encontráramos en algún bar para ir juntos a comer en un excelente restaurante que yo conocía en Asís. Nunca en mi vida he tenido a nadie tan en mis manos, la verdad, porque en qué guarida andarían metidos con esa pinta y mendigando, y a Asís seguro que no llegaban del puro hambre que tenían.

–Es que estamos sólo de paso y no llevamos equipaje, Max –comentó, casi con elegancia, la pobre Ornella.

Esto me lo debió haber dicho él, para que me doliera menos, y realmente tuve que hacer un esfuerzo tremendo para que no se me notara el nudo que se me había formado en la garganta y para no lanzarme sobre Ornella y besarla y arrodillarme a sus pies, incluso, implorándole que regresara conmigo a París. Además, la huelga universitaria que les había mencionado era un cuento chino más, de los muchos que empezaban a rondar mi mente con una incontenible necesidad de aplicación práctica. Yo tenía clases en París dentro de dos días y sabía que la presión arterial me iba a traicionar no bien notara que empezaba a hacérseme corto el tiempo para regresar a La Sorbona.

–Vamos a comer al primer lugar que encontremos –les dije por último, decidiendo que esa noche me enfrentaría a Olivier Sipriot con las mismas armas que él había empleado contra mí. Más el bólido Alfa, por supuesto, al cual los invité a subir para darme el enorme placer de ver que lo hacían con esa mezcla de cortedad, torpeza y asombro del que nunca ha subido a un automóvil así y sabe a ciencia cierta que nunca volverá a subir. Había que verlos subir. Ya sólo me faltaba escupirlo a él, botarlo a patadas del auto, y partir por siempre jamás a América del Sur con Ornella. ¡Hubiera dado la vida! ¡La vida!

Terminaron contándomelo todo en una alejada pizzería. No podían ni acercarse por el departamento de Roma o por la casa de Ischia, ni podían tampoco venderlos porque tenían a la justicia francesa e italiana detrás de ellos y Ornella había dejado sus escrituras de propiedad en manos de un notario romano. Tampoco podía acercarse ella por el banco en que tenía sus cuentas ni usar las tarjetas de crédito, por obvias razones de seguridad. Y en el mundo que frecuentaban, la amistad y la confianza eran cosa rara y ya más de un amigo se había negado a hablarles por teléfono, incluso. En realidad, sólo me tenían a mí.

–Me parece maravilloso que se acuerden de mí sólo porque me han encontrado en una calle de Italia y de la forma más casual del mundo.

–Eso no es verdad –protestó, bostezando, Ornella.

–Las mentiras déjaselas a Olivier, por favor –la corté.

–Le dejo las mentiras y todo lo demás –dijo ella, incorporándose y disponiéndose a abandonar el local.

–¿Te vas sin que se hayan repartido siquiera las limosnas, Ornella?

Ahí sí que se me quedaron turulatos los dos. Ella volvió a sentarse, él soltó la copa de vino, y los dos empezaron a mirarme y a buscar una frase, una mentira, una excusa, cualquier explicación. Me habían ocultado sólo que andaban mendigando y acababan de darse cuenta de que yo los había visto antes de que me encontraran.

–Les propongo una salida –les dije–, un billete de ida a Brasil, pero sólo para ti, Olivier.

–Creí que todos nos íbamos a encontrar en América del Sur, Max –murmuró Ornella, apoderándose de una de mis manos y coquetísima, de golpe.

–¿No habíamos quedado en que las mentiras se las dejabas a Olivier?

–¿Y qué propones para Ornella? –intervino él.

–Lo que ella quiera después de que tú te hayas largado, Aventurero.

–Lo de Brasil todavía no está a punto, Max. Además, el momento no es el más apropiado, como sabes. Lo tengo todo en contra de mí y necesito tiempo y calma.

–No sabía que ya le habías perdido el gusto a la aventura, oye. No te va bien eso de aburguesarte justo en el momento en que tienes que mendigar.

El tipo me miró como si jamás hubiera esperado que yo pudiera hablarle así y Ornella le clavó los ojos como quien le exige una rápida reacción. Pero nada, la iniciativa la tenía toda yo, en vista de que ella no era más que la pobre esclava de un miserable. Había llegado pues el momento de convertirme, yo, sí, yo, en el otro

Aventurero, el de verdad, el de la vida oculta, el hombre que escondía toda una doble vida tras la apariencia digna, apacible y aburrida de un profesor. El nuevo Aventurero no era un hombre asexuado, además. Eso Ornella lo sabía, y... Bueno, pero en qué consistía mi aventura. ¿En organizar, desde mi departamento parisino, un rentabilísimo golpe de Estado en...? En fin, ya vería dónde... Pero qué bruto soy, por Dios santo. Si lo que no debe saber nadie, precisamente, es dónde ni cuándo ni por qué ni con quién. Diablos, qué fácil era mentirle a personas que, al nivel cultural, están muy por debajo de uno. Pero si bastaba con sugerirles tan sólo el aire de un golpe de Estado y dejar resbalar palabras como *complot, estrategia, espía doble, tráfico de armas...* Me bastaba con poquísimo, la verdad.

Así los agarré, bien comidos y demasiado bebidos, sobre todo ella, que era la que realmente me importaba. Y sí, Ornella dudó un poco al comienzo, pero luego empezó a reaccionar, como fascinada por el encantador de serpientes en que me había convertido, casi humillada y realmente sorprendida por la presencia de un hombre nuevo. Ni siquiera dejaba que Olivier me interrumpiera con una pregunta que podía estar de más o ser absurda. Dios mío, qué fácil era. Ornella no tardaba en volver a ser mía, y para ello sólo era necesario que terminara de humillar al ex Aventurero, al caduco, metiéndole un buen puñado de liras en la boca para que se fuera a buscar un lugar dónde dormir. Había llegado el momento preciso de hacerlo. Y el tipo aceptó y se fue, manso como un perro flaco al que le falta una pata delantera.

–Nos vemos –dijo, como quien se somete, como quien se doblega ante un adversario infinitamente superior. Y Ornella me empezó a besar sin esperar siquiera que ese pobre diablo abandonara la pizzería. Como en un sueño, en realidad.

Volvió a ser mía en el hotel de los sueños de mis años mozos y se entregó como un trofeo a un adversario culturalmente muy superior, aunque enamoradamente muy inferior. Porque lo primero que hice fue preguntarle si me hubiera amado sin golpe de Estado. Dios mío, qué bruto y qué esclavo de amor fui.

–Bésame, imbécil –me dijo–. Con o sin golpe de Estado, bésame y préstame plata.

Debo aceptar que reconocí a mi vieja Ornella y que no me importó. Una vez más, por una noche de limosna, logramos espantar a Olivier Sipriot, que con toda seguridad la esperaba en el camino verde que va a la ermita, como en la canción, porque este tipo de gente se vuelve a encontrar siempre en algún camino que va a Brasil. Y Ornella entre mis brazos era ese cuerpo, ese rostro y esa voz ya desgastados pero eternamente maravillosos para mi obsesión. También se llevó mi billetera, en vista de que me quedé dormido antes de prestarle el dinero que me pidió, y no me dejó ni una mísera nota de despedida, por supuesto. Diablos, qué jodido fue abrir los ojos en la misma ciudad de mis años mozos.

"No, nada tiene que ver la calidad de unas sábanas con la calidad de un despertar", fue la única conclusión que le saqué a la vida aquella mañana, tumbado aún en la cama del hotel elegante con que antaño soñé. Y por ello, más que nada, había perdido la guerra, pero siempre hubiera dado la vida por rescatar a Ornella de la paz. Aunque fuera en esas condiciones. ¡La vida!

Pero bueno, quedaba todavía la posguerra aquella que me pescó bastante bajo de forma, de moral, de honor, de dignidad, de respeto por mí mismo y de todo. El escenario fue París, nuevamente, y el telón se levantó dos meses después de mi agonizante regreso de Italia, cuando recibí una llamada de Ornella y casi me muero de la más dolorosa alegría que he experimentado en mi vida. Sí, ella estaba con Olivier Sipriot y, caray, qué pesado era yo, cuándo me iba a hacer a la idea de que Olivier era su compañero hasta la muerte. Bueno, a mí sí me quería, siempre me había tenido cariño, claro, pero eso no era lo importante ahora sino que habían cruzado la frontera clandestinamente y que él insistía en que mi casa era el lugar más seguro para los dos.

–Pero no para los tres, Ornella –le dije, reaccionando con un instinto de conservación que a mí mismo me sorprendió y recordando mis ridículos golpes de Estado.

–No te entiendo, Max.

–Bueno, es que yo recibo gente vinculada a mis asuntos latinoamericanos...

–Qué asuntos, oye. Háblame claro.

–Te hablé de algunas cosas en Perugia. ¿Te acuerdas? Ahora no puedo decirte más. Y menos si estás con un tipo que está quemado ya y cualquier día cae.

–Eso nunca.

–Bueno, ya veremos. ¿Y el Brasil?

–Tenemos los pasaportes, pero se han roto los contactos.

–Qué pena, caray, porque podríamos habernos visto allá dentro de un par de semanas.

–...

El silencio de Ornella, al otro lado de la línea, me daba una vez más la razón. Estaba dudando, nuevamente, como en Perugia, estaba muriéndose de ganas de vivir cualquier tipo de aventura conmigo. Ni siquiera sabía qué diablos podía haber planeado yo, pero ella necesitaba admirar a alguien y compartir sus riesgos, ser la compañera incondicional del primer hombre en peligro que se le cruzaba en el camino. Era como una enfermedad, porque no bien olía en un tipo una actividad clandestina, de preferencia con su toque de trampa e ilegalidad, perdía todo control sobre su persona y se entregaba a él como un ramo de flores que llega en un cumpleaños. Ya en Perugia, en los pocos momentos en que hablamos de algo en el hotel, me contó que de vez en cuando abandonaba por una noche o dos a su Aventurero, lo canjeaba temporalmente por otro, más bien, aunque luego se volvieran a encontrar siempre. Él le otorgaba esa libertad, y a menudo sacaba algún provecho económico de todo el asunto, por supuesto.

Pero Ornella regresaba siempre donde su compañero hasta la

muerte, por la simple y sencilla razón de que Olivier Sipriot era el más ruin y sucio, moral y corporalmente, de todos los habitantes de la cloaca humana. Así lo fui entendiendo a medida que pasó el tiempo suficiente para llegar a conocer a fondo la abyecta relación que había entre ellos. Yo, en cambio, no lograría nunca nada sucio, para mi desgracia y la de Ornella, a quien le bastaba sólo con mirarme para darse cuenta de que era incapaz de tener las uñas sucias, o los dientes, o la comisura de los labios. Cómo se me ocurría, entonces, que algún día iba a ser capaz de mancharme siquiera un poquito el alma. En fin, que yo no era un rival para nadie, y muchísimo menos para Olivier Sipriot. Este era mi talón de Aquiles, en tanto que aventurero, y de ahí que estuviera destinado a perder todas mis batallas, por más golpes de Estado que organizara y por más rentables que estos fueran incluso para el inmundo truhán de Ornella, a quien ya desesperado y en las postrimerías de mi vergonzosa y doliente posguerra, intenté hacer socio de mi botín latinoamericano, en mi afán de retenerla a ella en París. Inútil. Un alma sucia es para toda la vida y, a su lado, un golpe de Estado resulta algo bastante efímero. En fin, que estos debieron ser los razonamientos más inteligentes y profundos del alma en pena hiriente en que se había convertido la mujer que estaba haciendo sus sucios y duros cálculos al otro lado de la línea telefónica el día en que empezó la posguerra.

–¿Puedo ir a verte, Max?

–¿Cuándo?

–Ahora mismo.

–Aquí no puedes venir. Ya sabes por qué...

–Quiero estar contigo, Max. Te quiero y necesito verte, tocarte. Olivier no tiene por qué enterarse.

–Bueno... Hay un hotelito por Trocadero...

–Dame la dirección y salgo corriendo, mi amor.

Pude haber cambiado el panorama político latinoamericano con la cantidad de rentabilísimos golpes y contragolpes de Estado que organicé –sin moverme jamás de París ni perder una sola clase, por supuesto– mientras Ornella vivió a salto de mata en París, huyendo de barrio en barrio, de suburbio en suburbio, y hasta desapareciendo durante muy breves temporadas en algunas ciudades del sur de Francia. Me robaba la billetera siempre, para no tener que hablar de dinero cada vez que nos juntábamos por amor y golpe de Estado, pero me imagino que aun esto tiene mucho de ciega fantasía de mi parte, ya que casi siempre debió ser el propio Olivier Sipriot quien la mandaba a llamarme, llena de ternura en la voz. Finalmente, ella me había contado que el tipo solía sacar algún provecho de estos intercambios de amor incondicional por la aventura y, por más que intentara creérmelo, como limosnas de amor que al final me daba yo mismo, el muy imbécil de Maximiliano Gutiérrez no tenía por qué recibir un trato diferente.

Y, como las leyes de la posguerra las aplican los vencedores, siempre, tampoco tuve por qué recibir un trato especial a la hora de la verdad final. Sabiendo que sólo la idea me resultaba insoportable, yo siempre había descartado por completo la posibilidad de que Ornella y Olivier partieran algún día a Brasil. Pero ese momento llegó de la forma más cruel y abyecta para mí y, la verdad, ahora que dicto, que Claire transcribe y que luego discutimos o simplemente conversamos cada uno de los pasos que vamos dando, para que yo algún día lo redacte todo, cronológica y coherentemente, ahora que logro reírme ya de vez en cuando y meterle algo de humor al asunto, como quien busca recuperar un temperamento que siempre fue positivo, a medida que va recuperando también la dignidad, ahora, sí, ahora, esta misma tarde, debo decir que no creo que llegue el día en mi vida en que pueda volver a contar el desenlace de la posguerra con una sonrisa en los labios. Es imposible soñar siquiera con que llegue ese momento, me imagino.

Todo sucedió como en un sueño que, de golpe, se convirtió en atroz pesadilla, y todo empezó cuando Ornella me hizo creer que Olivier Sipriot y ella habían tenido que separarse por razones que prefería no explicarme, al comienzo, pero que poco a poco desembocaron en la dura realidad que ella tuvo que enfrentar. Aquel inmundo animal sin sexo definido, con cara de camello picado de viruela, cuello de jirafa y piernas de ave zancuda, aquel hombre ruin al que ella había mantenido durante años, en sus malos momentos, acababa de largarse con una muchacha mucho menor que ella y nada menos que hija de un general. Y Ornella, cuyo máximo error había sido el de no arrepentirse nunca de nada, venía ahora en busca del único amigo que había tenido en su perra vida.

Quise entonces llevarla donde un médico, para que la ayudara a librarse del alcohol y de las drogas, pero ella me dijo que podía prescindir totalmente de cualquier apoyo, gracias a su fuerza de voluntad, y en efecto, de un día para otro dejó de beber y de drogarse, y llegó incluso a vestirse con la misma sencillez y elegancia que cuando la conocí en Ischia. Su actitud cambió por completo, y nuestros encuentros en el hotelito cercano a Trocadero fueron cada día más frecuentes y agradables, hasta que llegaron a ser diarios. Y yo encontré natural y maravilloso que llegara también aquel día en que la hice reír tanto con lo de mis falsos golpes de Estado de amor, que ella misma me pidió que volviéramos a vivir juntos en mi departamento de la calle du Bac.

–Nadie me ha conmovido jamás como tú, Max –me dijo entonces, añadiendo, mientras me acariciaba–: Créeme, por favor, que voy a redimirme y llegar a quererte como tú te mereces, porque si no habré sido la persona más canalla de este mundo. Y tú sabes que no lo soy, Max.

–Creo que más bien has sido una víctima, mi amor.

La suerte nos acompañaba cuando llevábamos sólo un mes viviendo juntos en mi departamento. Ornella había perdido algo de peso y dos fotógrafos la contrataron para largas sesiones de trabajo, durante un par de semanas. Era sólo un comienzo, lo sabíamos, pero ella regresaba encantada de cada sesión y me encontraba entregado a la redacción de mi tercer libro de ensayos

literarios. Una y otra vez me pedía perdón por haber sido la causa
del prolongado abandono de ese proyecto, y en seguida se ence-
rraba en la cocina a preparar alguna de sus excelentes recetas de
comida italiana. Comíamos escuchando música barroca y con todas las ventanas abiertas, pues aquel mes de mayo se había trans-
formado en una verdadera explosión primaveral, ya casi veraniega,
y la luz del día se prolongaba hasta las primeras horas de la noche.

Ornella y yo ya habíamos hablado de la posibilidad de irnos a
vivir al sur de Francia, de buscar un abogado que arreglara lo de su
falso y confuso matrimonio con Olivier Sipriot, y de vender el departamento de la calle du Bac no bien yo recibiera respuesta a las
gestiones que estaba haciendo para solicitar mi traslado a la Universidad Paul Valéry, de Montpellier, donde había un puesto dis-
ponible de profesor de literatura comparada. Soñábamos incluso
con comprar una casa en alguna de las playas más o menos cerca-
nas a la ciudad, en L´Espiguette, Port Camargue, Le Grau du Roi,
La Grande Motte, Carnon Plage, Maguelone, Palavas-les-Flots...
En fin, ya veríamos cuál nos gustaba más...

–"*A Montpellier, je revis la mer, ma fidèle allié et ma grande
amie.*" Eso lo escribió Chateaubriand en sus *Memorias de ultra-
tumba,* mi amor...

–Suena tan lindo y tan premonitorio...

La felicidad llegó con dos grandes noticias. La primera: Ornella
no estaba fichada por la policía francesa ni italiana y estaba clarí-
simo que jamás había participado en ninguno de los atracos o
negocios de un tal Olivier Sipriot, del que parecía ni siquiera acordarse. La segunda: me habían concedido el puesto de Montpellier.
Inmediatamente puse en venta mi departamento parisino y el inefable bólido descapotable que tan ridículos recuerdos me traía de
nuestro encuentro en Perugia.

Pero entonces desapareció Ornella y empecé a temerme lo peor.
Porque esta vez sí estaba seguro de que nuestra alegre y apacible
vida en común era el desenlace feliz de una larga y horrible pesadi-

lla cuyo final estaba ligado cien por ciento a la desaparición de Olivier Sipriot y al sincero arrepentimiento de una mujer que había decidido nunca más burlarse de mí. Así viví yo estas cosas, y en todas ella seguía creyendo la noche en que recibí un porrazo en la cabeza, en el instante en que me dirigía a denunciar los hechos en la comisaría de mi barrio, y momentos más tarde, cuando recobré el conocimiento mientras alguien me quitaba una venda y me descubría parado en el centro de una caótica y oscura habitación.

–Lo siento, profesor, pero la pesadilla sigue para usted –me dijo Olivier Sipriot, encendiendo una linterna que iluminó el rostro de Ornella.

Estaba sentada en una silla de paja, con las manos atadas, y tenía un labio ensangrentado, un inmenso parche en un ojo, la blusa destrozada, y el cuerpo manchado de sangre.

–La señorita nos ha dado guerra –dijo uno de los cuatro tipos que me rodeaban.

–Tortolitos –añadió otro, escupiendo mientras me miraba.

En ese momento apareció una mujer joven, bastante elegante y sonriente, que avanzó hasta donde estaba Ornella y le pegó una tremenda bofetada.

–Fue mi rival, después de todo –comentó, mirándome, soltando una breve carcajada, y retirándose hasta el lugar en que estaba Olivier Sipriot. Se sentó a su lado, como quien se dispone a escuchar las palabras de un profeta.

–Lamento mucho que nos hayas engañado con lo de los golpes de Estado, Max. Porque estamos a punto de irnos todos muy lejos, menos tu pequeña Ornella, por supuesto, y habríamos necesitado por lo menos una parte de ese dinero. Pero, en fin, pedazo de imbécil, todo parece poder arreglarse todavía con algunas transacciones, y Ornella, que ya ha tenido a bien poner en venta sus propiedades italianas, como bien podrás notar, nos ha contado que también tú estás vendiendo tu departamento y aquel Alfa Romeo que tanto me gustaba. ¿O no es así?

–Sí, así es.

–Entonces qué esperas, imbécil –sentenció Olivier Sipriot, mientras su nueva esclava lo miraba sonriente, como aprobando lo bien que habían salido las cosas.

–¿De cuánto tiempo dispongo?

–De ninguno, pedazo de imbécil –me respondió la mujer, siempre sonriente–. O sea que vuela si quieres encontrar viva a tu tortolita, porque a sus viejas rivales uno siempre tiene ganas de darles una bofetada por segundo.

Miré a Ornella, pero había dejado caer la cabeza sobre su pecho y el pelo le cubría la frente y los ojos. Esa fue la última vez que la vi en mi vida, porque ya se había largado a Brasil, o sabe Dios dónde, con Olivier Sipriot, la noche en que siguiendo paso a paso las indicaciones que me dieron, fui a entregar todo el dinero que obtuve de la apresurada venta del departamento y el automóvil, pero ya sólo para que sus cómplices, y entre estos la muchacha de las falsas bofetadas, se lo hicieran llegar a santa Ornella Manuzio y a su Aventurero. Heridas, parches, moretones, la nueva esclava de su truhán, en fin, todo, de principio a fin, absolutamente todo había sido un montaje hecho a la medida del perfecto imbécil que insistía en vivir la ilusión de una felicidad que siempre creyó inherente a su naturaleza y que, sin darse cuenta, fue intercambiando por limosnas de amor que al final se daba a sí mismo, en el cruel trayecto que lo llevó de Ischia a la más ciega desesperación.

–Ornella... La recuerdo aquella última vez, Claire...

–No, no me cuentes más, Max. Al menos no hoy...

–¿Por qué hundió su cabeza entre el pecho? ¿Por qué dejó que el pelo le cayera sobre la frente y le cubriera los ojos? ¿Sintió vergüenza? Ya sé que nunca me amó. Lo he aceptado. Pero, ¿sentía algún tipo de cariño por mí? ¿Amistad? ¿Simpatía?

–Basta, Max, por favor... ¡No te das cuenta de que...!

–¿De que se rió de mí de principio a fin? Mira, *jeune fille*, ya no te digo que he pensado mucho en todo esto. Te digo que, además, lo he calculado. Sí, calculado en meses, días, horas y minutos. Y te concedo toda la razón del mundo si me dices que durante casi dos años no hizo otra cosa más que burlarse de mí. Pero, el tiempo que pasamos en Ischia, el tiempo que pasamos en Roma, antes de que apareciera Olivier Sipriot, y los meses de marzo, abril y mayo de 1980, en París... Ahí tuvo que haber algo...

–Algo como qué, Max.

–Cariño, por lo menos, para aguantar a un cretino como yo.

–Perdona, Max, pero la que está aguantando al cretino en este momento soy yo.

–Apaga esa grabadora, por favor.

–No, porque en este momento me vas a contar cómo y cuándo murió Ornella. La verdad, estoy loca por enterarme de que alguien la acribilló a balazos o algo así.

–Cualquiera diría que le tienes celos, *jeune fille*...

–Mira, tonto, si crees que me estoy enterando de tanta cochinada sólo por una morbosa curiosidad, hoy mismo lo dejamos y te buscas a otra Claire.

–Imposible. Eso no existe. Ten la seguridad de que eso sí que no existe, *jeune fille*.

–¿Quieres que te diga algo que te puede ayudar, Max? ¿No, no quieres? Mira, tonto, a veces me provoca echarte un buen polvo, con sondas y todo, para que te acuerdes el resto de tu vida de lo que es...

–¿El amor?

–El sexo sano, simplemente, imbécil.

–Caray, recién empezamos y ya me estás tratando peor que Ornella...

–Cretino, ahora sí que voy a apagar esta grabadora del diablo.

Claire miró su reloj. Había tiempo hasta la hora del té. O sea que me abrió la camisa de la piyama, hasta donde era posible, por las sondas, apartó mis brazos hasta dejarlos colgando casi a ambos lados de la cama, retiró sábana y frazada, me bajó el pantalón, y se puso coloradísima mientras se desvestía a forcejones, tendiéndose sobre mi cuerpo y encargándose prácticamente de todo, en vista de que un hombre sin brazos resulta ser alguien bastante disminuido para el amor, por más maravilloso que este termine siendo, momentos después...

–Te prometo salir de aquí sólo por esto, *jeune fille.*

–¿O sea que esta gringota sirve para algo, profesor?

Pero momentos después todo se había ido al diablo, nuevamente, porque volvimos a encender la grabadora y yo conté que Ornella no había muerto. Sí, Claire fue la primera persona a la que le conté que esa perra ojalá estuviese muerta, pero que a mí no me constaba, por la sencilla razón de que nunca volví a saber de ella ni de mi dinero ni de Olivier Sipriot. En fin, que nunca volví a saber nada de nada. La verdad, creo que, sin la ayuda de Claire, esto no lo hubiera contado ni en el libro que ha resultado ser este *Reo de nocturnidad.* Y en las páginas que he conservado entre las escritas antes de que reapareciera mi querida *jeune fille* y empezáramos a trabajar juntos, varias veces he tenido que corregir algo que para mí mismo, en el vacío terrible del insomnio y la desesperación, funcionó como dolorosa verdad durante mucho tiempo: la muerte de Ornella. Venía diciendo que estaba muerta cuando llegué delirando a esta clínica y muerta se la dejé durante meses al doctor Lanusse. Y no creo haberle dicho nada falso, entonces, a ese hombre. Por eso sé que no le mentía cuando, al comienzo del tratamiento, le hablaba por ejemplo de la vez aquella en que Ornella me pidió que fuera a rescatarla a Bombay y, en prueba de su absoluta buena fe, me hizo llegar sabe Dios cómo hasta el último centavo de la suma que entregué por recuperarla.

La vergüenza de haber sido y el dolor de ya no ser... Por algún lado escuché este tango cuya letra habla también de un hombre que se arrastra... Curiosa resulta la manera en que a veces las palabras de una canción, más que nada por su tema traumático, nos acercan a nuestra propia verdad, nos la cuentan, casi. Sí, porque yo era eso, todo en mí era eso: vergüenza y dolor, escrúpulos y pena, odio profundo e infinita nostalgia... Y por ello no podía aceptar la verdad acerca de Ornella y preferí arrastrar el orgullo imaginativo y doloroso que se desencadenó en mí, ese penoso y atroz orgullo cuyos síntomas se manifestaron por primera vez en las carreteras italianas y en la miserable aventura de Perugia. La muerte de Ornella me redimía. La vida de Ornella me hundía en la miseria moral. Pero si yo sobreponía una nueva y trágica verdad a la vieja, me salvaba de la vergüenza, del dolor y hasta del horror que me producía la realidad. Y volvía a ver a Ornella con la misma mirada que me hizo sacarla de una trattoria en Ischia, el día en que me llené de ternura porque quedó tan mal ante Peter Ustinov.

III

Je découvre le pays de Montpellier, la garrigue et la mer,
un monde plus subtil et plus raffiné que celui de mes montagnes.
ANDRÉ CHAMSON

Salut donc, ville gracieuse et chérie. Salut, séjour d´Apollon,
renommé au loin par l'éclat de ta lumière et de ton nom!
FRANÇOIS RANCHIN

Nevó en octubre por primera vez en cien años, maldita sea. Desde
1880, en aquel mes sólo había brillado el sol de toda la vida, en
Montpellier, el sol del que hablaban los libros, el de los folletos tu-
rísticos y el de la propaganda que le hacía la gente a la ciudad del
buen vivir, beber y yantar. Pero tuve que llegar yo, exactamente un
siglo después, para que empezara a nevar alpinamente mientras el
tren que me traía desde París, perfectamente equipado para un
gran fracaso, hacía su ingreso en la estación y se detenía en el an-
dén número tres.

–Mira, mamá, está nevando –dijo la niñita horrible, terrible y de
voz repelente que había venido molestando a medio mundo durante todo el trayecto–. Mira, mamá, mamá mira mira mira...

Miré yo, por fin, tras haber cerrado para siempre la pequeña
guía de la Oficina de Turismo y Sindicato de Iniciativa, edición de
1980, en la que se mencionaba una temperatura media anual de
veintidós grados, trescientos cinco días de sol al año, y veintitrés o
veinticuatro luminosas y soleadas jornadas, cada mes de octubre.
La palabra *nieve* no la mencionaban jamás, por supuesto, o sea que
odié a la niñita de la voz repelente más que a lo largo de todo el
trayecto y fui en busca de mis maletas.

Dos ideas cruzaron mi mente mientras esperaba un taxi en la
puerta de la estación y miraba el cielo muy oscuro y el suelo

cubierto de nieve. La primera: "Es lógico que yo haya llegado a Montpellier el día en que hasta el sol se viste de luto. Ornella ha muerto." La segunda: "Me he quedado tan solo y triste, tras la muerte de Ornella, que hasta a la soleada Montpellier la veo en blanco y negro." Después pensé que la niñita horrible de la voz repelente era el diablo y miré hacia todos lados en busca de una mujer hermosa como un milagro.

–¿Sube, o deja pasar al próximo cliente? –me increpó el taxista que había detenido su coche en mis ausentes narices.

–La verdad es que lo estaba dudando –le respondí, sólo por joder, mientras depositaba el equipaje en la maletera del auto y me disponía a darle mi dirección.

El tipo pegó un gruñido parisino y a partir de entonces reinó el más profundo y nevado silencio a lo largo del trayecto hasta el que sería mi nuevo domicilio en esta vida. Había alquilado, por teléfono y desde París, un amplio y moderno departamento con cocina totalmente equipada, en el tercer piso de un edificio de muy reciente construcción, y su propietario debía estarme esperando a mi llegada para entregarme las llaves. Pero no, el señor Michel Beau se había atrasado, seguramente, y en cambio me esperaba una cincuentona gorda, de rostro maltratado por la vida, de piel muy blanca, pelo pintadísimo de negro, ojos demasiado azules para ser verdad, y cubierta por una suerte de globo peludo, más que abrigo de piel, sobre el que había caído una buena cantidad de nieve. La mujer me sonreía desde la puerta de vidrio del edificio y esperaba que terminara de bajar mis maletas y le pagara al malhumorado taxista.

–Usted tiene que ser Maximiliano Gutiérrez, el nuevo profesor de la Facultad de Letras...

–Así es, señora –le dije, pensando: "Caray, otra vez el diablo."

–Pues ha llegado usted trayéndonos la primera nevada en cien años, profesor.

–¿Viene usted de parte del señor Michel Beau, el propietario?

–No. Yo también soy profesora de la universidad, y supe por amigos comunes que usted llegaba hoy.

Así conocí a Nieves Solórzano, asistente en el Departamento de Español de la universidad, de nacionalidad chilena, y una persona que realmente había del hecho exilio político una muy cómoda y rentable profesión. Y que buscaba otoñal novio en mí, a juzgar por lo que ocurrió en las semanas siguientes, y también por lo que ocurrió en los siguientes minutos, mientras yo miraba hacia todos lados a ver si aparecía una mujer joven, no cubierta de nieve y hermosa como un milagro.

–Tenemos que tutearnos, Maximiliano.

–Bueno, sí –le dije yo, en el preciso momento en que el propietario del departamento salía de un automóvil que acababa de estacionarse.

–Mil disculpas, señor...

–Gutiérrez, Maximiliano Gutiérrez –le explicó, en mi lugar, Nieves Solórzano.

–Creí que el señor Gutiérrez venía solo a Montpellier –dijo el propietario, disculpándose en el acto al darse cuenta de que podía haber metido la pata–. Perdón, perdón...

–Digamos que yo soy su acompañante oficial –se me adelantó, otra vez, la tal Nieves.

El señor Michel Beau ya no se atrevió a preguntar ni añadir nada más, porque en Francia la burguesía regional se pasa de reservada y discreta, y procedió a mostrarme el edificio y el departamento, que yo sólo conocía por planos y fotografías, aunque más bien debería decir *a mostrarnos el edificio y el departamento* a Nieves Solórzano y a mí, en vista de que todos los comentarios positivos o negativos los hacía la experta en exilios políticos latinoamericanos. Y cuando el propietario se fue, lo más burguesa y sonrientemente que pudo, aunque sin lograr quitarse del rostro la expresión de asombro causada por la aparición de una pareja bastante dispareja y no de un hombre que se presentó a sí mismo como soltero, cuando llamó para alquilar el departamento, Nieves Solórzano encendió la calefacción eléctrica, decidió dónde debería poner unas cortinas y dónde no, qué muebles quedarían ideal en cada habitación, y hasta sacó un centímetro para empezar a tomar todas las medidas que fueran necesarias.

–Oye, pícaro –me dijo–, no te vayas a creer que soy una mujer objeto. Nada de eso, m´hijito, que yo soy de izquierda y bien feminista. Lo que pasa es que me gusta cocinar y hacer todas esas cositas que a los hombres les encantan. Y además, como bien sabes, los latinoamericanos en el exilio debemos ser todos solidarios en todo.

–Lamento decirte que en mi vida he sido un exiliado ni nada que se le parezca, Nieves.

–No te preocupes, Maxi...

–Max, por favor. O Maximiliano, en el peor de los casos.

–Ya verás cómo todo tiene arreglo en esta vida, m´hijito.

Ese ogro me iba a matar. Seguía con el abrigo-globo nevado puesto, a pesar de la calefacción, y me miraba como puta vieja a debutante sexual en prostíbulo clandestino, o algo así, como a un bebé en pañales, en cualquier caso. Y definitivamente yo no iba a encontrar a una mujer joven, no nevada y hermosa como un milagro dentro del departamento, por lo que fingí un renovado interés en volver a visitarlo y partí a la carrera en dirección a todas las ventanas y balcones con vista a la calle que pudiera encontrar. Mi nuevo barrio en blanco y negro fue lo único que vi, por más que me asomé como loco.

Mientras tanto, el ogro ya se había metido a la cocina y me estaba explicando desde ahí adentro que la vajilla era horrible y que sólo había unos cuantos cubiertos de porquería.

–¿Qué hacemos, Max? Porque esto de cocina totalmente equipada no tiene nada.

–No te preocupes. Mañana viene un camión trayéndome mi biblioteca, mi discoteca, mis cuadros, algunos muebles, y todas mis demás cosas de París. Entre ellas hay una vajilla y una cubertería.

–¿Entonces me dejas que esta noche te invite a comer?

–Gracias, Nieves. Pero no...

–Anda, tonto. Te invito sólo por ser la primera vez. La próxima ya...

–Gracias, Nieves. Pero no.

–Hay un restaurancito lindo por aquí cerca, m´hijito.

–Gracias, Nieves. Pero no.

Apareció de nuevo el ogro en la sala, mientras yo hacía lo humanamente posible por desaparecer en el más oscuro y apartado rincón, y se arrancó con la cantaleta de que a la legua se notaba que yo era bien timidón y seguro que no me atrevía ni a ofrecerle un traguito. Le dije que no tenía nada de beber aún, pero la muy sapa me soltó que mujer prevenida también vale por dos y recogió un inmenso bolso de cuero que había dejado en el suelo, a la entrada de la sala. Sacó una botella de whisky, le sonrió a su hijito, y regresó a la cocina en busca de vasos y de hielo, pues ya había abierto antes la refrigeradora y comprobado que hielo y agua sí teníamos.

–Salud por una nueva vida en Montpellier, Max –me dijo al regresar de la cocina con una bandeja y dos vasos de whisky.

–Salud –le respondí, con ganas de asesinarla, y jurándome que por nada de este mundo iba a terminar así mi primer día en Montpellier.

–Bueno, Max, mientras llega la hora de comer, cuéntame, por ejemplo, de qué color te gustaría la tela para las cortinas de esta sala.

–Ya otro día hablaremos de eso, Nieves. Antes quiero que lleguen todas mis cosas y ver cómo quedan, a medida que las voy acomodando. Y tal vez tenga que comprar algunas cosas más.

–Entonces cuéntame algo de tu vida, mientras llega la hora de ir a comer.

–No, gracias, Nieves. No voy a salir a comer. He visto que hay una tiendecita de alimentos junto al edificio, y dentro de un momento voy a bajar a comprar algo para esta noche y para el desayuno, mañana...

–Bueno, veo que el señor insiste en pasar sólo su primera noche en Montpellier.

–Creo que sí, Nieves. Quisiera abrir mis maletas y ver varias cosas más, esta misma noche.

–Entonces, m´hijito, cuénteme algo de su vida, mientras terminamos este traguito.

–La verdad, creo que de mi vida poco o nada queda por contar, ya.

–¿*Ya?* A ver, m´hijito, cuénteme qué significa exactamente ese *ya.*

Picó en mi palabrita clave, el ogro cincuentón, o sea que saqué el pañuelo de un bolsillo y me lo acerqué a la cara como quien teme no lograr contener las lágrimas: *ya* significaba precisamente eso.

–Me habían dicho que eras soltero y que te habías divorciado hace años.

–Qué cosa es ser soltero, casado, viudo, o lo que sea, cuando...

–¿Cuándo qué, m´hijito?

–Cuando ya, Nieves. Digamos que cuando ya, y no se hable más del asunto.

Consideré que no lograr contener una lágrima era lo más pertinente, en ese preciso momento, y hacia ella llevé con suma urgencia el pañuelo, en el más profundo silencio e inclinando la cabeza al máximo, como aplastado por una pena desconocida y anónima para el ogro que se me había colado en la casa, pero que ahora empezaba a quedárseme sin argumentos y a ponerse más fea que nunca con el abrigote ese empapado por la nieve derretida. Me había llegado mi turno. Le había llegado a ella su hora.

–Perdona, Nieves –le dije–. Pero como que todo resulta demasiado frío y triste para un primer día en Montpellier, ¿no te parece?

Cae nieve por primera vez en cien años, tú te llamas Nieves. Sin ánimo de ofender a nadie, por supuesto, ¿no te suena todo esto a mal augurio? Mira el color de las calles, mira el color del cielo... ¿Qué me dices, Nieves, de tanta nieve y tanta oscuridad?

Vaya que sí tenía sus reflejos, el ogro diabólico, ya que aún le quedaba medio vaso de whisky para torturarme un rato más, pero optó por bebérselo en un santiamén mientras se ponía de pie y sonreía tácticamente en su retirada con tierno y horrible besito pegajoso, demasiado cerca a mi boca y todo, porque seguro que esa era para ella la única manera posible de poder regresar a discutir el asunto de las cortinas feministas o lo de la vajilla y cubertería de izquierda. Mi larga experiencia en cuatro universidades francesas me permitía detectar a la perfección a estos indignos subproductos del exilio chileno, argentino, uruguayo, por el que tan caro pagaban muy a menudo otros dignos compatriotas y hasta los latinoamericanos en general. Lo malo, claro, era que los colegas franceses no tenían el olfato necesario para detectar todas las mentiras podridas que solían contar sobre la causa o el origen de más de una falsa deportación y, como la gente tipo Nieves Solórzano llegaba a Francia con una verdadera aureola revolucionaria, no se atrevían a abrir los ojos ni siquiera cuando aquellos turbios personajes sacaban sus verdaderas garras y se mostraban como realmente eran.

Había parado de nevar, por fin, y empezaba a anochecer, por lo que decidí bajar y ver qué había en la tienducha enana de productos alimenticios que vi al llegar a mi edificio. Quedaba a unos metros de la entrada, en una casa en muy mal estado de conservación y que hasta parecía abandonada, pero la luz estaba encendida y en la pequeña ventana que hacía también de humilde escaparate pude ver algunas frutas y verduras, más cuatro o cinco huevos, todo de aspecto francamente dudoso ya. Abrí la puerta, sonó una campanita que anunciaba mi llegada, y en un abrir y cerrar de ojos vi que la anciana jorobada y revejidísima, cuya perfecta cara de gallina hervida asomaba apenas sobre el mostrador, soltaba un espantado alaridito, muy a tono con su edad, estado y estatura, y se metía en la negra trastienda como alma que lleva el diablo.

Esperé unos minutos a ver si llegaba algún cliente más, pero nadie parecía entrar a la tienducha a esas horas. No sabía muy bien qué hacer, la verdad, porque ya había visto un paquete de café, algunas naranjas, pan y mantequilla, y me hubiera gustado comprarlos para mi desayuno del día siguiente. Probé entonces llamar muy dulce y suavemente a la espantada ancianita, mencionándole una por una y con ternura las cosas que deseaba comprarle, pero no hubo manera de que volviera a aparecer y tuve que abandonar la tienducha con las manos vacías y avanzar varios metros más hasta llegar a un ruidoso local que llevaba el nombre de la calle: Bar du Carré du Roi.

Me presenté al patrón como el nuevo inquilino del edificio de la esquina, y el tipo se secó la mano con una servilleta, me la extendió bastante húmeda aún, y me dijo que se llamaba Bernard y que estaba a mis órdenes, sí señor, obligándome con ello a ser muy cortés y contarle que iba a trabajar en la Universidad Paul Valéry, lo cual hizo que me mirara con sumo respeto y que los parroquianos empezaran a observarme disimuladamente. Pero estalló una carcajada general cuando conté lo que acababa de ocurrirme en la tiendecita de al lado.

–Simone –le dijo Bernard a su esposa, presentándome de paso–, la abuela se ha aterrado al ver entrar al profesor. Corre a sacarla del fondo y dile que el señor Max es un vecino nuevo y que sólo quería comprarle unas cosas.

–Déjelo por ahora, Bernard –le dije–. Comeré un sándwich, aquí, y ya mañana veremos.

–Pero hay que recuperar a la abuela de todas formas, y mejor es que vaya usted y aproveche para que ella lo conozca de una vez. La pobre cumplió cien años hace tiempo y se aterra no bien ve algo nuevo en el barrio.

Algo era yo, en este caso, o sea que tuve que ir con Simone y esperar que ella se introdujera en la trastienda y se estuviera largo rato ahí metida, tratando de convencer a la abuela. Por fin salió la anciana, entre furiosa y aterrada, y logré comprar las cosas del desayuno, tras haberme presentado muy amablemente, pero aun así tuve que esperar varias semanas más para que empezara a recibirme el dinero en la mano cuando le pagaba, y no me obligara a dejarle el importe exacto de mi compra sobre el mostrador, para recogerlo y ocultarlo cuando yo ya me hubiera ido. En fin, que hubo que esperar un tiempo para que la abuela, como la llamaban todos en el bar de Bernard, se acostumbrara a mi presencia en el barrio y dejara de insultarme cada vez que entraba a comprarle las cuatro o cinco cosas que no estaban medio podridas en esa tienducha.

El bar de Bernard se convirtió, en muy poco tiempo, en el lugar de todas mis citas extrauniversitarias en Montpellier. Los primeros meses saludaba a todos con un "Buenas noches" general, en seguida les daba la mano a Bernard y a Simone, su esposa, y me sentaba tranquilamente en un taburete situado a un lado del mostrador rectangular, lo cual me permitía apoyarme en la pared y observar prudentemente a los parroquianos. Unos bebían de pie, ante el mostrador, conversando ruidosamente y retirándose de tiempo en tiempo a probar suerte en las máquinas tragamonedas. Otros se sentaban a jugar cartas en las cuatro o cinco mesas que había al fondo del bar. La gritería iba en aumento a medida que los brindis prosperaban y sobre todo desde el momento en que llegaba el inefable profesor de la auto-escuela, un gordo de ojos muy negros y saltones, con cara de sapo, y una inmensa boca siempre dispuesta a soltar una larga y feroz carcajada. Todos ahí lo llamaban Pierrot y a lo largo del día no cesaba de aparecer por el bar para tomarse dos o tres rápidas copas de pastís o de pernod, entre clase y clase de manejo. Nadie entendía cómo el tipo no se estrellaba nunca y, sobre todo, cómo confiaban en él los alumnos de la auto-escuela.

Pierrot terminó con mi tranquila costumbre de bajar cada noche al bar de Bernard a tomarme un par de cervezas y contemplar a la simpática fauna que recalaba ahí a la salida del trabajo. Su euforia alcohólica lo llevó a dirigirme la palabra, un día, y desde entonces me vi incorporado a todo tipo de conversaciones y discusiones. Varias veces traté de escaparme de esa situación, al comienzo, pero todos mis esfuerzos fueron inútiles. Pierrot le había tomado simpatía al profe y no había absolutamente nada que hacer contra eso. Y sin darme cuenta empecé a participar en las festivas rondas de invitaciones o, más bien, de incitaciones al trago, y a quedarme hasta que cerraban el bar y los últimos parroquianos salían muchas veces tambaleantes. Yo, entre ellos. Jamás bajé los lunes y los martes, eso sí, en vista de que mis clases las tenía al día siguiente en la mañana. Pero creo que mi cada vez más frecuente presencia en aquel bar de pueblo, desde que Pierrot logró incorporarme a la banda de parlanchines parroquianos, estuvo muy estrechamente ligada a la mala calidad de mi vida en Montpellier.

Y también estuvo ligada, es cierto, a una serie de rasgos muy sombríos que se manifestaron por primera vez en mi carácter. Cosas del estado de ánimo, me imagino, pero cosas que muy rápidamente se fueron apoderando por entero de mi persona, sobre todo cuando empezaba a oscurecer. El síndrome del eterno retorno, como lo llamaba yo burlonamente, esforzándome por quitarle importancia, por desdramatizarlo y banalizarlo, para extraerle siquiera una sonrisa redentora al maldito síndrome ese, me empujaba a volver fatalmente al bar de Bernard y Simone, como si eternamente agradecido por la acogida que me habían brindado el día de mi horrible llegada a Montpellier, y el siguiente, y el siguiente mes, y el otro, y al final ya siempre, yo estuviese también eternamente obligado a retornar noche tras noche. Y, cuando bebía más de la cuenta y Pierrot y yo abandonábamos el bar y nos perdíamos abrazados por las estrechas y oscuras calles de esa ciudad de piedra *–de piedra ha de ser la cama / de piedra la cabecera,* entonaba yo, en

voz bajita, porque Pierrot qué diablos iba a entender de canciones
rancheras–, en busca de una luz encendida y de una puerta abierta
con copas adentro, hasta las mil y quinientas, ese monstruo y yo no
lográbamos rescatar a Ornella herida de muerte en las cumbres he-
ladas del Kilimanjaro, y cómo llorábamos antes de perder el sentido. La diferencia, claro, era que la vida seguía para Pierrot, al día
siguiente, y que el tipo, increíblemente, desayunaba puntualísimo
con su mujer y su hijita, las dejaba a esta en el colegio y a su esposa
en la oficina, y después sabe Dios cómo aparecía fresco como una
lechuga donde Bernard, mientras yo agonizaba cubierto por una
sábana que me ocultaba el día, Montpellier, la vida y el mundo, teniendo por única memoria una profunda vergüenza de todo y un
profundo dolor de Ornella.

Desde la cama reconocía el ruido del auto de Pierrot partiendo
una y otra vez a sus clases de manejo, después de haberse ofrecido
su doble o triple recompensa de alcohol en ese bar al que yo me
juraba entonces no volver jamás. Pero nunca aguantaba más de
cuatro o cinco días sin regresar, porque empezaba a imaginarme
que los parroquianos me observaban con desconfianza o resenti-
miento cada vez que entraba o salía de mi edificio, y ello me llevaba
a sentirme no sólo ingrato sino realmente culpable de abandonarlos
a su suerte de pobres parroquianos de bar de pueblo y de adoptar
la postura de un presumido profesor universitario.

Y bueno, claro... Porque todo hay que decirlo. La décima vez
que Pierrot y yo lloramos la muerte de Ornella y soñamos y canta-
mos y maldijimos su imposible rescate de las cumbres nevadas del
Kilimanjaro, el asunto empezó a producirme una profunda adic-
ción, y también por eso había que retornar eternamente a lugares
como el bar de Bernard y Simone y a aquellas callejuelas tortuosas
que llevaban a Pierrot y a su amigo el profesor hasta las mismas
faldas del nevado mortal y la puta que lo parió.

Más Nieves Solórzano, ya que estamos hablando de nevados
mortales. Porque el ogro insistía, y a cada rato organizaba una de

esas actividades de izquierda a las que uno tenía que retornar eternamente, también, por solidaridades y malas conciencias que ella sabía explotar como nadie. Se declamaba, se leía y se cantaba todo lo que ya se había declamado, leído y cantado en medio mundo en aquellos años en que aún soplaban aires de revolución permanente en Europa y en Estados Unidos, siempre y cuando esta la llevara a cabo, en América Latina, por supuesto, el ya difunto comandante Che Guevara, porque hasta en las mejores familias se aprendió a quererlo, a cantarlo y a bailarlo.

Yo me moría de vergüenza ajena al ver a Nieves Solórzano ejercer de exiliada oficial de Chile en Montpellier, en aquellos actos de quena, charango y zampoña, con *Cóndor pasa* obligado y reiterado *ad infinitum,* mientras los alumnos, que ya no sólo ignoraban quién era Fidel Castro o quién Cohn-Bendit, alias Dani el Rojo, porque hoy las ciencias adelantan que es una barbaridad, sino que además ignoraban quién fue Napoleón y eran muy capaces de soltar un bostezo con su toquecito flatulento ante la sola mención del general De Gaulle, en fin, mientras los chicos de hoy esperaban sólo que se callara la bruja chilena y se apagaran las luces del gran anfiteatro de la universidad para entregarse al amor en los tiempos que corren.

Y estuve a un pelo de que el ogro no terminara de colgarme las horribles cortinas que me había obligado a comprar, la noche en que aparecí con Pierrot en pleno escenario del gran anfiteatro con un impulso desconocido hasta para mí mismo, porque la verdad es que en aquella oportunidad la imperiosa necesidad de un eterno retorno me sorprendió cuando aún no había oscurecido y tuve además la mala suerte de encontrarme con el Monstruo, como lo llamaba ya medio mundo a Pierrot, desde que yo lo apodé así, entrando donde Bernard. Bebimos más de la cuenta, nos emborrachamos antes que nunca, pero ello no me impidió recordar que ese día Nieves Solórzano había organizado uno de sus actos solidarios en la universidad. Y se me estaba haciendo tarde.

–Eso lo arreglo yo en un segundo –me dijo el Monstruo, con su carota, porque el tipo usaba la cara íntegra para hablar–. Tú confía en el mejor chofer de auto-escuela del mundo y en un segundo te pongo donde quieras.

Sin embargo, fui yo el culpable de que él terminara parado en medio del escenario, con esa cara de total desconcierto y extravío que le produjo descubrirse de pronto ahí arriba y todo iluminado por rayos de luz que parecían venir del infinito. Pero al tipo le bastó con estrecharme muy efusivamente la mano, soltando al mismo tiempo un absurdo y asombrado carcajadón, como si recién se enterara de que estaba a su lado, para que inmediatamente reinara un silencio absoluto en el auditorio. Nieves Solórzano, que se había alejado un poquito, prudentemente, y que aún sonreía, como esperando que yo soltara algunos lugares comunes de apoyo al acto que había organizado, empezó a agitar las banderitas exiliadas que usaba siempre en estos casos y puso su mejor cara de maestra rural y Gabriela Mistral.

–Queridos colegas, queridos alumnos, mi muy querida y exiliada Nieves Solórzano –dije yo, como quien calienta motores–. Como ustedes bien saben, *El cóndor pasa* siempre...

–¡Le condór pasá!– gritó el Monstruo, como quien manifiesta su más absoluto acuerdo y quiere que todos se enteren.

Abrazarnos por solidaridad y para darnos apoyo físico y moral hizo que trastabilláramos lo suficiente como para que se notara mucho, pero Nieves Solórzano aplaudió, agitando sus banderitas y remilgándose todita porque iba a hablar su Max.

–¿Tú la conoces? –me preguntó el Monstruo, señalando a Nieves Solórzano.

–No –le respondí yo–, ¿quién es?

–Es la madre Exilio –soltó el muy bestia, con la carota pegadita al micro.

Se le escuchó hasta el fondo muy oscuro del anfiteatro y el aplauso fue general.

–¡El cóndor pasa! –grité yo, no sé si para calmar tanto entusiasmo y burla, o para aprovecharme de él. Pero lo cierto es que ya no pude contenerme y solté toda una arenga acerca de aquella canción, repitiendo hasta el cansancio que se trataba nada menos que de una zarzuela estrenada en Lima, en 1913, y compuesta por un autor peruano, sí, pero que también compuso óperas, como *Illa Cori,* por estar ambos géneros muy de moda entre la alta sociedad limeña de principios de siglo. O sea que de revolución o de Túpac Amaru o Manco Inca, nada, pero lo que se dice nada, mis queridos colegas y alumnos, y créanme que lo siento... Y con todo pesar les digo también que, de indio, su autor tuvo lo que yo de sueco, y que tuvo además una formación netamente europea, como yo, que no me avergüenzo de ello para nada... Pero, en fin, para terminar, debo informarles que músicos así hubo muchos, y que los hubo también peores que aquí mi amigo el Monstruo y yo, que sólo bailamos el cha cha chá, porque crearon lo que el crítico musical peruano Carlos Raygada llamó "la falsificación folclórica", que allá por los años veinte y treinta dio al mundo híbridos como el fox-incaico, el cameltrot incaico, el swing incaico... En fin, ¿cómo la ven? Pero bueno, ¿no quieren que aquí mi hermano Monstruo y yo les interpretemos algo mejor y mucho más actual?

–¡Síííí! –gritó hasta el ogro, para que no se le escapara del todo el control de las masas y el exilio.

–Vámonos rápido de aquí, Pierrot, que la hemos ca...

El Monstruo y yo desaparecimos entre rabiosos aplausos de profesores y alumnos y al compás del siguiente y muy alegre producto de nuestra ebria imaginación:

Los exiliados nos vamos ya.
Y nos vamos bailando el
cha cha chá.

Cha cha chá...
cha cha chá...
rica chá...

Agonizaba al día siguiente cuando sonó el teléfono y contesté bajo el peso de la culpa. Me lo había imaginado. Era Nieves Solórzano, para pegarme un jaloncito de orejas y almorzar conmigo.

–Te espero en un par de horas en el café de abajo, Nieves...

–Nones, m´hijito.

–¿Por qué?

–Porque mis fuentes de información no fallan y sé que ahí se encuentra usted con sus malas compañías.

–Bueno, ¿dónde nos encontramos entonces, y a qué hora?

–A la una en punto, en el Petit Jardin, un restaurante que queda p'al *otro* lado de su casa, m´hijito.

Menos mal, porque el restaurante ese quedaba sólo a un par de cuadras de mi departamento, lo cual me dio tiempo para pegarme un largo duchazo y entrar donde Bernard a tomarme un buen levantamuertos, antes de afrontar a la madre Exilio con una sonrisa permanente en los labios.

–Bien, m´hijito –me dijo la muy pesada, cuando llegamos al restaurante y aún no había terminado de sentarme–. Explícame un poco qué pasó anoche en el acto de solidaridad.

–Perdóname, Nieves. Te juro que es la última vez que asisto a uno de esos actos.

–¿Cómo que la última vez, m´hijito?

–Bueno, la verdad...

–La verdad, ¿qué, Max?

Comprendí que había empezado pésimo y que debía cambiar totalmente de táctica. O sea que le dije que, por vergüenza, sólo por la inmensa culpa y vergüenza que sentía, yo pensaba que nunca jamás debería aparecer en uno de esos actos.

–Max, yo no soy un ogro...

–¿No?

Diablos, otra metida de pata, y qué tal coincidencia, caray. Madre Exilio me tenía ya entre sus garras y, en efecto, no tardó en agarrarme una mano y en acercárseme peligrosamente por encima de la mesa, mientras yo miraba hacia todos lados, muerto de verdadera vergüenza, ahora sí. Vino el mozo trayéndonos el menú, y no me soltó. Volvió para que ordenáramos, y no me soltó. Y trajo el primer plato, y tampoco me soltó, qué va. Todo lo contrario. Apartó mi mano izquierda, siempre prisionera de su mano derecha, y me soltó la tremenda broma de que ella era de izquierda hasta al comer y que en vista de que ese suflecito no requería de cuchillo... Casi le digo que yo también era zurdo, pero como me conozco y sé que esa hábil mentira rápidamente se hubiera convertido en una pesadilla, porque para siempre jamás habría dejado de ser diestro, cada vez que comiera con Nieves Solórzano, opté por la más cruel resignación y por disimular todo lo posible la ridícula y absurda situación en que me encontraba...

–¡Max! ¡Me acabo de dar cuenta! Esa fue la primera vez que nos vimos fuera de la facultad...

–Justo te lo iba a decir, Claire, pero lo que pasa es que todavía me da vergüenza recordar aquella escenita. Te estabas matando de risa, *jeune fille*...

–La verdad, nunca me he olvidado de la expresión de impotencia que tenías.

–¿Y en qué pensabas, al verme en ese lío?

–Yo creo que no pensaba en nada, Max. Sólo me moría de risa.

–Gracias.

–Max, ni nos conocíamos todavía, acuérdate.

–Eras mi alumna, ¿no? Y además tenías el buen gusto de acercarte después de cada clase para decirme que te aburrías como una ostra.

–¡Mentira! Eso es todo lo contrario de lo que yo te decía. Te preguntaba cómo podías esforzarte en dar unas clases tan lindas ante unos alumnos que sólo se interesaban por tomar nota de lo que ibas diciendo, para luego repetírtelo el día del examen y aprobar sin haber leído uno sólo de los libros de la bibliografía que les dabas. Y aparte de eso sólo miraban el reloj para ver cuánto faltaba para que terminara la clase. Y así eran con todos los profesores. Les daba igual que fueran buenos o malos. Y ahora me acuerdo de otra cosa más, que me entristeció muchísimo.

–¿Cuál?

–Al terminar ese primer año tuyo y mío, en Montpellier, publicaste tu tercer libro de ensayos literarios. Me acuerdo que les conté a unos alumnos lo maravilloso que era tu texto sobre el *genius loci* en el Quijote, en Proust y en algunos relatos de Juan Rulfo. Era mejor que todas tus clases de literatura comparada juntas. Eso les dije a los muchachos, Max, pero me miraron con tal cara de abulia que decidí sólo dar exámenes contigo y después largarme para siempre de la universidad.

–¿Sabes lo que siento en este momento, Claire? Siento que si te hubieras quedado en Montpellier, yo no hubiera llegado jamás a esta clínica.

–Eso no se puede saber, Max...

–Lo siento a ciencia cierta, *jeune fille,* para ponértelo más claro que el agua.

–Yo estaba con José, entonces. Incluso recuerdo ahora que, el día del Petit Jardin, José y yo estábamos almorzándonos juntos...

–Claro que estabas con José. De eso me acuerdo perfectamente bien, tonta. Tú con José, y yo... Qué intentaba hacer yo, aquel día en el Petit Jardin... Qué buscaba... Qué intentaba hacer, exactamente... Es increíble...

–¿Qué es increíble?

–Me has hecho perder el hilo, *jeune fille.* Te estaba contando una historia sobre el ogro de Nieves Solórzano y de pronto tú te acuerdas de algo y yo me olvido de todo menos de tu presencia ese día en el restaurant. Y así pudo ser para siempre, *jeune fille...* Una historia se queda a medio camino, y entonces cualquiera puede retomarla y continuarla como le dé la gana. Imagínate que una falla técnica interrumpe a la mitad la proyección de una película. Se encienden las luces, se ilumina el decorado de la sala y... Y sí. Cada espectador puede cambiar completamente el contenido de la película.

–Es muy posible, sí.

–Entonces, ¿por qué no pasó lo mismo ese día en el restaurant?

–Porque me estás hablando de tu vida, no de una obra de ficción, Max.

–Siento mucho decirte que hace sólo un par de días me dijiste todo lo contrario, Claire. Me comentaste que, cuando transcribes las cosas que te voy contando, tienes la sensación de estar pasando en limpio una novela...

–Pero eso es porque cada vez se te nota más relajado mientras vas hablando, Max. Como si fueras tomando distancia frente a los hechos. Incluso, a veces, parece que ya no te atormentaran tanto ciertas cosas, ciertas personas... Te olvidas, por ejemplo, no bien hablas de tu llegada a Montpellier, de todo lo que te robó Ornella... De que te dejó sin casa y sin automóvil... Eso no lo vuelves a mencionar y a mí me alegra muchísimo, te lo juro.

–Entonces, enciende la grabadora y escribe: "No logro recordar el nombre de la muchacha que entró ese día con José al Petit Jardin..."

–Me llamo Claire, idiota. Déjate ya de bromas y habla en serio, que estoy empezando a grabar.

–Pero ya no eres la misma Claire de entonces...

–Hay y habrá siempre una sola Claire en toda tu vida, Max. La de esta grabadora.

–Me mataste, mujer, me mataste.

Haberlo sabido entonces... Saberlo entonces... De haberlo sabido entonces... Se llamaba Claire la muchacha que estaba sentada en una mesa y que de algo se reía tanto con un muchacho que también me miraba muy a la disimulada, mientras yo pedía el trozo de carne más grande del mundo para librarme de las garras de Nieves Solórzano. Yo no sabía aún su nombre, o no lo recordaba en todo caso, pero era sin duda la alumna más bonita que había tenido desde la noche feliz en que soñé que Ornella era nada más que una aplicada y simpatiquísima discípula mía. Objetivamente, la muchacha de largo pelo rubio en cascada, alta como ninguna en la facultad, trigueña, de ojos verdes y cuerpo escultural eternamente enfundado en una fina chompa negra y un pantalón de terciopelo, era inmensamente más hermosa que Ornella. Pero Ornella... Ornella, qué se le va a hacer, era Ornella. Claro que para mi perdición, pero qué le vamos a hacer ya...

De algo me acuerdo muy bien, sin embargo, y me encanta la idea de contarlo hoy, aunque me adelante un poco a los acontecimientos. Me gustó tanto la muchacha que, ya era obvio, se estaba riendo de la situación en que me hallaba en el Petit Jardin, que me juré que si algún día lograba salir con ella, jamás le hablaría de Ornella. Jamás en la vida. Me juré, recuerdo, que en todo caso, si algún día caíamos fatalmente en ese tema, lo menos que haría sería contarle que Ornella no había muerto, que se largó con un asqueroso truhán y punto. Poco después me hice amigo de Claire y, en efecto, hablamos de muchas cosas, pero nunca de Ornella. Ni siquiera aquel inolvidable fin de semana que pasamos en Rochegude. Por eso fue tan terrible que un día se refiriera a Ornella como a una mujer sin nombre, pero que se me notaba en la cara y absolutamente en todo lo que hacía. Esto fue lo que me dijo Claire en una carta de despedida que, sin duda alguna, me dejó definitivamente expuesto al infierno que ya había atisbado en aquel primer año en Montpellier.

Y un último recuerdo, importantísimo, en este sentido. Cuando vi a Claire toda vestida de negro, sentada en el Petit Jardin, almorzando con el que parecía ser su compañero, sentí verdadera envidia de la suerte de aquel muchacho que pasó a llamarse José y que hoy ya no existe, a diferencia de Claire. Pero no a diferencia de Ornella, que tampoco debería existir ya, lo sé, pero que sigue vivita y coleando, dentro de mí, por más daño que me haya hecho y por más que la odie, en este instante. Y también, claro, por más que el imaginativo y doloroso monstruo que surgió en mí la siguiera matando a cada rato, desde que llegó a Montpellier.

–¿Qué te pasa, m´hijito, que constantemente miras hacia otro lado y andas como ausente?

–Es que este cuchillo no corta bien y trato de ubicar a un mozo para que me lo cambie.

–Páseme esa carne, m´hijito, que seguro que usted ni cortar sabe...

–Deja, Nieves, deja...

Hasta en mi carne metía las narices la madre Exilio. Y terminó poniendo en mi departamento justo las cortinas que menos me gustaban y hasta apareció con una maletita, un día, ya que la muy sinvergüenza vivía en París, claro que porque sus actividades de exiliada la obligaban a ello, y por Montpellier y la facultad aparecía cuando le daba la gana, como si gozara de prerrogativas muy especiales. Los alumnos felices, por supuesto, porque no había una profesora tan mala como ella en toda la universidad, según contaban, y porque además lo primero que hacía al entrar en un aula, la muy viva, era reunir a alumnos de distintos cursos y darles una tarea común para matar varios pájaros de un tiro y tenerlos ocupados mientras ella escribía su correspondencia. Daba rabia, la verdad, que aquello lo supiera tanta gente pero que nadie se atreviera con esa especie de vaca sagrada que, por error de información, muchos profesores habían ayudado a salir de Chile. Y pensar que Nieves Solórzano, encima de todo, se otorgaba una neta superioridad intelectual frente a sus colegas, y los miraba, y hasta trataba, a veces, como a unos provincianitos ignorantes que sólo el martirologio del exilio la obligaba a soportar. La verdad, pensar en eso, en que cobraba un sueldo y en que al llegar a Montpellier se le habían dado todas las facilidades del mundo, era algo que realmente me sacaba de mis casillas. Pero, en fin, ella era la víctima de la historia, la luchadora popular y la mártir, y yo era tan sólo un afrancesado peruanito y un verdadero aguafiestas que siempre andaba buscándole tres pies al gato y que, no bien terminaba sus clases, desaparecía de la universidad.

Lo que nadie supo, claro, fue que al principio la propia Nieves Solórzano era la que me alejaba del mundo universitario y me metía de narices en el mundo del Partido Comunista Francés. Ahí sí que reinaba madre Exilio, y la verdad es que nunca conocí a nadie que explotara tanto y tan hábilmente a sus camaradas de Montpellier, como ella los llamaba. Les gorreaba comida, libros, casas de campo, los utilizaba para que le hicieran todos los trabajos y encargos que a ella le daba flojera hacer, desde una fotocopia hasta comprarle unas entradas para el teatro, que nadie le cobraba, por lo demás. Y a ese circuito me metió, hasta que la pobre Ornella regresó del otro mundo para rescatarme.

Aquello sucedió un fin de semana en que Nieves Solórzano, ese ogro, no contenta con alojarse en mi casa cada vez que venía de París, y de someterme a una verdadera vida de dominio y de aniquilamiento de mi persona y personalidad, logró que le prestaran una cabañita en Corbières, un lugar realmente privilegiado de la campiña regional. Partimos un sábado por la mañana, con todo lo que se lleva a un picnic del que no se piensa regresar jamás, porque nunca vi tantos aperitivos, tantos embutidos y verduras, tantos jamones y quesos, tal cantidad de pan y vino y hasta champán, por si fuera poco, y por supuesto que partimos también en un automóvil que le habían prestado.

La empresa final de seducción estaba servida y yo llegué a la cabañita como quien espera el inminente ataque del Séptimo de

Caballería, ni más ni menos. Tenía la moral por los suelos, pues era consciente de la forma en que, incluso en mi caso, bastaba con que ese ogro mostrara el muñón del exilio para taparme la boca y tenerme a su disposición, sobre todo desde el día en que el Monstruo y yo le armamos tremendo tole tole, en pleno acto de solidaridad. Nieves Solórzano parecía haberme reducido a la categoría de pequeño y provinciano militante del Partido Comunista, y hasta se vanagloriaba de hacer conmigo absolutamente todo lo que le daba la gana.

Pero no con mi corazón, por supuesto, y eso que allá, en la cabañita de Corbières, el muy tremendo empezó a hacer de las suyas, porque realmente era tanto lo que estaba viendo yo, que tenía que ser inmenso lo que iba a sentir él. Para empezar, yo, que nunca he tenido una buena opinión del campo ni de nada en que se asome lo rural, sentí de golpe que la naturaleza florida, soleada, llena de apacibles ruidos de arroyuelos y sin un vestigio de hormiga, mosquito, libélula o arácnido, como que me producía una deliciosa sensación de bienestar y de paz espiritual. La temperatura era ideal, los cerros tan inofensivos y verdes que hasta parecían colinas, yo me sentía cada vez más bueno, y todo en mí tendía a entrar en lo que se suele llamar "comunión con la naturaleza", aunque más exacto sería hablar de una primera comunión, en este caso, dado lo malas que habían sido siempre las relaciones entre el campo y yo hasta ese momento.

Nieves Solórzano estaba acomodando la luna de miel, o sea que la dejé ahí adentro en la cabaña y me instalé en una perezosa con un buen vaso de vino tinto, como quien espera hablar con Dios de un momento a otro. Y en esas andaba cuando me llamó a almorzar y le sugerí que por qué no lo hacíamos ahí afuera. Se me dio gusto y fui servido en plena naturaleza, pero no porque Nieves no fuera feminista de izquierda sino porque le encantaba hacer esas cositas que tanto le gustan a los hombres. Y así fue pasando el día, aunque sin que lograra llegar a comunicarme con Dios y más bien sí con el diablo, que esta vez realmente se encarnó en madre Exilio, sobre todo cuando después de haberme mostrado su profundo desprecio por colegas que, yo lo sabía, hasta la ayudaban a preparar sus cursos y a redactar su interminable tesis, o la reemplazaban de forma totalmente desinteresada en sus frecuentes ausencias a clase, se soltó con una serie de frases burlonas y despectivas acerca de los amigos comunistas que incluso le habían regalado las llaves de la cabaña, para que la usara cuando quisiera y como si fuera propia. Yo había conocido hacía poco a esa gente, y la verdad es que la encontré tan ingenua y bien intencionada, que oír hablar mal de ellos a la persona que más se aprovechaba de su bonhomía y generosidad, me resultó insoportable. Ese ogro me las iba a pagar, y yo ese mismo día iba a librarme del yugo que me había impuesto aquella cretina que realmente había hecho del exilio un negocio sumamente rentable, que despreciaba a todo el mundo a su alrededor y que, cómo no, volvería a su país no bien hubiera hecho sus ahorritos y obtenido un título francés que, una vez allá, le permitiría obtener una buena colocación y, estoy segurísimo, burlarse de sus colegas nacionales porque ella había sido profesora, y nada menos que en París. Sí, en París y en La Sorbona, y no en Montpellier, porque así es esta gente.

Me aguanté hasta la noche, para que el asunto fuera a la luz de una muy pertinente luna llena, o sea con alevosía y gran maldad. Primero, claro, vino el banquetito *for two* que había preparado madre Exilio, con todos los ingredientes que le regalaron los dueños de la cabaña y que, ya lo creo, ella había tenido que condimentar a su manera, para mejorarlos, porque estos franceses no saben ni lo que es una especia, ni una salsa, ni mucho menos cortar o guisar la carne.

–¿No te parece que exageras un poco, Nieves?

–Ni un poquito, m´hijito, ni un poquito. En todo son ellos así. Se creen superiores y después resulta que ni de cocina saben.

–¿Y cómo has hecho para mejorar los quesos?

–Bueno, en ese caso no te queda más que aceptar los menos malos, porque si vieras tú los que me quería endilgar esa gente. Y después piensan que una debe estarles agradecida siempre. No, m´hijito, usted sí que no sabe todo lo que tiene que aguantar un exiliado.

Y encima de todo eso, el ogro se me había vestido como para *Lo que el viento se llevó*, pero en verano. Se descubrió unos brazos que jamás nadie debió ver, como tampoco ese escote que anunciaba poco menos que un desastre lechoso. Se pintó rojísimo los labios para besarme y no sé qué diablos hizo con sus ojos despiadadamente azules, pero lo cierto es que quedaron en el centro de un círculo negro y espeso realmente aterrador. Lo demás era gordura blanca repleta de gorduritas menores, un aspecto general de matrona de burdel, y las toscas manos llenas de unos sortijones que indudablemente le permitirían presumir, a la hora del champán, de una grandeza chilena sacrificada por una causa abnegada, pero que al mismo tiempo, por esas cosas de la dialéctica, la esperaba a su vuelta a la patria, porque ella allá no había sido cualquier cosa, m´hijito, o acaso no se le notaba claramente que, a pesar de las duras condiciones del exilio, en el fondo ella era como una rusa blanca de izquierda, qué te has creído tú, m´hijito...

–Te sirvo –me dijo, por fin, apoderándose de mi mano izquierda, de la situación, y de todo, en vista de que me había cortado cada una de las cosas que iba a comer, para que en el resto de mi vida volviera a tener problemas con un cuchillo.

–El Séptimo de Caballería –murmuré.

–El séptimo qué –me preguntó, en el momento en que me introducía un bocado de paté con pepinillos.

No tuve que contestar, felizmente, porque con la boca llena no se habla nunca y mucho menos en presencia de una gran dama. Traté entonces de tomar un poco de vino, pero no me dejaron, y comprendí que también el vino me lo iban a llevar a los labios, aunque ni siquiera entonces lo había llegado a comprender todo.

No. Yo tenía que llevarle mi copa hasta sus labios y viceversa, m´hijito. Y así llegamos al champán y a la tan esperada grandeza chilena recuperable, y, por supuesto, compartible conmigo, pero allá en su tierra, lejos de toda la mediocridad que nos había tocado soportar en Francia.

–Necesito volver inmediatamente a Montpellier –le dije poniéndome de pie para agregar, con verdadera rabia, que no soportaba un instante más esa situación.

–Siéntese, m´hijito, que todo tiene arreglo en esta vida.

–Mira, Nieves, aparte de que si me vuelves a llamar m´hijito, te mato, quiero que sepas que no soporto un instante más tu roñoso y fulero lloriqueo de exiliada. Desde que te conocí no has hecho más que hablarme mal de todo lo que nos rodea y de todo el mundo. Esa no es mi manera de ver las cosas, y sinceramente creo que tu conversación resulta venenosa para cualquiera. Tengo que irme de aquí. Necesito regresar a Montpellier.

–¿Lo espera alguna niña allá m´hijito?

–Hubo un tiempo en que me esperó una mujer en cualquier lugar al que yo llegara. Era joven, era linda, y me amaba ardientemente. Era rusa y militante del Partido Comunista de la Unión Soviética. Descendía de una familia emparentada incluso con los zares, pero nada de ello le impidió hacer una carrera fulgurante en el KGB. Todo lo contrario. Su prestancia, la elegancia con que Dios la trajo al mundo, hacía que pudiera alternar y tratarse de tú a tú hasta con la realeza británica. Conoció Chile, también, ahora que me acuerdo, porque Neruda la adoraba y a Allende le prestó servicios que hicieron que este le otorgara las más altas condecoraciones. Bueno, pero no te aburro más con la vida de un ser maravilloso que ya no está entre nosotros. Mi tragedia es que no pude salvarle la vida. No me preguntes cómo, dónde y cuándo, porque todo ocurrió durante una misión secreta y la Unión Soviética necesita negar su muerte por razones estratégicas. O sea que todo lo que te he contado debe permanecer en el más absoluto secreto. Y sólo tú lo sabes, o sea que...

Como me conmoví tanto, desde que empecé a hablar de Ornella, Nieves Solórzano se limitó a escucharme en profundo silencio, bastante furiosa, al comienzo, luego muy desconcertada y, al final, simple y llanamente anonadada. Las lágrimas, el abatimiento y la desesperación se habían convertido en mi muy particular manera de llenar el vacío dejado en mi vida por Ornella. Y, como estaba vivita y seguro que andaba coleando su maldad por algún rincón de este mundo, como cada vez que se acordaban de mí, ella y Olivier Sipriot debían desternillarse de risa, qué duda cabe, como mejor sería que estuviese muerta, hablar de Ornella con dolor y desesperación era la única manera de rechazar todo lo que me había ocurrido a su lado y de entrar nuevamente en comunicación con la mujer que conocí una noche en una trattoria de Ischia, y que poco, realmente muy poco tenía que ver con la verdadera Ornella, pero que muchísimo tenía que ver en cambio con mi feroz necesidad de atesorar aquellos primeros días en Italia y de rechazar eternamente todo lo que vino después.

Y así iba a llegar el momento en que empezaría nuevamente a ver a mi Ornella, en que me iba a reunir con ella por aquí y por allá para emprender juntos muy peligrosas misiones que yo escondía bajo el disfraz del correcto profesor universitario que, al final de todo, cuando no logró salvarle la vida en una de esas aventuras, sucumbió al dolor de su ausencia definitiva y el peso de una gran culpabilidad, y se convirtió en un alma en pena.

Mi amplio y luminoso departamento de la calle Carré du Roi ya era un infierno para mí, a pesar de que Nieves Solórzano perdió todo interés por mi persona después de nuestra inefable excursión a Corbières. Hice desaparecer hasta el último vestigio de su presencia, empezando por sus horribles cortinas, pero la pésima insonorización que caracterizaba a todo el moderno edificio en que se hallaba el departamento fue sin duda una de las principales causas de la angustiosa depresión que, cada vez más, se iba apoderando de mí. Al principio, fueron sólo los días domingos, en que permanecía encerrado y tumbado sobre mi cama, porque no soportaba caminar por una ciudad casi desierta, cuyos habitantes franceses parecían haber sido reemplazados por unos cuantos inmigrantes árabes que paseaban con aspecto desolado o que se paraban en las esquinas, con las manos en los bolsillos y la cabeza siempre agachada, para conversar en un idioma que me era completamente extraño. Su imagen era la de unos eternos perdedores, la de seres que nacieron sin esperanza alguna de participar algún día en el festín que podía ser la vida en Montpellier. La idea de ser yo uno de ellos me espantaba y por momentos hasta me hacía sentir que era un extranjero extraviado con su gran pena en un mundo totalmente indiferente, si no hostil.

El bar de Bernard cerraba los domingos y, aunque podía llamar a alguno de mis colegas y amigos, sabía que este era un día reservado a la familia, a los padres, a los abuelos, a los hijos, y que yo no tenía cabida en él. Además, siempre me detuvo la sensación de que podía causarles pena o preocupación, ya que resultaba muy evidente que si llamaba era porque me sentía mal, solo, triste, inútil y abandonado. Y lo peor de todo era que siempre me olvidaba de lo que había ocurrido el domingo anterior, exactamente a la misma hora, mientras soportaba tumbado en la cama el paso interminable de las horas. A un cuarto para las cinco en punto de la tarde, el juez jubilado que vivía en el departamento de arriba escuchaba infaliblemente *Marinella*, sólo *Marinella*, y una sola vez. Después ya no se volvía a saber de él en toda la semana, pues no recibía jamás una visita ni se le veía salir tampoco nunca. Sólo por aquel patético *Marinella,* en un disco bastante defectuoso que tocaba en un aparato sin duda antediluviano, me enteraba de que seguía con vida ese viejo cuya cara no llegué a ver ni el día en que se lo llevaron muerto. Tino Rossi, con su voz castrada, era el animador de esa brevísima y patética celebración de la vejez y la soledad que, cada domingo, exactamente a la misma hora, me transmitía verdaderas ondas de angustia y desolación desde el departamento del cuarto piso. Recordaba entonces que uno de mis colegas me había dicho un día que nuestros hijos se avergonzarían al enterarse de que nos gustaba Julio Iglesias, de la misma manera en que nosotros nos avergonzábamos porque a nuestros padres les gustaba Tino Rossi. Después pensaba que los tristes árabes que caminaban desolados por la ciudad semidesierta, y *Marinella,* esa canción melosa que también me partía el alma, eran las puertas por las que la vida me invitaba a ingresar en el infierno del abandono total y la certidumbre de algún mal atroz, tal vez la locura.

Empezaba a caer entonces la noche implacable de cada domingo, mientras yo me aferraba a la idea de un lunes soleado o de una normal mañana de clases, para evitar lo peor. Pero nada podía hacer porque ya el techo del dormitorio había empezado a elevarse vertiginosamente, hasta quedar convertido en una muy lejana e incierta oscuridad, y porque el piso se hundía también, encogiéndose al mismo tiempo mi cama, transformándose en un pequeñísimo objeto a punto de desaparecer conmigo ahí encima, reducido ya casi a la nada. Aterrado, pegaba un gran salto, corría por el departamento encendiendo una tras otra todas las luces, y regresaba al dormitorio con la esperanza de encontrarlo tal como era en la realidad. Pero esta vez era yo el que no se adaptaba al aspecto normal de las cosas, era yo el que no lograba recuperar su dimensión real, yo era lo anormal en ese departamento. La angustia me llevaba velozmente hasta mi escritorio, y abría un libro, pero inmediatamente lo cerraba y hasta lo arrojaba lejos de mí, porque entre ese absurdo libro y yo no podría haber jamás entendimiento ni idioma común alguno. Me dirigía, por fin, a la sala, me servía una copa, ponía un disco, otro, otro y otro, pero todos se habían convertido en *Marinella,* cantada por la voz castrada de Tino Rossi, porque era domingo y los árabes debían seguir caminando por una ciudad semidesierta, deteniéndose a veces en una esquina para conversar, con las manos en los bolsillos y la cabeza siempre agachada, esperando a ese tipo que aún nadie conocía en el Montpellier de los domingos, pero que no tardaba en acercárseles y que fatalmente iba a ser yo.

Una pareja ideal para revistas parisinas de moda alquiló el departamento del cuarto piso, a la muerte del juez. Era gente amable, de aspecto sumamente fotogénico, bastante tocada por la gracia, y que definitivamente vestía de acuerdo al papel que cada uno representaba en la vida del otro, lo cual hacía que, como pareja, quedaran perfectamente vestidos para el papel que, juntos, representaban en la ciudad de Montpellier, sobre todo en los días de sol. Ella era una morena de grandes ojos negros y pelo retinto recogido andaluzamente en un moño. Le sobraban unos cuatro kilos de peso y le faltaban tres o cuatro centímetros de estatura para ser físicamente perfecta, pero no para ser un tremendo mujerón. Era bastante menor que él, y podía darse el lujo de vestir siempre de negro, cual joven viuda apasionada y muy ardiente. Él vestía pantalones de franela gris claro, o beige, perfectas camisas deportivas bajo chalecos amarillos o rojos de lana muy cara, y casacas siempre abiertas con el cuello levantado por detrás y las puntas caídas sobre el pecho. Era muy alto, tenía el pelo gris, con seguridad no tenía la menor idea de lo que era un ansiolítico o una jaqueca, jamás en la vida se había despeinado con el viento, y por supuesto que era propietario de un elegante automóvil de color verde inglés. Siempre parecieron amantes furtivos, y el Monstruo, que todo lo sabía de Montpellier, me comentó que en efecto él se estaba divorciando por quinta vez y que ella había abandonado escandalosamente a su marido para poder entregarse en cuerpo y alma a aquel Don Juan regional. Había habido balazos y todo.

Y volvió a sonar *Marinella*. Para mí, esta vez volvió a sonar una *Marinella* muchísimo peor, en todo caso. Diario, ahora, además, y a las once en punto de la noche. El acto de amor más largo, más ardiente, más apasionado y más delirante del mundo arrancaba cada noche en la cama de los altos, situada justito encima de la mía. Los alaridos de ella, que no de otra cosa se trataba, porque a él debía bastarle con ser él, empezaban con una puntualidad realmente asombrosa, pero en cambio nunca se sabía cuándo iban a terminar. Todos los fuegos, todos los ardores y todos los orgasmos de Montpellier parecían concentrarse en la cama de los altos, y recuerdo que en más de una ocasión me descubrí agachando la cabeza de vergüenza viril al pensar que un solo hombre era capaz de organizar semejante escándalo en el vientre de una mujer y extraer una gama tan variada de alaridos, gemidos, chillidos, chilliditos, lamentos gitanos, ven pa´cás, no me sueltes, me matas, te mato, nos matamos, papi-papis, otra vez, ayayayais-sí y demás ayes de amor, en fin, el más amplio registro sonoro del que, estoy convencido, puede ser capaz el animal humano. El efecto de aplastamiento anímico y moral que la *Marinella* del fallecido juez me produjo siempre era simple y llanamente un cero a la izquierda comparado al desarreglo total que me producía la voracidad inimaginable de mis nuevos vecinos.

Tenían todo el derecho del mundo a ser ellos cada noche, pero la verdad es que, conociéndose, lo menos que debieron hacer fue buscarse una apartada casa de campo. Porque el resultado de su performance privada terminaba por convertirse en una tremenda falta de consideración hacia sus vecinos, sobre todo el del tercero, o sea yo, ya que ellos vivían en el cuarto y último piso, el segundo no sé por qué no se alquiló nunca, y en el primero vivía un jubilado flaquito y sordo como una tapia. Me puse tapones en las orejas y me mudé a la sala, que era la habitación más alejada del dormitorio, pero la verdad es que oír aquel envidiable escándalo un poquito más o un poquito menos no aliviaba en nada el efecto devastador que producía en mi estado de ánimo.

Nunca he oído a nadie reírse tanto de la desgracia ajena como al Monstruo, cuando le conté lo que ocurría cada noche en el departamento de mis vecinos de arriba. Por supuesto que se lo contó a todos los parroquianos del bar de Bernard y que el asunto se convirtió inmediatamente en motivo de mil bromas y libaciones. Yo sostenía que a una mujer tan sonora no se le podía llevar a vivir a un edificio, pero nadie me tomaba en serio, pensando que exageraba, y no faltó quien dijera que alquilarles ese departamento era una prueba más de que en Francia existía una total libertad de expresión.

–No tardan en ser las once –les dije, una noche–, o sea que invito al que quiera a comprobar que se trata más bien de un abuso de derecho.

Les pareció genial la idea de partir todos en comitiva, de situarnos en los bajos del edificio, justo en la esquina, y comprobar si se trataba de un acto de amor abusivo o no. Bernard se propuso para juez, pero Simone, su esposa, consideró que era a una mujer, más bien, a quien le correspondía dar el veredicto final, en vista de que ahí en el bar la inmensa mayoría éramos hombres y que quien presentaba la demanda era también un hombre.

–Yo estoy de acuerdo con la patrona –habló, por primera vez en su vida, la rubia, pálida y ojerosa Elisá, que jamás encontraba el momento oportuno para decir esta boca es mía, de tanto que bebía y tenía la copa entre los labios.

–Eso lo arreglaremos tú y yo después en casa –la amenazó el Gitano, que fue siempre su compañero de trago y de todo y que la dominaba totalmente, a la pobrecita.

–En cambio yo mando sólo en este bar y es Simone la que "me arregla" en mi casa– comentó irónicamente Bernard, comprobando que faltaban apenas cinco minutos para las once y proponiendo una llenada general de copas, antes de partir.

–Mi marido sí que es un verdadero demócrata –se alegró Simone, alzando su copa para brindar por eso.

Y con estas palabras salimos todos a la calle desierta y avanzamos hasta llegar a la esquina. El Monstruo me preguntó qué hora era en mi reloj, y a varios ahí se les quedó el reloj en plena sincronización porque todos alzaron la cabeza al unísono, no bien oyeron las primeras señales de alarma. Se comentaba, al principio, que bueno, que sí se oía hasta la calle, pero que también era cierto que los edificios de hoy ya no son como los antiguos, que tienen los techos mucho más altos y las paredes mucho mas gruesas, aparte de que antiguamente se utilizaban materiales más sólidos y nobles. Pero cuando André, el proletario socialista, dijo que él vivía en un edificio tan requeteviejo como sólido y noble, porque pertenecía a la clase obrera, y que sin embargo lo que estaba saliendo de allá arriba hace rato que hubiera derrumbado sus paredes, todos asintieron y dejaron de hablar de la calidad de la construcción, antaño y hogaño, y buscaron un comentario más apropiado.

–Ahora ella parece una ambulancia –comentó el sindicalista Didier.

–Y ahora una ambulancia que se ha estrellado –agregó el Monstruo.

–¿Cuánto tiempo llevarán, profesor Max?

–Yo diría que todo, como siempre, Didier.

–¿Y él que hará mientras tanto? –preguntó el Gitano, agregando que ningún hombre trabaja tanto.

–Siempre somos las mujeres las que ponemos todo el sudor –se quejó Elisá, que se había chorreado íntegra por mirar hacia el cuarto piso con la copa entre los labios.

–Eso lo arreglaremos tú y yo después en casa –la calló su Gitano, que fue el primero en dar muestras de cansancio y en sentarse en la vereda.

–¿No encuentran todo el asunto un poco reiterativo? –preguntó el jubilado Daniel.

–No en lo que a volumen y variedad se refiere –le respondió Bernard, agregando–: se diría que tiene usted muy mal oído, Daniel.

–Estamos en lo que en música se llama *in crescendo* –matizó el obrero en paro Alexandre.

–¿Y en música celestial cómo se llama esto, proletario? –se revolcó de risa el Monstruo.

–Yo tomo asiento también, como el Gitano –dijo Bernard.

Terminamos por sentarnos todos menos el Monstruo, que dijo que iba a buscar a Tutú. Al pobrecito lo habíamos dejado en su rincón habitual del bar, y según el gran Pierrot, ese anciano ex combatiente no tenía por qué perderse algo semejante. Simone le dijo que no, que dejara al abuelo tranquilo en su sonriente sueño eterno, pero la mayoría fue de la opinión de que había que traer a ese viejísimo árabe que diariamente caía muerto de risa por el bar y que había luchado por Francia como carne de cañón alemán. Y así lo dejaron de ciego, de sordo, de flaco y de encantado de la vida con sus cuatro harapos. Para él siempre hubo trago y comida gratis donde Bernard, y noche tras noche se quedaba dormido y muerto de risa en su rincón, no bien saciaba su hambre y su sed y el Monstruo le daba su beso y le rascaba un poquito la cabeza. Despertaba solo, cuando cerraban el bar, y desaparecía muerto de risa hasta el día siguiente.

Y ahora venía tan sonriente como dormido, y montado sobre los hombros del Monstruo, para que quedara más arriba que el resto, ya que tenía el handicap de su sordera y por lo tanto era justo elevarlo todo lo posible. Además, que Tutú despertara querría decir que los decibeles de la señora del cuarto piso superaban a los cañones alemanes y en ese caso el profesor Max sí que tenía mucha razón en lo de enviarle un anónimo vecinal a la pareja, exigiéndoles que se mudaran con sus costumbres a una alejada casa de campo.

–¿Eh, Tutú? –le dijo Bernard.

–¿Oyes algo, Tutú? –insistió el Gitano.

–Tutú, cuéntanos qué oyes, por favor –le suplicó el jubilado Daniel.

–Se está sonriendo feliz, como siempre, pero no está oyendo –comentó Elisá.

–O es que está oyendo música celestial, el muy sinvergüenza –se mató de risa el Monstruo.

Las cosas en el cuarto piso estaban sucediendo tal como yo las había contado en el bar de Bernard. O sea que se sabía cuándo empezaban, pero no cuándo acababan. En fin, ya nadie podía decir que el profesor exageraba ni que esa señora no llevara escondidas en el vientre todas las posibilidades de perturbar el sueño de un edificio, cuando menos. Y se exclamaba, se reía y se apostaba, ahí abajo en la vereda, por supuesto, pero todos reconocían que estaban ante uno de los acontecimientos más memorables de la historia de Montpellier. Después, el sindicalista Didier intentó organizar un concurso de imitadores de la señora del cuarto piso, pero Simone dijo que eso ya sería una grosería y que ella nunca había soportado cochinadas entre sus clientes.

–Eso lo arreglaremos tú y yo después en casa –aclaró el Gitano, sin duda creyendo que era Elisá la que había hablado.

–Cierra el hocico, Gitano, o en tu vida vuelves a poner los pies en mi bar –se molestó Bernard.

Pero no pasaron de ahí las cosas, porque Tutú despertó cuando ya todos nos habíamos olvidado que seguía ahí arriba, montado sobre los hombros del Monstruo. Y a mala hora alzó un brazo tembleque y flaquísimo en dirección al dormitorio en que se hallaba la pareja desmedida. Nos miraba con cara de súplica, Tutú, y volvía a mirar hacia arriba, agitando cada vez con mayor insistencia el brazo y dirigiendo nuevamente hacia abajo, hacia nosotros, su cara de angustia e interrogación, como si quisiera saber exactamente por qué lo habían llevado montado hasta esa esquina. Hasta que empezó a llorar a mares, justo cuando arriba empezaban a calmarse las cosas y ya sólo quedaba algún intermitente ayayayai o algún papi-papi y uno que otro lamento, pero ya no gitano.

–¡El amor! ¿Qué fue del amor? –exclamaba, en pleno llanto, el pobre Tutú, ese viejito enclenque al que nadie recordaba haber visto llorar ni exclamar jamás.

–Eso no es amor sino exhibicionismo, Tutú –le dijo el obrero en paro Alexandre, pero sólo para consolarlo, según nos explicó en voz bajita, inmediatamente, no fuéramos a creer que...

–¡El amor! ¡Cuéntenme, por favor, qué fue del amor! –gemía cada vez más el abuelo Tutú, mientras volvíamos cabizbajos al bar, porque a mala hora se nos ocurrió exponerlo al inmenso peligro de que se acordara de algo.

–Le hemos quitado su beatitud –se lamentaba Simone, días más tarde, comprobando cómo pasaba el tiempo sin que el abuelo recuperara el sueño ni su eterna sonrisa.

–Eso, Simone, eso, su beatitud. Le hemos quitado su beatitud –comentábamos todos, noche tras noche, ahí en el bar.

–Sí, pues –repetía a cada rato, el Monstruo, tristísimo–. Porque la verdad es que, en el fondo, yo siempre había pensado que Tutú no era un ex combatiente sino un ángel que no tuvo suerte.

Tomó semanas que Tutú dejara de lloriquear y que volviera a tener hambre y sed, o que volviera a sonreír y a quedarse dormido con la sonrisa puesta. Y recién entonces se empezó a comentar lo que realmente había sido la noche aquella y se hicieron algunas propuestas. Podíamos, por ejemplo, contarle a nuestros conocidos, siempre y cuando fuera gente como Dios manda, lo que ocurría cada noche a las once en el edificio de la esquina. Con ello se podría atraer una enorme clientela al bar. Podíamos, también, suprimir esa posibilidad, enviándole un anónimo a la pareja del cuarto piso, en vista de que el grado de éxtasis que alcanzaban, al ejercer uno de los derechos más humanos que hay, eso sí, simple y llanamente no era normal y punto, y había vecinos muy perjudicados por el volumen y el alcance de su felicidad.

–Eso es tan cierto como que yo fui nombrada juez –nos recordó la esposa de Bernard.

–Pero hasta ahora no ha dado usted el fallo, Simone –le dijo el jubilado Daniel.

–El veredicto final –respondió ella– es que se trata del espectáculo más grande del mundo, porque nadie les gana en intensidad, larga duración, frecuencia, volumen... En fin, que nadie les gana en nada, creo yo.

–Eso lo arreglaremos tú y yo después en casa –enfureció el Gitano, como si fuera la pobre Elisá la que había hablado.

–Ya te he dicho que si no te gusta mi bar te largas, Gitano –le tapó una vez más la boca Bernard.

–Bueno –dijo Simone–, pero aún no he terminado, porque también hay circunstancias atenuantes que debo mencionar. Se trata, por ejemplo, de ciudadanos amables, educados, elegantes y en general muy burgueses y normales hasta las once de la noche. Por ello no debemos pedir nada semejante a una expulsión, sino limitarnos a un anónimo vecinal, muy anónimo, eso sí, para que en nada comprometa al profesor Max.

Creí que la cosa no iba en serio, francamente, pero el anónimo se envió una tarde, y desde entonces cada vez que me crucé con la pareja sonora, tanto él como ella me saludaron con la amabilidad de siempre, aunque ahora al saludo le añadían una sonrisita entre cómplice e irónica, como diciéndome que se daban por enterados y que yo tenía toda la razón del mundo. Y poco tiempo después se mudaron, muy probablemente a una alejada casa de campo, porque ya nunca más me los volví a cruzar por las calles de Montpellier.

Fue precisamente por aquellos días que empezó a nacer el mito de mi soledad total. A mí me hubiera encantado, claro, acceder a una soledad como la de Tutú, serena, beatífica, y sobre todo dormilona, ya que era indudable que los cañones alemanes habían dejado al abuelo ex combatiente sin malos recuerdos y sin penas, y que, en cambio, de algo alegre sí debía acordarse, porque noche tras noche se nos quedaba dormido en su rincón del bar con la sonrisa puesta. Pero mi soledad era insomne, cada vez más insomne, y estaba poblada de recuerdos que mucho más tenían de pesadilla. Por lo demás, hacía tiempo que yo había empezado a llevar una doble vida en Montpellier, alegre y extrovertida, en presencia de mis colegas, de los alumnos y amigos, pero sumamente angustiosa, triste y callada durante las horas del día o de la noche que permanecía encerrado en mi casa y luchando por dormir, atiborrándome de tranquilizantes y somníferos que jamás me hacían efecto, deambulando horas y horas por las calles oscuras y dormidas de la ciudad, aterrado cada vez que me topaba con un mendigo o un clochard tumbado como un muerto en una callejuela de piedra, pero que al pasar yo me lanzaba una mirada que a menudo interpretaba como una invitación fatal para que, de una vez por todas, me uniera definitivamente a los hombres de su condición. A veces, también, me metía en mi pequeño Volkswagen, vagaba sin rumbo fijo por el litoral de la región, y terminaba alquilando un cuartito de hotel en cualquier pueblo o pequeña ciudad, con la esperanza de engañar al insomnio, sorprendiéndolo con una cama inesperada.

La gente debió verme pasar muchas veces, a pie o en automóvil, pero siempre solo y con un aire tan despistado y ausente que también aquello pudo contribuir a crearme esa reputación de alma en pena y de hombre esencialmente solitario. Lo cierto es que un día sonó el teléfono de mi departamento y que quien me llamaba era mi excelente colega Pierre Martin. Me sorprendió completamente cuando me dijo la fecha, 24 de diciembre, y más se sorprendió él al darse cuenta de que no sólo ignoraba el día que era, sino que además me estaba demorando demasiado en darme cuenta de que esa noche era Navidad.

–¿Te sientes mal, Max?

–No, no, Pierre. Estoy bien.

–Pero te habías olvidado por completo de que esta noche se celebra la Navidad.

–Bueno, debo confesarte que sí. Y, además, si en este momento me preguntaras qué hice la Navidad del año pasado, aquí en

Montpellier, sería totalmente incapaz de responderte. Yo soy así de despistado, qué le vamos a hacer.

Entonces vino aquel breve y extrañísimo interrogatorio, sin duda destinado a comprobar hasta qué punto era yo un hombre definitivamente solitario. La verdad, me costaba trabajo reconocer al Pierre Martin que me hacía esas preguntas.

–¿Estás solo, Max?

–Sí, sí. En este momento estoy solo, Pierre.

–Pero, ¿estás solo siempre? O tal vez debería decir, mejor: ¿Siempre estás solo?

–Bueno, no, Pierre. Tengo algunos buenos amigos, dentro y fuera de la facultad, y a veces me visitan o yo voy a verlos a ellos.

–Pero, ¿vives solo siempre?

–No. Siempre no he vivido solo, Pierre.

–Vamos a ver, Max. Te voy a plantear las cosas de otra manera, porque creo que no llegamos a precisar muy bien los conceptos. Creo que voy a recurrir a la famosa diferencia entre los verbos *ser* y *estar*, en castellano. ¿*Eres* solo o *estás* solo?

–Mira, Pierre –le dije, ya bastante harto de tanta pregunta rara–, yo creo que, en las actuales circunstancias, sólo me queda decirte que no estoy solo sino que *soy* solo.

–Entonces –concluyó Pierre, como quien se quita un enorme peso de encima–, Michèle, mi esposa, y yo tendremos mucho gusto de que vengas esta noche a pasar la Navidad con nosotros, en familia. Vienen sólo mis padres, mis suegros, y por supuesto que estarán mis hijas y sus novios.

Me despedí de mi buen colega esforzándome por mostrarle la mayor gratitud, porque en realidad lo de invitarme a una fiesta que, para medio mundo es exclusivamente familiar, era una verdadera demostración de afecto y consideración. Lo único, claro, era el extraño interrogatorio al que se me había sometido antes de hacer efectiva esa invitación. Por lo demás, Pierre Martin me había hundido en la miseria al recordarme que era Navidad, pues esta celebración siempre me produjo angustia y desasosiego, y la más profunda melancolía. Corrí a servirme un trago, y dos, para estimularme un poco, y para que ese par de whiskies que, al final, fueron tres, me ayudaran a aferrarme a la idea de que mi visita a la casa de la familia Martin me levantaría el ánimo.

Pero ocurrió todo lo contrario, desgraciadamente, porque desde que entré en esa casa, exacta a las doscientas, o más, que la rodeaban en aquella urbanización de las afueras de Montpellier, Michèle, la escuálida, aguda, maligna y filuda esposa del pobre Pierre Martin, insistió en presentarme una y otra vez como el amigo y colega peruano, que *era* solo, de su esposo. Pierre se moría de vergüenza e intentó servirme el whisky que le había pedido, pero Michèle lo frenó en su intento, alegando que no estábamos en Gran Bretaña y que el profesor peruano debía aprovechar su estadía en una región tan generosa en vinos y licores como el Languedoc-Roussillon, para degustar los productos locales. Conocía esos productos, y nunca me cayeron bien, pero aquella noche fui sometido a un larga prueba de tolerancia e intoxicación, antes y después de una cena demasiado abundante e interminable, acompañada además por vinos blancos, rosados y tintos, más el infalible champán para el postre. Al final casi me matan, la verdad.

Pero creo que estuve moribundo desde un buen rato antes. La más feroz melancolía se apoderó de mí, al recordar la única noche de Navidad que logré pasar con Ornella. Deseaba hablar de ella, llenarme la boca y el alma con su nombre, con la evocación de los días que pasamos en Ischia y aun de aquellos días en Roma que precedieron a la primera aparición de Pierre Sipriot. Eran los momentos en que lograba tener la certidumbre de que sólo esos días habían existido entre Ornella y yo, en que olvidaba todo lo demás, y me entregaba sereno y emocionado a esos recuerdos. Pero ahora miraba también a Michèle, observaba el comportamiento filudo y provinciano de esa escuálida mujer que, me había dado cuenta ya, había obligado a su esposo a someterme a un absurdo e incomodísimo interrogatorio sobre mi soledad, con el único fin de enterarse de que era soltero y de que vivía completamente solo, porque a su casa jamás había dejado entrar a otra mujer, para evitar que le sedujeran y robaran a su Pierre. Michèle era, en efecto, un monstruo de celos y de posesividad, y me agobiaba y entristecía imaginar a un hombre tan brillante como Pierre Martin eternamente obligado a someter a la gente a interrogatorios como el mío, cada vez que deseaba invitar a alguien a su casa. Pero nada me agobiaba tanto como la imagen de intelectual sereno y pasivo que proyectaba Pierre. Era la misma que Ornella debió tener de mí. Y claro, qué podíamos hacer un par de sedentarios imbéciles como Pierre y yo ante un hombre de acción, tal y como le gustaban a ella. Nada podíamos hacer. Nada podíamos y punto. Y mucho menos ante un ser tan inmundo como Olivier Sipriot.

Y además el hombre que *era* solo cayó bajo la más grave sospecha, antes de que terminara aquel suplicio de cena. El desagradable asunto empezó cuando el suegro de Pierre me preguntó si era casado, cuando ya en esa casa se sabía de paporreta que yo *era* solo. Había bebido demasiado, el viejo campesinote ese, y parece que no pudo aguantarse más y fue al grano.

–¿Es usted casado, señor Gutiérrez?

–No, señor –le respondí, sonriente y pacientemente, observando al mismo tiempo que todos en la mesa esperaban mi respuesta con verdadera ansiedad. O sea que, en un desesperado afán de quedar bien con Pierre, sobre todo, añadí las palabras que me parecieron más apropiadas para las circunstancias–: No he tenido aún la gran suerte de encontrar a una joven francesa que desee compartir su vida conmigo, señor. Pero todo llegará.

Creí que había quedado perfecto, más que nada por haber descartado a toda mujer que no fuera francesa, pero entonces fue el padre de Pierre, otro campesinote, sin duda coaligado con su consuegro para agredirme por ser soltero, a mi edad, el que me preguntó a boca de jarro que, en ese caso, quién me cocinaba.

Cayó algún cubierto de la mano de un comensal, se paralizó la cena, reinó el más profundo silencio, y todas las miradas se posaron en mí, mientras Michèle soltaba la más filuda y detestable carcajada-comentario que he escuchado en mi vida: el amigo peruano de Pierre *era* solo al cubo o algo así de raro. Nadie me volvió a mirar esa noche y, un par de semanas después, en la facultad, Pierre se me acercó amistosamente a consultarme algunos asuntos de trabajo. Y todo entre nosotros sucedió desde entonces como si la cena de Navidad en su casa jamás hubiese tenido lugar. Comprendí que también mi buen amigo y colega tenía una doble vida: la de un brillante profesor e intelectual, abierta, cosmopolita, culta y tolerante, y la vida provinciana, cerrada, llena de prejuicios e intolerante, que empezaba cada día cuando regresaba a su hogar.

Me acosté totalmente ebrio y sintiéndome pésimo aquella noche de Navidad. Había regresado a mi departamento perdiéndome constantemente por carreteras equivocadas, por calles y avenidas, manejando como un verdadero zombi, y llorando como un bebé porque *era* solo para siempre. Y terminé convertido en Tutú, cuando me metí a la cama con un whisky en la mano y seis o siete distintos somníferos que además para qué necesitaba si yo era aquel árabe viejísimo y ex combatiente que dormía beatamente, como un ángel que no tuvo suerte... Pero unas horas más tarde, en esa maldita cama, ya me había convertido también en el otro Tutú, el que lloraba y gemía y exclamaba...

–¡El amor! ¡Cuéntenme, por favor, qué fue del amor!

IV

–A partir de este momento tu figura se agranda, *jeune fille*.

–Pero si yo me había ido de Montpellier mucho antes, Max.

–Y eso qué tiene que ver, si aquí estás de nuevo.

–Max, pasaron más de dos años sin vernos. Sin escribirnos y sin saber nada el uno del otro.

–Pero regresaste a Montpellier, y lo primero que hiciste fue buscarme, ¿o no?

–Bueno, sí. Eso es lógico. Me enteré de que seguías trabajando en la universidad y quise saber de ti. Creo que cualquiera hubiera hecho lo mismo en mi lugar.

–¿Cualquiera, *jeune fille*? ¿Realmente crees que cualquiera hubiera hecho lo mismo?

–Max, no te entiendo muy bien... Preferiría que siguiéramos grabando.

–Mira esos barrotes de acero en la ventana..

–Por favor, Max. Dime qué tiene que ver eso contigo. Tú sales a dar tus clases dos veces a la semana. Y además ahora ya sales solo. Vas y vuelves caminando como una persona cualquiera, y creo que te bastaría con pedir permiso para que te dejaran salir a un cine o incluso a tu casa. Tú mismo me has contado que últimamente el doctor Lanusse se limita a conversar contigo unos minutos, cada mañana...

–Pero el tratamiento sigue igual y apenas logro dormir una o dos horas cada noche. Y a veces, ni eso...

–El médico sabe lo que hace, Max. Déjalo.

–Desconfío profundamente del doctor Lanusse.

–Eso no es verdad. Es cierto que te ha dicho algunas cosas horribles, pero tú sabes muy bien que profesionalmente no desconfías de él. Además, nuestro trabajo va progresando. Y eso es lo que realmente le importa al doctor, desde que aceptó que solo no eras capaz de afrontarlo y que con él no te ibas a encontrar tan cómodo como conmigo. Acuérdate de lo escéptico que era al comienzo. En cambio, ahora dice que le basta con saber que todos los días nos encerramos a conversar y grabar.

–Esta tarde tengo ganas de hablar contigo, pero no quiero grabar. Quisiera contarte otras cosas, Claire...

–Te noto nervioso... Debe ser porque es domingo...

–No, no es eso. Aunque debo reconocer que hay cosas que me inquietan mucho esta tarde. Lo de los barrotes, hace un momento, no te lo decía pensando en que me siguen teniendo encerrado como a un loco furioso ni nada por el estilo. Te lo decía porque hay un sol maravilloso, allá afuera. Y porque realmente siento ganas de haber salido ya de aquí.

–Los dos hemos hablado con el médico de eso, Max. Y ya sabes lo que piensa. Es necesario que sigas aislado de muchas cosas durante un tiempo, todavía. Lo de la universidad lo ha aceptado plenamente, pero en cambio a mí, al menos, me ha dicho con toda claridad que aún es muy pronto para que te enfrentes con las personas que frecuentabas fuera del trabajo y que...

–Debí haber pedido permiso para salir esta tarde.

–Es un día maravilloso, lo reconozco. Pero sinceramente pienso que sería bueno avanzar bastante más, antes de que empieces a salir. Fíjate que ni el propio doctor Lanusse te ha vuelto a mencionar la posibilidad de un permiso, desde hace un buen tiempo. En cambio, le parece que deberíamos ir un poquito más rápido con la grabación. Además, no olvides una cosa muy importante, Max. No quiero meterme para nada en eso, pues se trata de la opinión de tu médico, pero él dice que a veces le parece que te detienes demasiado en algunos puntos que no son los más importantes. Y que probablemente lo haces para no tener que enfrentarte con otros asuntos...

–Claire, por favor... ¿De qué lado estás tú?

–Del de Ornella, imbécil.

–...

–Y no esperes que te diga que lo siento.

–Claire, por favor...

–Vuelvo mañana, Max. Es lo mejor. Voy a avisarle a la enfermera de guardia que me voy, por si acaso...

–Déjame hablar, Claire, por favor. Siéntate y óyeme hablar. Es todo lo que te pido. Necesito simplemente que me oigas hablar. Pero sin grabar.

–Yo vengo aquí para que grabemos. O sea que enciendo este aparato o me voy.

–Bueno, vete. Hablaré solo.

–Ya sabes que el médico no quiere que hagas eso. Es peligroso.

–¿Es peligroso que te diga que te quiero, Claire? ¿Tú crees que es realmente peligroso que te diga que nada hubiera deseado tanto esta tarde como estar sentado contigo en la terraza de un café, en la plaza de la Comédie?

–Max...

–Sólo te pido que me oigas, Claire. Nada de malo tiene que me oigas decirte todo lo que he estado sintiendo desde que entraste a este cuarto... Yo sé que tú le das una gran importancia al hecho de que no volviéramos a vernos ni a saber de nosotros mientras estuviste en Normandía. Y sé que te despediste de mí para siempre, cuando partiste con José. Por lo de Ornella, sin duda, que decías que se me notaba en todo lo que hacía. Bueno, sí. Acepto que fue también por eso. Pero fue sobre todo por la gran diferencia de edad que hay entre los dos. Esa diferencia seguirá existiendo siempre, Claire, aunque a lo mejor ahora te importe un poco menos que entonces y aunque los dos sepamos que hubo un fin de semana en Rochegude en que se borró por completo. En todo caso, yo ahora te recuerdo los veintitantos años que te llevo. Y en cuanto a mí, me basta con verte entrar cada tarde para tener esa maldita diferencia más en cuenta que nunca. Llegas preciosa, por más que odie que andes toda la vida vestida de negro. Vienes de estudiar, de nadar, de jugar tenis. O vienes de la playa y de almorzar en el puerto de Palavas. O has ido al cine, la noche anterior, y me cuentas un poco la película. Me cuentas un poco de todo, en realidad, pero nunca me has dicho una sola palabra de la gente que te acompaña a hacer muchas de esas cosas. Tal vez porque es gente como tú, o sea mucho menor que yo, y ni ellos deben importarme a mí, ni yo tampoco a ellos. Es tu vida. La parte de tu vida que está tan lejos de todo lo que nos une que yo ni siquiera debo sentir curiosidad por saber algo de ella. Y ni hablar de sentir celos, por supuesto. Sería ridículo. Max está demasiado viejo y jodido y enfermo como para sentir celos. Y, además, peor para él si los siente...

–Max...

–Pero no sé por qué diablos no siento celos de nada, mi querida Claire. Quizás por miedo a alejarte de mí. O quizás por miedo a hacer el ridículo. O las dos cosas, probablemente, pero miedo siempre. El mismo maldito miedo que tengo tantas veces de decirte que te quiero. En fin, me imagino que debo conformarme de una vez por todas con que tu cariño por mí se concentró íntegro en un solo hecho: en buscarme nuevamente, no bien llegaste a Montpellier. Entonces sí sentiste muchísimas ganas de verme y realmente fue alegre y emotivo volvernos a encontrar ese día en mi oficina. ¿El resto? Bueno, digamos que el resto vino solo. Hay una verdadera amistad entre nosotros, a pesar de tantas cosas y tantas diferencias, y tú nunca me ibas a negar la ayuda que te pedí...

–¿Me dejas hablar ahora a mí, por favor?

–Te quiero intensamente, Claire. Y daría la vida por estar sentado contigo en la terraza de un café, en la Comédie, y repetirte una y otra vez que te quiero inmensamente. Nada más que eso, mi amor. Inmensamente.

–¿Me puedo sentar a tu lado, Max?

–Inmensamente.

–Tonto...

–Inmensamente tonto.

–Calla, idiota, por favor. Y déjame hablar a mí ahora...

–Soy todo oídos, *jeune fille*...

–Mira, Max, yo reconozco que a mí me has dicho siempre la verdad y que conmigo no hubo nunca doble vida ni nada. A lo mejor ello se debió a que me fui a tiempo. No lo sé, ni es posible saberlo ya. Y he creído al pie de la letra en la mayor parte de las cosas que acabas de decirme. Y, además, estoy de acuerdo contigo en casi todo...

–¿Entonces me crees cuando te digo que te quiero muchísimo, Claire?

–No, Max. Eso sí que no te lo creo. Sientes ganas de vivir, de estar completamente sano, libre ya de toda esa historia con Ornella, pero de ahí a quererme la distancia es enorme. Me tienes cariño desde hace tiempo, lo sé, pero por favor no confundas una cosa con la otra. Y de eso quiero hablarte, precisamente. No me digas nunca que me quieres, Max. Por favor. Es necesario que sepas hasta qué punto sigo siendo muy frágil ante ti. Porque yo sí sigo queriéndote como siempre, Max. Quiero decir que sigo estando tan enamorada de ti como cuando me fui de Montpellier. Créeme que entonces no sólo huía de la universidad. Huía de ti, también. Sobre todo de ti y de tu maldita Or...

–Caray, y a José dónde me lo dejas...

–Hablamos de eso hace mucho tiempo, Max.

Sí, pero cuando te toqué a José me arreaste tremenda bofetada, aquel fin de semana en Rochegude.

–Y después me acosté contigo, ¿o no?

–Pero a los pocos días regresaste donde él y se largaron juntos.

–Yo no diría tanto como eso, Max... Pero bueno, por lo menos ahora ya sé el nombre de la mujer que me largó de Montpellier. De algo me ha servido a mí también el tratamiento del doctor Lanusse.

–Te he contado ya que si te hubieses quedado...

–No, Max. Créeme que no. Si me hubiera quedado, hoy los dos estaríamos encerrados en esta clínica. Asumamos esa verdad, por lo menos.

–Te importa mucho lo de Ornella, ¿no?

–Demasiado, sí.

–Maldita sea, *jeune fille*... Maldita sea...

–No te preocupes por mí, Max. Pero hoy, por favor, no me llames *jeune fille*.

–Te he dicho que te quiero, Claire.

–Y yo te pido que no me lo digas. Que no me lo digas nunca más, por favor.

–No sabes cuánto me revienta oírte decir eso...

–No es verdad que me quieras, Max. No lo es. Puede ser que lo desees con toda tu alma, pero simplemente no es verdad. O sea que no volvamos a tocar ese tema.

–Crees que Ornella...

–Creo en lo que hice el día en que tuve tantos celos de ella que me lancé sobre esta cama como una gata en celo. Y creo en lo que siento cada vez que transcribo o corrijo algunas de nuestras sesiones de trabajo. O cuando discuto contigo algunas cosas ya transcritas. Y también creo en el odio que siento cada vez que te cambia la voz al mencionar ese nombre. ¿Entiendes ahora por qué no me debes decir nunca más que me quieres, Max? Te mientes a ti mismo, y de paso me mientes a mí. Hasta a Ornella le mientes, pedazo de imbécil....

–...

–Bueno, la más imbécil de todas se va.

–Un instante, Claire. Sólo un instante, por favor. Entiendo que te quieres ir, pero es muy importante que sepas que mañana mismo voy a hablar con el doctor Lanusse. Porque se acabaron nuestras grabaciones. O me atrevo a grabar delante de él, por más incómodo o antipático que me resulte el asunto, o intento ponerme a escribir otra vez.

–Ahí sí que te equivocas por completo, mi querido Max. Te equivocas por completo, sí señor. Yo te creía mucho más astuto, la verdad, aunque a lo mejor todo se debe a tanto somnífero y tanto calmante, y algún día te pasará.

–No te entiendo...

–Me quedo, Max. Me quedo y seguimos grabando y discutiendo. Y si quieres nos matamos, también. Pero yo no voy a dejar a Ornella suelta en plaza y al hombre que más quiero convertido en una insomne piltrafa humana. Ah, no. Por nada de este mundo. Yo me quedo aquí hasta que todo se arregle o todo se vaya al diablo. La idiota de Claire incluida.

–Claire...

–Cállate y escucha, Max. Y escúchame bien. Me voy a quedar por las razones expuestas, sí, pero también con tres condiciones que te ruego considerar *sine qua non*. ¿Me entiendes?

–Te entiendo, Claire, sí...

–Uno: que no me pidas que salgamos juntos a ninguna parte mientras estés aquí. Ni cine, ni terraza de café en la plaza de la Comédie, ni nada. Dos: que no me vuelvas a decir que me quieres...

–¿Nunca más?

–Hasta que no salgas de esta clínica, por lo menos.

–Me lo pones difícil, Claire.

–Y yo lo tengo super fácil, ¿no?

–Bueno. Suelta la tercera condición de una vez por todas, a ver si la acepto o no.

–Tres: que, en vista de todo lo hablado esta tarde, no me vuelvas a repetir aquello de "A partir de este momento tu figura se agranda, *jeune fille*".

–Claire, linda... Déjame decirte por lo menos lo que siento en este instante. Nunca ha crecido tanto tu figura como esta tarde...

–Como quieras, pero yo me estaba refiriendo a la grabadora, idiota.

–Me mataste, mujer… Me mataste...

Al mismo fatal placer, perdido, se dirige de nuevo, escribió el poeta Konstantino Kavafis, refiriéndose a la noche y sus consejos. Y digamos que yo había encontrado, si no un placer, sí una fatal ocupación para mis noches de insomnio, creando en mi propio departamento un escenario de lo más apropiado para el desarrollo de mis patéticas representaciones. Como anexos funcionaban el bar de Bernard, por supuesto, el restaurant Le Caquelon, que se encontraba a pocas cuadras, y La Taberna de Velázquez, como yo mismo bauticé a una *crêperie* que de tal no tenía más que el nombre, pues lo que normalmente se servía ahí eran excelentes ensaladas, sabrosos e inmensos pedazos de carne al carbón, y cantidades industriales de un respetable tintorro, todo en un pequeñísimo y oscuro espacio de piedra, lleno de humo, y con una suerte de desvencijado altillo apoyado sobre grandes vigas de madera ennegrecida.

Y si el señor profesor había tenido suerte en lo de hacerse querer y respetar donde Bernard, también supo conquistarse el afecto y la deferencia de los propietarios de sus otros dos anexos. Fui el primer cliente de Le Caquelon, y supe serle fiel en los difíciles meses que siguieron a su apertura, de tal manera que cuando el lugar empezó a tener una clientela más que suficiente, ya yo era una suerte de pionero o descubridor con derechos adquiridos. Y en cuanto a La Taberna de Velázquez, mi fama de audaz aventurero quedó confirmada la noche en que algún despistado vecino colocó una bolsa de basura, con un cigarrillo encendido adentro, justo bajo el tanque de la gasolina del automóvil del propietario, estacionado ante la puerta misma del local. El Monstruo y yo llegábamos en un estado de audacia total, por decir lo menos, cuando vimos a más de un vecino o transeúnte pegar más de un grito de alarma, también, porque la bolsa de basura ya se estaba convirtiendo en antorcha. El propietario de La Taberna dio la causa por perdida, no bien salió a mirar qué diablos pasaba, y optó por quedarse paralizado en la puerta, al pensar que sin duda era muchísimo peor tratar de huir, porque en ese instante podía estallar su auto. Y esa misma posibilidad inmovilizó a su vez a la clientela, ya que se trataba de una calle estrechísima, prácticamente sin veredas, repleta de automóviles estacionados a milímetros de distancia, y por supuesto que todos con tanque de gasolina. En fin, que no tardaba en escucharse la explosión en cadena del siglo, en ese pequeño barrio ya bastante histórico de Montpellier, sobre todo por la muy cercana presencia de un par de joyas arquitectónicas, las iglesias de Sainte Anne y Saint Roch.

–¿Ves lo que estoy viendo? –me preguntó el Monstruo, poniendo al máximo su impresionante cara de sapo loco, agarrándome un brazo para que me detuviera en el acto, y señalándome una bolsa de basura que empezaba a arder.

No le hice el menor caso, y tranquilamente seguí avanzando hasta que por fin me agaché, recogí la bosa ardiendo, la puse en alto para alejarla lo más posible de los automóviles que estaban detrás y adelante, y antes de quemarme la mano ya la había trasladado hasta un punto lo suficientemente apartado. El peligro había desaparecido por completo y el propietario de La Taberna no encontraba palabras para calificar mi audacia, ni tampoco para agradecérmela, pero yo minimicé las cosas dándole un par de palmaditas en el hombro, ingresando lo más modesta, cabizbaja y silenciosamente que pude al local, y dirigiéndome como siempre hacia la estrecha y empinadísima escalera que llevaba al altillo, a mi oscuro rincón y a mi mesa. Instantes después se me unió el Monstruo.

–¿Tú estás loco, o qué, Max? Has podido convertirte en una antorcha tú también.

–El local me gusta, Pierrot.

–Ya adivino, ya. Alguna vez debiste pasar por aquí con Ornel...

–No siempre las cosas salen tan bien como esta noche, hermano. O sea que mejor cambiemos de tema...

Mi departamento y estos anexos se convirtieron muy pronto en el gran teatro de mi inmenso desconcierto y de mi pequeño mundo. Y creo que ha llegado la hora de hablar de sus asiduos, crédulos e indispensables espectadores, aunque no todos aparecieron al mismo tiempo, ni podía yo juntarlos tampoco, en vista de que algunos se atribuían pertenencia a una clase social más elevada que los otros, y mis intentos de reunirlos desembocaron en desagradables fracasos en los que yo mismo terminé por ser la víctima. El primer miembro fue, por supuesto, el Monstruo, quién si no, aunque su presencia en mi departamento fue realmente limitada y a menudo nos separábamos cuando otros miembros de mi extravagante grupo aparecían por el bar de Bernard, donde yo les había dado cita. Otras veces venían de frente a mi departamento, y sólo cuando se iban temprano bajaba yo a buscar al gran Pierrot para internarnos por las tortuosas calles de piedra de la ciudad ya dormida. Del bar de Bernard salieron también el Gitano y Elisá, que se llamaba así, Elisá con acento en la a, y por nada Elise, sabe Dios por qué, ya que era super franchute y ruralona. Andaban sin trabajo los dos, cuando los conocí, y aunque Simone, la esposa de Bernard, no negaba que ella bebía bastante más de la cuenta, sobre todo por las noches, un empujoncito laboral podía contribuir en algo a una pequeña redención de la muchacha, ya que nada de malo tenía tampoco eso de tomarse sus copitas y además cada uno era libre de hacer las cosas a su manera, siempre y cuando no atentara contra su salud ni contra la tranquilidad de los demás, por supuesto. En todo caso, a Elisá le caería del cielo un trabajito limpiando mi casa, lavándome y planchándome la ropa y hasta cocinándome. Simone ponía la mano al fuego en cuanto a su honradez y a su bondad. No ponía la mano al fuego, en cambio, por su compañero, el célebre Gitano, que no desprestigiaba a su raza porque de gitano no tenía un pelo, aunque bueno, las patillas, sí, pero que –hay que ver, profesor Max, cómo son de complicadas las cosas de este mundo– al mismo tiempo sí desprestigiaba a los gitanos, pues creció entre ellos y la maldad de la gente afirmaba que ahí sin duda se le pegaron la maña, el apodo y las patillas. Bien, ¿les avisaba o no, para que ella fuera una de estas mañanas a mi casa e hiciéramos una prueba?

En eso quedamos y, la verdad, no me llevé ninguna sorpresa la mañana en que Elisá apareció en mi casa seguida por el Gitano. Yo había preparado una larga lista de las cosas que podía hacer, poco a poco, pero simplemente no logré que me escuchara ni tampoco que se quedara con la lista para que fuera ocupándose punto por punto de las tareas que en ella figuraban. Si le decía que había que lavar los platos de la comida de anoche, salía disparada a la cocina y empezaba a lavar hasta los platos que estaban limpios, ordenadísimos y guardados, pero en cambio no había manera de que lavara también los cubiertos y las fuentes y los vasos sucios, ni tampoco se le ocurría que podía limpiar la cocina. Y tenía que esconder la ropa en los armarios y cerrarlos con llave, cuando le decía que me lavara algo de ropa. De lo contrario se precipitaba sobre cómodas y armarios y era capaz de lavar hasta las frazadas y los abrigos. Si le hablaba de cambiar las sábanas de mi cama, cambiaba las de todas las camas, aunque estuvieran sin usar. Elisá simplemente jamás entendió que dos cosas que llevaban el mismo nombre pudieran estar una limpia y otra sucia, una usada y otra sin usar. O, lo que era peor, una entera y otra rota. Y es que lo rompía todo en una mañana, pero siempre y cuando todo llevase también el mismo nombre. O sea que era imposible, por ejemplo, que rompiera un par de vasos y tres copas, el mismo día. O lo dejaba a uno sin vasos o lo dejaba a uno sin una sola copa.

Era un asunto endemoniado, la verdad, porque también el Gitano parecía sufrir del mismo problema de sincronización que su mujer, y así, lo máximo que logré en mi desesperado afán de que se lavaran, cambiaran o plancharan siquiera un par de objetos de distinto nombre y uso, el mismo día, fue que él mismo se ofreciera para lavar las copas, por ejemplo, mientras ella lavaba los vasos. Pude haberme vuelto loco, pero la verdad es que así fue como el Gitano terminó trabajando también en mi departamento. Y haciéndome pasar momentos de verdadero pánico, desde que descubrí que tenía una gran habilidad manual y que no había cosa que no pudiera arreglar. Un día, por ejemplo, le encargué que me revisara la cerradura de un armario, porque la llave no giraba bien, y casi lo mato cuando regresé horas más tarde al departamento y me encontré con que estaba cambiando una tras otra todas las cerraduras, incluyendo la de la puerta de entrada al edificio. Recuerdo haber perdido los estribos y haberle pegado de gritos, esa mañana, pero el tipo se quedó callado y con la mirada absorta, como si estuviese completamente sordo, hasta que vio aparecer a su Elisá con cara de lunática.

–Eso lo arreglaremos tú y yo después en casa –dijo, entonces, mirándola a ella, como siempre, y dejándome a mí en Bolivia.

Pero, por supuesto que nunca logré deshacerme de una gente que, al mismo tiempo que me volvía loco, hubiese dado cualquier cosa porque Ornella estuviera viva. Los habría extrañado mucho, para qué. Y como la forma más fácil de lograr que se quedaran, cada vez que les pegaba de gritos y me presentaban dignísimos su renuncia, era ofrecerles un trago y servirme yo otro, muy pronto descubrí que ya era demasiado tarde para deshacerme de una pareja dotada de un corazón tan grande como mi propio país. Dotada de dos corazones, mejor dicho. Elisá y el Gitano se habían convertido en nuevos e indispensables espectadores del escenario que había montado en mi departamento, y además servían de enlace entre este y los parroquianos del bar de Bernard, conformando entre todos ellos lo que bien podría llamar la cazuela de mi gran teatro.

Pero tuve que contratar a Marie, eso sí, que llegó todavía bastante mareada, pobrecita, y que, en el corto plazo, venía recomendada por el Monstruo, mientras que, en el largo, venía de la India. Nunca en mi vida había visto un rostro lánguido tan lindo como el de Marie, un mutismo profundo y como sereno y sumiso, al mismo tiempo, y unas enternecedoras ojeras que le sentaran tan bien a unos tristes y silenciosos ojos negros realmente preciosos. Verla llegar a la mañana en los brazos del Mostruo, que realmente pujaba por sostenerla el tiempo necesario para llegar a una cama, que resoplaba hasta por los ojos de tanto esfuerzo, me ha dejado para siempre una idea muy clara de lo que es una cara de loco y un rostro sereno, la guerra y la paz.

–Bienvenida a tu nuevo trabajo –fue lo único que atiné a decir, porque ya el Monstruo me la había recomendado como bien tranquilita y hacendosa, aunque la verdad es que, de puro obsesionado, me dije a mí mismo que con Marie había llegado a mi casa el último remedio que quedaba para el insomnio.

–Una cama, por favor, Max, una cama –jadeaba el Monstruo, más feo y descuajeringado que nunca.

Lo ayudé a cargar a Marie hasta el dormitorio de huéspedes, y la verdad es que la pobrecita pesaba demasiado para lo bonita y lánguida que era. En el camino, el pobre Monstruo me iba contando, entre resoplidos y lamentos, lo que bien podría ser el final de su carrera de chofer de auto-escuela, su ruina en Montpellier. La señorita Marie, que era ya hace años una experimentada y

brevetada conductora, había sufrido en la India el terrible accidente de automóvil que la obligó a regresar enyesada de pies a cabeza a
Francia, su tierra natal. Un año tardó en quedar lista para la rehabilitación y otro en salir de ella y decidir, al mismo tiempo, nunca
más volver a sentarse al volante de nada. Y había decidido, también, hacerse madre Teresa de Calcuta, o algo muy similar, con el
fin de volver a ejercer la bondad trascendental en la India, pero ya
sin más gurú que Nuestro Señor Jesucristo y sin más droga que la
pobreza y la otra mejilla, en vista de que por drogata había causado
un accidente con muchos muertos y que, encima de todo, hacía
tiempo que su lejana y olvidada familia le había hecho saber, por
giro postal, que su abuelita materna había fallecido y que acababan
de darse cuenta de lo mucho que la querían y pensaban en ella,
desde el desempleo.

La segunda parte de la historia consistía en que él, o sea el
Monstruo, era especialista en quitarle el miedo a todos los que
habían decidido no volver a manejar jamás en la vida y, como tal,
tenía una elevada reputación en los centros de rehabilitación de
Montpellier, de entre los cuales sacaba buena parte de su clientela.
La tercera, y la horrible, era que acababa de sacarse el alma con
Marie, solitos los dos, felizmente, pero manejando él, y con muchí-
sima alcoholemia, en la carretera a Palavas.

–Y ahora no me habla por más que hago, Max –agregó–. Me
mira con los ojazos esos y, cuanto más le ruego que me perdone y
que, por favor, no se lo cuente a nadie, que con eso bastaría porque
en la prefectura tengo amigos, más me sonríe con la carita esa de
buena.

–¿No estará en estado de shock, no?

–¡Qué va! Si salió del carro solita y de lo más sonriente, como si
por fin se le hubiera quitado del todo el miedo a manejar, y hasta
estuvo a punto de recogerme ella a mí, como un kilómetro más
atrás, porque yo me sé tirar a tiempo, pero le avisé, que conste.

–Entonces cómo diablos eres tú el que la traes cargada, Pierrot. No entiendo nada....

–Es que se desvaneció justo en el momento en que le dije que yo estaba bien y que podía levantarme solo.

–Qué bonita es –comenté yo, totalmente concentrado ahora en el rostro de Marie y en la cantidad de sonrisa y de paz que, con ella, parecía haber llegado por fin a mi departamento.

–De estado de shock, nada, Max, ya te lo decía. Más parece que estuviera en estado de gracia. Pero no me contesta por nada del mundo, la muy desgraciada. Y mi vida, mi carrera, todo depende de que esa sonrisita emita un sonido favorable o desfavorable. Prueba tú, por favor. Dile que eres profesor, por ejemplo, ya que aún está en edad estudiantil y a lo mejor a ti sí te obedece.

–Marie, ¿te duele algo? Dime por favor si te duele algo... Yo sólo quiero ayudarte, Marie...

–Yo también, Max.

La sonrisa de Marie se amplió hasta convertirse en un verdadero oasis en medio del desierto de languidez y silencio que era su mirada triste y lejana. Pero ahora como que regresaba de alguna parte, de golpe, y nuevamente dijo que también ella me deseaba ayudar, aunque lo dijo tan tan bajito, otra vez, que a lo mejor no había sido ella la que habló sino nuestra desesperación por oírla decir algo, finalmente.

El Monstruo dijo que seguro Marie me estaba recordando de algún sitio, y me preguntó enseguida si yo había pasado alguna vez por la India con Ornel..., perdón, bueno, porque si también yo lograba recordarla, si la reconocía, vamos, entonces era Marie la que acababa de hablar y no él quien se arrojó mal del automóvil y andaba en estado de shock retardado, o algo así.

–Tú me has hablado, ¿no es cierto, Marie?

–Sí, Max...

–Repite un poquito más alto, por favor...

–Sí, Max...

–Entonces debe ser que pasé siempre muy rápido por la India –empecé a mentir, porque en mi vida he puesto un pie en la patria de Gandhi, aunque la verdad es que, hasta poco antes de ingresar a esta clínica, Ornella y yo habíamos hecho de todo por congelar la guerra fría, a su paso por tierras hindúes–. Pasé varias veces, sí, Marie, pero fue siempre tan rápido que....

–Pero qué tontos son los dos, por favor –me interrumpió la sonrisa de Marie, como un lánguido oasis que clama en el desierto de mi amor–. A Max lo conozco por todo lo que me contabas tú de él en el centro de rehabilitación, Pierrot, cuando tratabas de convencerme de que volviera al volante. No lo había visto nunca antes, pero como hoy teníamos que venir a su casa para que empezara a ocuparme de la limpieza...

–Déjate de limpiezas y dime si te vas a olvidar de lo del accidente. Dime que estoy absuelto, por favor...

–Pierrot, por favor... Tú sabes muy bien que yo nunca delato a nadie... Lo que pasa es que estaba un poquito mareada y quería llegar donde Max cuanto antes. Tú me habías dicho que sólo confiabas en él, porque sabía guardar hasta secretos atómicos y por lo tanto era tu único cómplice seguro...

–Mierda... Yo nunca te he dicho nada de eso, Marie. Pero, bueno... Cambiemos de tema, mejor, ¿no?... ¿Te duele algo o procedo a servir un trago para festejar?

–Procede, Pierrot, procede –le sonrió, por fin, Marie.

–Me has podido meter en un buen lío, Pierrot –le dije.

–Como si tú no supieras de líos, Max. O sea que no te me hagas, por favor, que para algo somos amigos...

El Monstruo fue a buscar botellas y vasos y yo me quedé mirando a Marie, tumbada ahí en la cama y muda nuevamente. La verdad, era la primera vez que la miraba de cuerpo entero, lo cual, fui descubriendo a medida que avanzaba de pies a cabeza, tomaba su tiempo. O sea que miré de nuevo para ver si tenía la cabeza en la almohada y los pies en su sitio, y no, no todo lo tenía en su sitio, pero era que le faltaba cama pues resultó ser tan alta que lograba doblar las rodillas por el extremo y poner los pies en el suelo. Caray, lo que me ocurría por haberme andado fijando sólo en lo bonita que era su cara. Era inmensa, y terminó siendo un gigante, cuando por fin se incorporó para brindar.

Pero tan inmensa como Marie eran su bondad y su capacidad para escucharme en el gran teatro de mi pequeño mundo. Creo que nadie supo oírme tan bien, tan tierna y silenciosamente como Marie y, sobre todo, nadie como ella supo preparar nunca, hasta en sus más mínimos detalles, el escenario en el que iban transcurriendo noche tras noche aquellas patéticas veladas en las que, con o sin la ayuda de los anexos, según la ocasión, yo reunía a todas aquellas personas que se dignasen acompañarme en la travesía de mi muy personal y rocambolesco desierto del amor. Y me basaba para ello en la total credulidad de mis oyentes, resultado de su gran afecto y confianza, también en una mayor experiencia viajera, pero antes que nada en esa superioridad cultural de la que ya me había valido ante Ornella y Olivier Sipriot, aunque con deplorables resultados en aquel caso. Sin embargo, esta vez el contexto era distinto, y de muchísimo me sirvió la oportunidad que tuve de obtener un estupendo resumen y guía de los principales acontecimientos de la década del setenta. En efecto, la editorial que tradujo al inglés mi segundo libro de ensayos literarios me obsequió un volumen lleno de datos e ilustraciones sobre esos acontecimientos, lo cual me permitió aprenderme de memoria y relacionar entre ellos una serie de conflictos políticos, militares y sociales, entre los que figuraban, por supuesto, sabotajes, raptos, acciones terroristas y actos de espionaje, de los que realmente hice uso y abuso ante mi muy crédulo, conmovido y entregado auditorio.

Este creció aún más, a medida que pasaban las semanas y los meses, las estaciones y los años, lo cual me obligaba a una permanente renovación del amplísimo repertorio de hazañas en las que Ornella y yo participamos, a veces juntos y otras separados por el encargo hecho a cada uno de una misión distinta, en fechas y lugares diferentes, o porque la inmensa coartada del profesor perfecto en la que me refugiaba yo me obligaba a volver a la universidad no bien empezaba otro año lectivo, e incluso a cultivar la fama del maestro que jamás ha faltado a una clase. Y sólo la inmensa complicidad afectiva que supe ganarme entre los miembros de mi desolado auditorio me permitió contarles, sin la menor sombra de duda por parte de ninguno de ellos, los increíbles malabares que tuve que hacer varias veces para recorrer inmensas distancias y cruzar más de un océano, porque Ornella andaba en peligro y, por supuesto, para estar puntualito en clase tan sólo dos o tres días después. ¿Acaso no fue ella la que me salvó de una muerte más que segura, aquella vez de Uganda y Amín Dada? ¿Y aquella otra en Valparaíso? ¿Y la vez en que me encontré solo ante la cúpula de las Brigadas Rojas, con la pistola encasquetada?

En 1982 se incorporaron cuatro nuevos miembros a la tertulia del dolor insomne, como la llamaba yo a veces, para mis adentros, en aquellas interminables veladas de las que, al final, terminé saliendo bastante más desolado, confundido e insomne de lo que había entrado. Pero simplemente no se puede parar ya, cuando uno se ha dejado cruelmente seducir por su propia enfermedad, cuando esta se ha convertido en un importante rasgo de nuestro carácter, y cuando la vivimos como una segunda naturaleza, por la sencilla razón de que, sin darnos cuenta, nos hemos convertido en reos de nocturnidad. En fin, en 1982 se incorporó Passepartout, el silencioso y sonriente exiliado iraní con cara y barba de muchísimo exilio, hambre, soledad, y bondad. Y con él llegó François el Estudiante, un nervioso y muy rubio amigo de cuanto profesor había en la universidad, pero al que jamás nadie había visto poner un pie en una sala de clases. Aparte de escucharme y de ayudarme en todo lo que fuera posible, y aparte de Elisá, la compañera del Gitano, lo único que le interesaba en esta vida a François el Estudiante era saber cómo diablos había sido él antes de que lo dispensaran del servicio militar por haber fingido estar loco tan convincentemente. Según el Monstruo, François el Estudiante no se buscaba sino que se rebuscaba, porque entre otras cosas corría desesperado de profesor en profesor, rogándole a cada uno que le dijera por favor qué carrera había querido estudiar él antes de inventarse una locura tan perfecta como la que ahora lo llevaba mañana y tarde a la universidad, porque vocación sí tenía, y muy fuerte, pero no recordaba de qué.

Y en 1982 se incorporaron también Jean, el Inefable Escritor Inédito, y Laura, su novia de origen italiano nada lejano, sin duda alguna, porque el francés lo hablaba de una manera tan deliciosa y *bella lingua* que a mí me llevaba a trompicones por los nebulosos abismos de la más fonética y lingüística de las nostalgias. Él era feo, miope y tremendamente regional, desde el acento hasta la visión del mundo, y su sueño máximo era convertirse en escritor maldito, emborrachándose como Kerouac, Ginsberg y, más tarde, Bukowski, pero suicidándose como Mishima, para culminar la maldita faena, aunque muy a menudo cambiaba de ejemplos y modelos. Entonces cambiaban también los pósters de escritores pretendidamente marginales que colgaban por cantidades sobre su cama, en un desesperado afán de recibir de ellos la inspiración y el estilo, aunque no para publicar, ya que ello significaba aburguesarse y prostituirse y hasta exponerse a ganar un premio o alguna inmundicia así. Y claro, quien por esos medios lograba formar parte de un sistema tan malditamente podrido como el que vivíamos, merecía todo su infinito desprecio.

Porque nada odiaba tanto el Inefable Escritor Inédito como la idea misma de publicar. Y con tres soberbios testarazos les partió la boca, uno por uno, a los tres miembros del grupo maldito de Montpellier que se pasaron al bando enemigo y traicionaron, publicando un libro por cabeza, y sin siquiera avisarle, los muy hijos de mala madre. Yo vivía aterrado de que el Inefable Escritor Inédito se enterara de que había publicado tres libros, dos de los cuales se habían traducido al francés, además, pero cuando me atreví a contárselo reaccionó muy sonrientemente y me dijo que una cosa eran los ensayos y la teoría y otra el arte de la literatura, que sí requería de una entrega tan suicida como permanentemente purificadora. Poco después me entregó el original de una novela que llevaba cuatro años sin ser leída por nadie y, como me gustó mucho, opté por enviársela a mi editor en París, sin avisarle nada al Inefable Jean.

Recibí una respuesta muy positiva y en tiempo récord, verdaderamente, en el sentido de que la editorial estaba dispuesta a publicar esa novela, tal cual, y cuando corrí a contárselo a la librería en que trabajaba, noté que el Inefable Escritor Inédito palidecía al máximo, que abría inmensos los brazos para tirárseme encima con una sonrisa eternamente agradecida, pero en ese mismo instante cayó desplomado delante de mí. Después anduvo mareado y aturdidísimo varios días, después dudó del gran amor que Laura sentía por él, y finalmente se declaró en crisis total y fue a recluirse en el alejado monasterio de la región. Y ahí seguía meses después, repleto de todo tipo de votos, promesas y novenas, más ayuno y abstinencia, cuando se enteraron los tres autores prostituidos del grupo maldito de Montpellier, y le cayeron de a montón y a cabezazos, rompiéndole literal y literariamente el alma, aunque poniéndole también con ello punto final a su crisis.

La verdad es que Marie y los recién llegados de 1982 se integraron perfectamente al grupo popular de asistentes a mi salón espectáculo, cuyo origen se remontaba al bar de Bernard. Con ellos quedó completa para siempre la cazuela, corral, o gallinero, en fin, el grupo de extracción social más baja. Era gente sin más pretensiones que la de quererme y ser mi cómplice en todo, acompañándome siempre a escuchar música y bailar, a tomar copas y comer en mi departamento o en sus anexos y, en algunos casos, acompañándome también en mis nocturnos paseos por la ciudad hasta que literalmente los vencía el sueño, regresaban a sus casas, y me dejaban perdido por los más oscuros rincones, saboreando el horror de la soledad insomne en aquellas angostísimas y enrevesadas calles de fría piedra, hermosas en cualquier otra circunstancia, hostiles y angustiosas, ahora. Porque, en efecto, qué bonitas, qué parecidas por aquí a Venecia, por allá a la bella Aix-en-Provence, y por más allá a Florencia, solían parecerme aquellas callecitas que suben y bajan, que hasta escalones tienen a veces, cuando recién empecé a caminar por ellas, a mi llegada a Montpellier. Pero tiempo después, cuando el insomnio empezó a apoderarse de mí y mis pasos resonaron desesperados, cuando buscaron alejarme, sin lograrlo jamás, del terror que me producía volver al departamento y encontrarme con mi cama, aquellas calles eran tan lúgubres y aterradoras de noche como de día, cuando la ciudad dormía cruel para mí o cuando los mismos amigos que me habían dejado caminando, hace mil horas, volvían a encontrarme ensimismado, cabizbajo, ciego y agotado, camina y camina todavía, pero ahora por una ciudad despierta, llena de gente, soleada y alegre, camina y camina por la ciudad que, sin duda alguna, la inmensa pena que arrastraba conmigo me impedía siquiera imaginar.

El salón espectáculo podía funcionar unas noches en Le Caquelon y otras en La Taberna de Velázquez. Me gastaba íntegro el sueldo invitando a mi fiel auditorio, hablándole de los fabulosos restaurantes que solía frecuentar con Ornella durante los perfectos y peligrosísimos días de nuestra *belle époque*, y de nuestra afición por los platos más extravagantes y los más exóticos licores, por supuesto que siempre a cuenta del gobierno que estábamos sirviendo o engañando y que, en este último caso, era inevitablemente el malo. Mi departamento se había llenado, para entonces, de libros de las más variadas cocinas, y mis lecturas sobre vinos franceses, italianos, españoles y cocteles y licores de las más diversas procedencias me permitían presumir ante mis fieles y entrañables amigos de una cultura en la materia que François el Estudiante calificó una noche de mundana, cosmopolita y enciclopédica, dejando boquiabiertos a los demás comensales. A mí, en cambio, aquellas palabras, y la casi servil y muy ignorante reacción de mis amigos, me produjeron una profunda ansiedad, a la vez que una enfermiza curiosidad, pues empecé a comprender que el insomne agotamiento me llevaba ya a confundir no sólo los platos y los vinos y licores, sino además los lugares en que transcurría la acción de las aventuras que contaba.

Pero qué diablos, ellos admiraban mi enorme cultura mundana, cosmopolita y enciclopédica, ellos se inclinaban ante la vastedad de mis conocimientos y la osadía total de mi pasado, qué diablos, pues, que el presente no fuera ya tan brillante, aunque qué pena, sí, que noche a noche se estuviese volviendo más patético, también, como la vez aquella en mi departamento en que aparecí con un elegantísimo saco cruzado de terciopelo guinda, con chaleco de fantasía, finísimo y antiguo reloj de oro con leontina, bastón de estoque con empuñadura de oro, y, por arrancarme a bailar como Fred Astaire con una copa de champán en la mano, no sólo le pegué un bastonazo en la cabeza a Marie sino que me traje al suelo uno de mis mejores cuadros, perdiendo por completo el equilibrio, instantes después, y cayendo como un pesado costal sobre el piso de mármol, mientras iba insultando muy groseramente a Ornella, por haberse muerto.

Me trasladaron a mi cama, aquella vez, y aunque no los dejé encender la luz del dormitorio y anduve largo rato completamente grogui, podía reconocer la intensidad del brillo de sus ojos y darme cuenta de lo preocupados y tristes que estaban todos, ahí en la oscuridad. Elisá lloraba y murmuraba que ni en el cine había visto sufrir a un hombre de esa manera por una mujer, y el Monstruo y François el Estudiante le taparon al unísono la boca al Gitano cuando empezó a decirle que eso lo arreglarían él y ella después en casa. Para Jean, el Inefable Escritor Inédito, mi vida debió haber sido digna de Alejandro Dumas, pero mi muerte, en todo caso, empezaba ya a superar a la de *Madame Bovary*.

–Parece mentira que un hombre que sueña tanto duerma tan poco –comentó Passepartout el Iraní, que o lagrimeaba o sonreía, pero que nunca comentaba ni decía nada.

–Es que, a su manera, su vida es también la de un maldito –le explicó el Inefable Escritor Inédito, enteradísimo de esas cosas.

–Se alimenta de somníferos mientras camina noches y días enteros por la ciudad –les contó el Monstruo, añadiendo–: Me consta. Vodka con tónica, como James Bond, y todos los somníferos del mundo.

–Se le nota –dijo el Gitano, con su voz tan ronca y su habitual parquedad.

–En qué se le nota, Gitano –le pidió una explicación el Monstruo, como quien le exige más sufrimiento y emoción, mayor identificación con el sentir del grupo en torno a la persona del pobre profesor Max.

–Bah... Yo diría que en que está perdiendo completamente la memoria.

–Pero si se acuerda de cosas increíbles y domina, en secreto, eso sí, millones de secretos de Estado.

–De acuerdo, Pierrot. Pero yo tengo anotado aquí que, hace un mes, la señorita Ornella murió en Brasil, y hace dos meses, en Kilimanjaro.

–En *el* Kilimanjaro, Gitano bruto. Se trata de un nevado eterno.

–Como quieras, Pierrot. Pero hace cuatro meses la señorita había muerto en Liberia y antes en Pinochet y...

–Es la falta de sueño, su atroz falta de sueño –alcanzó a decir Marie, antes de romper a llorar desconsoladamente y a balbucear entre sollozos que si ella pudiera llevarme a la India, que todo lo daría ella por poder trasladarme a aquel reino de paz y de olvido...

–Dejar a Max sin recuerdos sería como lobotomizarlo, Marie –le dijo el Inefable Escritor Inédito, tratando de consolarla, al mismo tiempo.

–¿Loboqué...?

–Lo-bo-to-mi-zar-lo, Pierrot –presumió el Inefable, explicándoles, de paso, a todos ahí–: Atomizarle la mente hasta dejarlo sin recuerdos.

–Max no recuerda con la cabeza sino con el corazón, tonto. Y si le lobotomizas el corazón, lo matas.

–Y además lo priva de su libertad de expresión –comentó Elisá, agregando que, por ejemplo, a ella le encantaba acordarse siempre de cuando era niña, y de su primer juguete, y de su primera comunión, y de su primer amiguito...

–Eso lo arreglaremos después tú y yo en casa –la calló el Gitano.

–Egoísta del diablo –se enfureció Pierrot, al ver que alguien en ese dormitorio parecía olvidarse del pobre profesor–. Inmundo egoísta. Tú lo único que sabes hacer es pensar en ti.

–Sal a la calle, borracho de mierda. Baja y vamos a ver cuál de los dos quiere y respeta más al profesor Max.

Elisá corrió a llamar por teléfono a Bernard y Simone, para que evitaran la gresca que amenazaba con armarse en la oscuridad de mi dormitorio, mientras Marie se lanzaba sobre mi cama y empezaba a instalarse sobre mi cuerpo, chancándome todito en su afán de evitar que alguno de esos energúmenos me fuera a caer encima y lastimarme. Pero la rapidísima llegada de Bernard y su esposa, reforzados por varios parroquianos del bar du Carré du Roi, que aparecieron también como una exhalación, logró calmar inmediatamente los ánimos.

–Esto sí que es el colmo –comentó, entonces, Bernard–. Faltarle al respeto al profesor así. Habrase visto cosa igual. ¿Y qué hace Marie tumbada encima de él, se puede saber?

–Algo que aprendió en la India, me imagino –le respondió Passepartout, para sorpresa de todos, no sé si porque era iraní y aquello de la India no le sonaba tan lejano, pero en cualquier caso comentando entre sonriente y lagrimeante que lo de Marie mejor era preguntárselo a ella misma, si es que contestaba, porque debía estar transmitiéndole toda la calma trascendental que emanaba de su persona, y después toda la paz interior, y después todo el silencio, y así sucesivamente hasta que yo me quedara dormido días y días.

–Entonces vámonos todos, mejor –dijo Laura, abrazando a su Inefable Escritor Inédito.

–Fíjense que, ahora que lo pienso bien, Max me hace recordar a Tutú –intervino, por última vez, el Monstruo, mientras se alejaba comentando en voz muy baja que, más que un espía atómico, el profesor parecía otro ángel que no tuvo suerte... En fin, ni más ni menos que Tutú, y seguro que terminan igualito.

–Sin duda, Pierrot, pero vámonos despacito, porque el profesor Max parece estar muy tranquilo, por una sola vez en la vida...

Pero ángel o espía, lo que el profesor Max estaba era completamente aplastado por la pacífica inmensidad de Marie. Y ni llorar tranquilo de emoción y gratitud hacia sus amigos podía, en vista de que ella le había colocado todo un sector de su bondadosa aunque tamaña nomenclatura sobre el rostro, reduciendo a silencio puro uno tras otro sus sollozos y sus tentativas de decir esta boca es mía. Por fin, con un supremo esfuerzo, logró sacar un bolígrafo del cajón de su mesa de noche y clavárselo como un puñal en la espalda a Marie, para que tomara conciencia de todo lo que estaba ocurriendo ahí abajo. Pero ella como si nada, o sea siempre en su mundo, gigantesca, pesadísima, y de lo más tranquila que darse pueda, sin duda porque continuaba convencida de que en aquel dormitorio continuaba la gresca iniciada por Pierrot y el Gitano y que había que proteger a su adorado Max.

Lo de adorado Max lo descubrí algunas noches después, en un estado que sólo puedo describir como de pacífico y total aplastamiento, pero no de sueño, desgraciadamente, por más que hacerme dormir formara parte también del plan de vida que Marie se había trazado para mí, ya que de eso se trataba, de un plan de vida que esa gigante se había trazado para ella *pero* conmigo incluido, para decirlo de la manera más clara y dar una idea exacta de las buenas aunque increíbles intenciones de esta bella y descomunal veinteañera que había logrado ganarse mi confianza total al convertirse en la persona que no sólo lavaba, planchaba y arreglaba todo aquello que el Gitano y Elisá dejaban tirado, debido a su incorregible problema de sincronización, sino que además preparaba a la perfección el escenario –y todo lo que fuera necesario, incluyendo la ropa que debía ponerme– en que cada vez más frecuentemente representaba yo mi papel de ciudadano del desierto del amor y el desconcierto. Por último, Marie me dijo que, en vez de cobrarme por su trabajo, me iba a acompañar a comer diariamente, lo cual resultaba carísimo, porque la muchacha se alimentaba de acuerdo a su estatura y peso, agregando inesperadamente que iba a lavar su ropa en mi departamento y, que de paso, también la iba a guardar ahí, en vista de que no tenía dónde caerse muerta.

–Eso en mi país se llama muchacha o empleada con cama adentro –le dije, añadiendo que, a partir de ese momento, Elisá y el Gitano estarían más de sobra que nunca en mi casa.

–Sí, pero que conste que ellos jamás te han cobrado nada, Max. Les basta con beberse todas tus botellas.

–Eso no te lo puedo negar, Marie. Pero no me niegues tú tampoco que, cuando el Gitano no viene, François el Estudiante y Elisá se aprovechan para vivir tórridas mañanas de amor en la sala, sobre todo los días en que salgo a dar mis clases.

–¿Y a ti eso qué te importa, Max? Tú déjalos, nomás.

–Me importa que en este departamento pueda haber un crimen pasional o algo así. ¿Qué sería de mi reputación en la universidad, Marie?

–Te ocupas de demasiadas cosas, Max. Por eso es que no puedes dormir. Tú lo que necesitas es relajarte completamente y contar conmigo desde este mismo momento.

Tenía que olvidarme absolutamente de todo, a partir del día en que Marie no sólo se instaló en mi departamento sino que además apareció mudísima y orientalmente ausente en mi dormitorio.

Rogarle que no apagara la luz, la primera noche, fue como haberle dicho exactamente lo contrario, porque la apagó al instante y comenzó a gemir, o algo así, parada gigantescamente ahí en la puerta. Le pregunté si le dolía la cabeza o si estaba llorando por algo, pero su respuesta fue insistir en sus desafinados gemidillos hasta que, poco a poco, estos se fueron entonando y empezaron a tener cierto ritmo, para luego adoptar un aire bastante mudéjar, o es que me pareció, porque la verdad es que al final la melodía adquirió un inconfundible contenido hindú con pretensiones trascendentales y todo, cuando noté que tenía la inmensidad de Marie paradota ahí al lado de la cama.

–¿Qué piensas hacer? –le pregunté, alzando un brazo y exprimiendo el bolígrafo, como quien intenta protegerse de algo.

–Olvida y olvida y olvida, Max.

–Marie, no te ofendas, por favor, pero daría cualquier cosa por no hacer el amor con nadie, digamos que hoy.

–Olvida y olvida y olvida, Max...

–Y también daría cualquier cosa por acostarme solo, esta noche, con tu perdón.

–Olvida y olvida y olvida, Max...

–Me voy a la calle, Marie. Necesito imperiosamente salir.

Pero justo entonces empezó a ponerse en marcha la primera etapa del plan que también me incluía a mí y que me obligaba a no acostarme nunca sin haber dejado antes el bolígrafo sobre la mesa de noche. Y es que daba miedo, para ser sincero, el interminable tratamiento-programa de oscuridad y sonido que organizaba Marie conmigo en calidad de acostado, desnudo, nerviosísimo y silencioso paciente. Ella lo calificaba, en inglés, de *East meets West*, lo cual en pocas palabras significaba el encuentro entre el territorio hindú de la paz, el olvido, y el sueño consiguiente, y la estresada e insomne sociedad de consumo que me estaba matando en Francia. Así, si yo dejaba penetrar las orientales ondas de la India en mi oeste personal, el sueño estaba asegurado. Pero yo dale, ahí en plena cama y en la más total oscuridad, dale con recordarle a Marie que era peruano y que eso era importante tenerlo en cuenta. Ella, sin embargo, no daba ni su brazo ni su paciencia a torcer y me soltaba aquello de que el oeste incluía también el lejano oeste, con lo cual lo único que lograba era ponerme más nervioso e insomne de lo que ya estaba con la cuestión terminológica que, por fin una noche, encontró una solución que a los dos nos satisfizo cuando dimos con la expresión *mediano oeste*, o sea mitad incaico, mitad crisol de razas, y bastante judeocristiano todo, al menos según la historia oficial.

No era fácil serenarme, lo reconozco, pero hay que ver hasta qué punto Marie realmente iba a lo hondo, a lo profundo, y que jamás habría puesto en marcha su tratamiento-programa partiendo de un punto superficialmente establecido o de un acuerdo precario. Y recién cuando nos pusimos de acuerdo en lo de *East meets West*, decidió dar el segundo paso del plan de vida que me incluía, siempre debajo de ella, y chancado, por supuesto, y puso la música de fondo, que venía desde la sala, aunque antes cumplió con el deber informativo de explicarme que se trataba sólo de un acompañamiento –y nada más, Max– de tablas, sítar, bajo de tanpura y tanpura pequeña. Entonces sí que ya me aplastó del todo y con confianza, tres cuartos de hora cada noche, durante un mes, para que me olvidara absolutamente del mundo y sus alrededores, que es por donde debería andar Ornella, me imagino, de acuerdo a los cálculos de Marie, basados íntegramente en falsas informaciones mías. Todo ello repercutió muy negativamente en el tratamiento-programa, como es lógico, porque yo mismo andaba ya en la época en que había tantas muertes de Ornella como horas y días y noches y segundos tiene el insomnio, y no era nada fácil por consiguiente lograr fabricarse el ansiado pequeño espacio propio para respirar hondo y profundo en un mundo nuevo, hasta sentir muchísimo sueño y olvidarme absolutamente de todo, lo cual me permitiría oír, entonces sí, la melodía de Marie.

¿Que cómo era la melodía? Pues me la sé de memoria, aunque efecto no me hizo ninguno, porque también la pobre Marie empezó a impacientarse al notar que pasaban las semanas sin que yo lograra crearme esa suerte de recoveco de paz y de olvido hasta el cual, con el acompañamiento de sítar, tamburas y tablas, iba a llegar la melodía del sueño en su voz. Chancadísimo y todo, yo seguía tratando de ponerme de acuerdo conmigo mismo sobre el lugar de la muerte de Ornella, porque al Monstruo le había dicho que en el Kilimanjaro y al Gitano que en Uganda, a alguien le conté que en Libia o Liberia, y vaya usted a saber qué más, pero en todo caso era totalmente imposible que sólo un protector aplastón de Marie, por noche, lograse erradicar de mi mente mi doloroso mundo y, bueno, ya se empezaba a notar, para qué. Marie se impacientaba y alzaba la voz en su afán de hacerme llegar su melodía tan, pero tan lejos, y a mí el asunto también empezó a irritarme, sobre todo cuando insistía en lo de sus gemidos *raga*, que según ella eran la base melódica de la música clásica india, y después se arrancaba otra vez con su *teen tal*, un ciclo rítmico de dieciséis golpes y algo de *sum*, en fin, todo según ella, y le creo, porque honesta era la pobre, aunque lo que ya sí me desesperaba era cuando me introducía un brazote desnudo por ahí abajo y como que se elevaba al mismo tiempo, creando una suerte de corriente marina con olas y todo, sobre la cama, meciéndose en realidad, o meciéndonos el uno encima del otro pero acurrucadísimos, eso sí, siempre al ritmo del acompañamiento que venía de la sala en cassettes de cuarenta y cinco minutos por lado, lo cual explica la duración de esta fase del tratamiento. En fin, que un insomne se da cuenta de todo, siempre, y precisamente por eso no duerme nunca.

La interrupción definitiva del plan que también me incluía llegó cuando finalmente hicimos el amor, después de una interminable discusión en torno a la coincidencia casete-tratamiento-programa. Mantuvimos el tono pacífico y todo, pero yo acusé a Marie de ingenuota sesentaiochista tardía y ella a mí de racionalista masoquista, esto último sin duda por seguir pensando en Ornella, estando los dos desnudos en una cama, aunque a mí me mantuviese reducido a una postura poco menos que fetal, ahí debajo de ella:

–La verdad, Marie –le dije, esgrimiendo como loco mi bolígrafo, porque molesto estaba, y bastante, aparte de bastante asfixiado–. La verdad, nada en mi vida me ha puesto tan nervioso, quitándome hasta el sueño que sentimos los insomnes mientras no dormimos, como estar zambullido aquí debajo tuyo. Me encantaría verte a ti en la misma situación, claro que con tipos como Gargantúa, Pantagruel, Sansón, Maciste, en fin...

–Se nota que eres incurablemente racionalista, Max. Racionalista y obseso.

–Yo soy el que soy, Marie –le dije con furioso énfasis, entonces sí...

–O sea vanidoso, encima de todo, porque sólo a Jehová se le ocurría pensar así de sí mismo.

Me calló la boca con su cultura bíblica, la gran Marie, tras lo cual habló con el más elocuente de los silencios, bastándole para ello con tumbarse de espaldas desnudísima, ahí a mi lado, recogiendo eso sí las piernas para que no se le bajaran hasta el suelo por los pies de la cama, de tal manera que yo me sintiera bastante ridículo con eso de caber tan cómodamente en un solo colchón. Y ahí solita empezó a gemir, otra vez, siempre a la usanza hindú, aunque ya sin el acompañamiento de fondo de la sala, porque hacía rato que el casete se había terminado. Todo era melodía y distancia, ahora, pero llegó el momento en que Marie me dijo que intentara seguirla, poquito a poco, pero sin bolígrafo, y tomándome de la mano me elevó de tal forma que logré ver la pacífica languidez de su rostro y el oasis de su bella mirada ojerosa en el preciso instante en que se arrancó con la dulce letra su canción. La imité, claro, aunque con torpeza de incrédulo debutante, y ella tenía además la ventaja de sabérsela de memoria, por lo cual sólo pude acompañarla en lo de la inocencia de su arrobamiento, la estática y espontánea delicia que une tanto a los intérpretes como a los oyentes, por sofisticado que sea su mundo, por compleja que sea su verdad, ni una nota, ni una inflexión son concedidas, nada se pierde del maravilloso frescor y envolvimiento, como si manejara encantados lápices de colores o contemplara el revoloteo de una abeja en un lecho de lavanda y dividiera la sensación en un destello, desde el primer impulso hasta el último efecto, olvidando toda mediación, toda teoría, todo escenario o intérpretes, todo ritual afecto a la formal exposición de una estudiada escritura, vivencia de valores expresando un inmediato estado tanto espiritual como físico de estar unido a la dedicación moral y física inherente al arte que...

–¡Max! ¡Max! ¡Max...! ¡Oh!, Maximiliano Gutiérrez...

–¡Oh...! ¡Oh...! ¡Marie Rabelais...!

–¿Te gusto, Max? –me preguntó una noche Marie–. Soy tan inmensa, después de todo.

–Antes y después de todo eres inmensa y eres bellísima y me encantas, Marie. Y déjame que te diga que nada me hubiera hecho tan feliz como que siguieran viviendo arriba unos vecinos que metían un estrépito... En fin, para qué te cuento... Lo nuestro habría sido la más sabrosa venganza... Una dulce y amistosa persuasión... Para qué te cuento, Marie... Lo nuestro al lado de lo de ellos...

–¿Te molestaban, mi amor?

–Digamos que hoy ya son parte integral de mi insomnio.

–Esta noche vas a ver cómo duermes, mi amor...

Dormí como un loco esa noche, y la siguiente y la siguiente, porque la verdad es que estaba dispuesto a pagar cualquier precio con tal de repetir cada noche la canción hindú de Marie, su melodía y su letra que muy pronto aprendí casi tan bien como ella, con la misma paz, la misma serenidad, y hasta con bastante gratitud, diría yo...

Pero bueno, para qué seguir mintiendo... La triste verdad es que casi pego un alarido de felicidad y liberación el día en que Marie me anunció, por fin, que le había llegado el trascendental momento de regresar a la India para continuar su obra de bien. Y nadie fue tampoco tan feliz como yo el día de la comilona de despedida que le organizamos en La Taberna de Velázquez. Llevaba semanas haciéndome el dormido cada noche, porque le tomé un cariño tan inmenso como ella misma a Marie, y se lo demostré haciéndole creer que, de alguna forma, aquel plan de vida tan tan suyo, pero que me incluía a mí, había alcanzado los resultados deseados. Pobre ingenuota... Pobre Marie... Si supiera que fui el único ser feliz con su partida, en el gran teatro de mi inmenso desconcierto y mi pequeño mundo. Porque nada, pero nada, hay tan terrible para un insomne como no poder salirse de su cama... Saltar de su cama y largarse a la calle... Y deambular como un loco por la ciudad desierta. Y tropezarse brutalmente por las enrevesadas callejuelas de piedra que se repiten incesantemente. Y seguir contando, una por una, las persianas cerradas, las cortinas apagadas, las ventanas clausuradas para el desesperado insomne y hasta las cacas de perro y de gato –que soy muy distintas, porque uno se vuelve entendido...–. ¡Eso! ¡Eso! ¡Eso...! Al insomnio me debía y al insomnio tenía que volver, maldita y cruel Marie, obstáculo de ciegos caminantes...

Me dije que tal vez era mejor que no viera tanto a los amigos del bar, del salón espectáculo y sus anexos, porque yo mismo me asustaba a veces de la pueril fidelidad de unos seres que se habían convertido, paso a paso, en conmovedores depositarios de mi dolorosa exaltación y en testigos impotentes de mi decadencia física y psíquica. El divorcio total entre el profesor cumplido y sumamente responsable era ya más que evidente, a principios de 1983, y sin embargo nadie parecía darse cuenta de nada. Todo esto resultaba increíble en una ciudad relativamente pequeña y con sólo doscientos cincuenta mil habitantes que, por una razón u otra, debían frecuentar mayoritariamente el pequeño centro histórico y comercial, o la zona de los nuevos hoteles, galerías de tiendas y residencias. Me imagino que yo no veía a nadie, que me cruzaba con gente de la universidad, pero sin reconocerla o sin darme cuenta, aunque sí recuerdo que en más de una reunión de profesores de la facultad alguien me preguntó si me sentía bien mientras yo hacía esfuerzos desesperados por ocultar mis cada vez más frecuentes mareos y mis breves desvanecimientos, fingiendo un desmedido interés por asuntos pedagógicos o administrativos que me parecían inmensamente lejanos y en los cuales me resultaba muy difícil concentrarme más de un par de minutos.

Por lo demás, mis clases eran ya una verdadera tortura para mí, porque llegaba con el mismo viejo entusiasmo de siempre, pero ahora ese entusiasmo me parecía fingido, aprendido de paporreta, o en todo caso calcado de tiempos pasados y normales, por no decir inmensamente mejores. Siempre, no bien entraba en el aula, recordaba a Claire, y a veces hasta se me llenaban los ojos de lágrimas cuando revivía aquel primer año en Montpellier en que fue mi alumna. La emoción y la nostalgia me asaltaban, corcoveaban dentro de mí, se apoderaban de mi persona y hacían que tomara conciencia del enorme decaimiento psíquico y físico del que iba siendo objeto en apenas un par de años. Me era difícil recordar a Claire sin imaginarla al mismo tiempo llevando una vida sana y cálida con José, en algún lugar de Normandía con el que yo no podía ni siquiera soñar, porque ignoraba hasta su nombre. No sentía celos, no. Lo que sentía era una pena muy grande y una enorme nostalgia del fin de semana que habíamos pasado juntos en Rochegude, en aquel hotel tan bello. Y como todo lo que recordaba entonces tendía a teñirse rápidamente de una gran tristeza, lo que pensaba, parado ahí entre los alumnos, era que si hoy hubiésemos vuelto a arrojarnos a una piscina y a competir en una carrera de cien metros libres, yo no hubiera tenido la fuerza necesaria para ganar otra vez a mi guapa y querida Claire. No, qué va... A lo mejor no hubiera llegado ni siquiera a la mitad de la piscina. Después, repetía su nombre varias veces, sin que saliera un solo sonido de mi boca. Repetía su nombre mientras recordaba frases de la carta con que se había despedido para siempre de mí, al partir con José: "Tal vez si yo hubiera nacido un cuarto de siglo antes y tú me hubieras querido tanto como a aquella otra mujer sin nombre que se te notaba en todo lo que hacías, absolutamente en todo, Max..."

En ese estado me era muy difícil dar una buena clase, pero entonces como que renacía en mí el otro hombre, el profesor razonable y dedicado que siempre fui, y sin sentarme ni nada me agotaba recurriendo a una fuerza nerviosa cuyo resultado exterior era una apariencia de gran entusiasmo que me permitía elevar más y más la voz, jugar con las ideas, bromear, reírme mucho, en fin, hacer verdaderos malabares para mantener a los alumnos interesados durante toda la hora. Yo mismo me dejaba arrastrar y ganar por esas energías y los alumnos se reían, se interesaban, y hasta me interrumpían con preguntas que a veces lograban generar una discusión bastante pertinente, pero en el fondo me estaban engañando porque lo hacían por temor a una mala nota y no porque yo les hubiese contagiado entusiasmo alguno por el tema. Sabían que yo le daba mucha importancia a la participación activa en clase, y creo que hasta se turnaban para fingir ese interés, porque al final lo que hacían era repetir por escrito prácticamente todo lo que yo había dicho durante el año, como si además seleccionaran entre ellos a los que con mayor facilidad y rapidez podían registrar en un papel cada una de mis frases. Hasta mis bromas las repetían en los exámenes escritos y orales, a veces.

Todo aquello me importaba y me dolía, y era muy duro para mí llegar al final de una clase y rogarles casi que me hicieran alguna

pregunta, que me contaran algo de sus lecturas, que me hablaran
de sus dudas y de su interés por determinado autor o determinado
libro, por el tema mismo del curso... Pero nada. Hacía más de cinco minutos que habían empezado a mirar sus relojes porque fula-
no tomaba tal tren para Nîmes, fulanita para Arles, otros el autocar
de Lodève, de Millau, de Le Vigan, y otros simplemente querían
largarse a sus residencias de estudiantes. Ni siquiera se despedían,
y yo me había quedado agotado, jurándome que era la última vez
que me esforzaba tanto y tratando de convencerme con la misma
frase que tantas veces les había soltado a los entrañables amigos
del bar de Bernard, cuando me preguntaban tímidamente por un
trabajo que ellos consideraban superior: "Bah, en la universidad
yo lo único que hago es ejercer el cobro de un sueldo y esperar que
llegue el olvido."

Pero esto no era verdad, en el fondo, y yo lo sabía y lo sufría,
aunque racionalmente me alegraba al pensar que, por lo menos, el
honesto profesional que hubo siempre en mí no había sido daña-
do, hasta el momento, por más que Ornella se hubiese burlado de
él, por más que lo hubiese humillado y hundido de una manera tan
cruel. Una y mil veces me dije estas cosas mientras los alumnos
abandonaban la clase. Y tanto me dolió siempre que, inmediatamente después, con la sala ya vacía, escribía el nombre de Ornella
en la pizarra, acompañándolo de flechas que partían en todas las
direcciones y que apuntaban a las palabras Libia, Liberia, Uganda,
Valparaíso, Berlín Oriental, Kilimanjaro, Taiwan, Hong Kong, Viet-
nam, Puente Charlie, Moscú, en fin, lo que se me ocurriera. Pero
escribía todas estas palabras con una letra que no era la mía y que
llevó a más de un profesor a preguntarse por aquel extraño misterio: ¿Alguien dejaba algún misterioso mensaje en las pizarras que
usaba siempre el profesor Gutiérrez? Poco o nada se sabía de él, en
todo caso, salvo que vivía tan solo el pobre que ya el colega Pierre
Martin y su insoportable esposa lo habían sometido con éxito a la
prueba del *ser o estar* solo. Pero, entonces, ¿quién diablos era esa

tal Ornella de los mensajes, y qué podían significar tantas flechas y nombres de países y lugares? Las frecuentes y espantosas invitaciones a las que me sometieron mi buen colega Pierre Martin y su esposa habían bastado para crear el mito de mi eterna soledad. Sin darme cuenta siquiera, el nombre de Ornella en la pizarra y tantas flechas, países y lugares empezaron muy pronto a complicar ese mito, dotándolo con el tiempo de una aureola de misterio y de leyenda.

Siempre di mis clases los lunes y martes por la mañana, y siempre, al salir del estacionamiento, evoqué aquel primer año en que Claire era mi alumna y, terminadas las clases, me acompañaba hasta mi automóvil y yo le preguntaba si quería que la llevara a alguna parte. Pero en ese momento aparecía infaliblemente su atlético José, me daba la mano respetuosamente, me ofrecía los servicios de su taller de mecánica, para cuando fuera necesario, y en seguida cogía a Claire por la cintura y juntos partían al galope en dirección a un automóvil que parecía de rally. Me cedían el paso, al llegar a la puerta del estacionamiento que daba a la carretera de Mende, y después partían metiendo un estruendo atroz con el escape libre y las gordas ruedas del bólido. Evocar esa escena, repitiendo incluso el gesto de agradecimiento que les hacía con la mano, cuando me cedían el paso en la salida, me producía al principio una tierna y sonriente nostalgia. Con el tiempo, sin embargo, aquella escena se convirtió en algo muy triste, en una mueca casi macabra. Se convirtió, como la noche, en otro de los fatales placeres hacia los que volví siempre...

...Te quiero, Claire. Y esto no lo vas a borrar de tu transcripción, ni intentes tampoco ahora apagar la grabadora, por favor. Te quiero, y todo deseo esta tarde menos que discutamos estas palabras cuando revisemos tu transcripción. Y ahí quedarán, por más que escarbemos un millón de veces en esta escena y por más que la volvamos a escribir otro millón de veces... Gracias... El silencio es oro en algunos casos, Claire...

Todo esto me lleva hasta un recuerdo infantil que, creo yo, guarda todavía una relación con lo de mi doble vida, o, más bien, con ese divorcio tan profundo entre el profesor que perdura en mí y aquel hombre que bajó del tren la primera vez en cien años que nevó en Montpellier en octubre. Estudié primaria en un colegio de monjas, donde cuando un chico metía ruido en clase, casi siempre lo mandaban escribir cien veces *El silencio es oro*. Yo siempre sorprendía a las monjas con un doble comportamiento, a veces realmente desconcertante. En cosa de minutos, según decía una de ellas, podía dejar de dar la impresión de ser un chico callado, muy ordenado y disciplinado, y dar de golpe la impresión absolutamente opuesta. Y así se lo dijo a mi madre la superiora de aquel colegio, un día en que vino a hablar con ella de alguna fechoría que yo acababa de hacer, me parece. Mi madre, que era una mujer realmente divertida y llena de un perspicaz sentido del humor, dejó turulata a la monja con su respuesta.

–Es que Maximiliano no es sólo Maximiliano –empezó a explicarle a la pobre superiora que, a la verdad, no se distinguía particularmente por su luces–. Mi hijo se llama Maximiliano Herminio, que es un nombre muy antiguo en la familia. Bien. Maximiliano y Herminio se entienden y complementan a la perfección. El primero es emotivo, nervioso, y puede ser la pata de Judas, con su perdón, madre superiora. En cambio, Herminio como que hubiera nacido para las ciencias exactas, los manuales de urbanidad, y para impedir que Maximiliano se convierta en un ser enteramente desordenado e impuntual. Nadie más voluntarioso, disciplinado y puntual que Herminio. Y a él le debemos usted y yo que, en el fondo, Maximiliano obtenga buenos resultados escolares a todo nivel, incluyendo conducta, aunque a veces dé la impresión de que está a punto de poner el mundo patas arriba. ¿Ve usted, madre?

La pobre madre superiora no logró ver nada, aquella vez, y, en todo caso, su única conclusión fue que también mi madre tenía un tornillo suelto por algún lado. En fin, que han pasado casi cuarenta años desde entonces, y hoy mis clases las dicta un fatigado Herminio, desgastado ya por la pésima calidad de vida que le ha dado Maximiliano, desde que su hipotética y desoladora relación con Ornella despertara al doliente y miserable Max que dormía en él, y que entonces, en aquellos meses atroces de 1983, parecía buscar desesperadamente el apoyo que en otros tiempos le diera Herminio, física y mentalmente.

Pero no supo encontrar ese apoyo, o, mejor dicho, ni siquiera intentó buscarlo, nadando unas horas todas las tardes en la piscina universitaria. Y es que se sabía que, más que nadar solo, aquello hubiera sido nadar sin Claire. Un año atrás aún habría podido hacerlo, pero no estaban ya los tiempos para esos grandes esfuerzos, ni se daban tampoco las condiciones objetivas ni las subjetivas, porque ahora lo habría entristecido y golpeado duro la idea constante de que Claire le habría ganado siempre en una carrera de cien metros libres, lo cual resultaba ser un dato puramente objetivo, pero que saltaba a la vista... Y el dato puramente subjetivo era la manera en que cada día extrañaba más a Claire, con una mezcla de melancolía y callada desesperación que perturbaba también a Maximiliano y a Herminio, que hasta a él mismo, al propio Max, lo poseía por completo, torturándolo y haciendo que se sintiera el culpable de todo, y algo así como la sombra de lo que fueron los otros dos seres que cohabitaban con él. Maximiliano era el hombre que no lograba contener a Max en su empresa de autodestrucción y Herminio era ese profesor aún cumplido y puntual que soportaba estoicamente la feroz tarea de repetirse de paporreta hasta en su seriedad, reproduciendo incluso, pero cada vez más agotadoramente, el entusiasmo de años mejores. Lo malo, claro, es que lograba reproducirlo a costa de su sistema nervioso y con la honda y constante preocupación de alimentar con ello la insomne y desesperada euforia del incontenible Max.

Y todo ello preocupaba a Maximiliano, al que le encantó al principio la idea de ir a nadar unas horas todas las tardes, como solía hacer años antes, en París. Pero nadar solo ahora era una condición subjetiva, además de objetiva, ya que era insoportable la idea de extrañar a Claire con melancolía y con callada desesperación... Pero bueno, esto resulta hasta hermoso, porque Claire es parte de mi único silencio verdadero, Claire es lo no compartible, aquello que no se habla con nadie, el recuerdo que no ha sido mancillado nunca en una de esas sucias y desesperadas noches de jarana triste y enferma de las que uno salía a veces con una sola convicción en el alma: que entonces no existía una Claire en toda mi vida donde ir a purificarme... No podía nadar sin ella, pues, porque ella es lo limpio de mi vida en Montpellier, Claire es el único momento en toda mi vida en esta ciudad en que salió el sol de los prospectos y la publicidad, finalmente, el sol que vine buscando, el sol que afecta positivamente, que limpia, que lava, que logra hasta que uno conozca el olvido.

Pero llegué ya enfermo a Montpellier, qué duda cabe, y, ahora que he evocado el desequilibrio final en la relación entre Maximiliano y Herminio, y la aparición posterior del Max que perdió a Ornella, me pregunto si no se trata de una enfermedad que nació conmigo. Pero es Claire, nuevamente, la que me interesa. Sí, Claire, la mujer más hermosa que vi en mi vida, pero que no supe detenerme a contemplar, sin duda porque ya desde entonces, desde que bajé del tren que me trajo a Montpellier, y desde mucho antes, incluso, andaba demasiado mal. Ella me interesa ahora, sí, aunque no sea más que para poder contar que la última y más poderosa razón por la que no quise ir a nadar fue porque el Herminio que aún queda en mí detesta extrañar en los malos momentos. Y también a Maximiliano le molesta mucho no recordar a un ser querido sólo en los buenos momentos, ante un formidable paisaje, ante una bella canción, ante el aroma de un excelente borgoña. Claire no hizo nada que merezca que uno la extrañe porque se siente muy mal, realmente jodido. Y esta es la jodida enfermedad de Max, Claire, la de extrañar sólo en sus peores momentos. Pero tú puedes entenderlo, claro que sí. Y a lo mejor hasta podrías disculparlo si te enteras que, al final, tampoco él fue a nadar a la piscina universitaria...

El maldito gimnasio de la callecita esa que se llama... Bueno, qué diablos cómo se llama... Es en todo caso una de las primeras transversales de la calle Foch, pasando el Palacio de Justicia, y el instructor era uno de esos prototipos de macho regional que sólo respeta a un tipo que tiene más músculos que él. Y que además siempre está dispuesto a hinchar íntegros los músculos del cuello y soltar una carcajada ante un profesor que trata de explicarle que no le interesa convertirse en Apolo sino intentar algo nuevo para su insomnio.

–Los intelectuales, ya lo decía yo. Sólo a los intelectuales se les ocurre soltar una parida semejante. Bueno, matricúlese ahí, después fíjese bien dónde queda el vestuario de los hombres, porque ustedes son de los que tienden a meterse en el de las hembras, póngase una ropa mejor que la que lleva puesta y regrese a verme antes de que me desanime...

Aquello fue un fracaso rotundo, a pesar de que insistí durante varias semanas, soportando una y otra vez las despectivas burlas de aquel gallo regional. Abandoné el gimnasio no bien encontré un comentario lo suficientemente complicado e irónico como para dejar descompuesto y sin capacidad de respuesta al imbécil ese, y salí disparado en dirección al bar de Bernard. Hacía dos meses que no tomaba una sola copa ni recibía a los amigos en mi departamento y, aunque me abstuve de invitarlos esa tarde y terminé comiendo solo en La Taberna de Velázquez, recuerdo que bebí hasta perder el conocimiento y que realmente me chocó que después el Monstruo me contara que me había encontrado caminando por la plaza de la Comédie, que juntos habíamos continuado hasta un bar situado frente a la estación, y que le había costado mucho trabajo impedir que me trepara al primer tren que salía en cualquier dirección, porque para mí esa noche todos los trenes regresaban de Montpellier a París, en busca de un tal Herminio que me debía una fortuna por la venta fraudulenta de un departamento de la calle du Bac y de un modelo de Alfa Romeo que, siempre, según el Monstruo, sólo existía en mi imaginación etílica. Hasta Tutú, que jamás alteraba la dosis beatífica de su eterna sonrisa, soltó la carcajada ese día en el bar du Carré du Roi, sentadito como siempre en su rincón y contagiado sin duda por el estruendo de hilaridad que se armó a su alrededor y que debió impregnar tanto el ambiente que hasta su sordera y ceguera notaron el cambio.

Después vinieron las semanas en que me acostumbré a oír todo tipo de insultos y a ver pasar millones de procaces gestos volados por las ventanas de mi auto, mientras manejaba despistado y cometiendo una infracción tras otra por cuanta carretera y autopista pudiera llevarme a algún lugar digno de interés. Visitaba grutas, abadías, viñedos, circos romanos, castillos, playas desiertas y pequeños pueblos donde me detenía a comer y beber algo y a mirar el mapa para darme alguna idea de la localidad a donde había ido a parar. Me aboné a la feria de toros de Nîmes, pero el estruendo de la ciudad en fiesta me expulsaba cada tarde en dirección a Arles, donde me alojaba siempre en un hotel distinto, en el más inútil y ya fracasado intento de engañar siquiera unas horas al insomnio para poder seguir mi camino con un mínimo de lucidez. Y en Aix-en-Provence experimenté como nunca la total incapacidad de hacer algo contra aquellas interminables horas de vigilia que se prolongaban de ciudad en ciudad y de una habitación de hotel a otra.

Qué extraño y desigual combate el del hombre que se tumba en una cama, se atiborra de tranquilizantes y somníferos y pega un tremendo respingo en el instante en que siente que lo va a vencer el sueño, porque el sueño es la muerte agazapada y uno no quiere morir esa noche, no en esa cama anónima, no en ese hotel de paso, no en esa ciudad de cuyo nombre ni siquiera tenemos la certeza, porque hemos llegado tan perdidos, tan ciegamente cansados. Aquel respingo loco que uno pega es nuestra coraza, nuestra defensa única contra la trampa de la muerte disfrazada de sueño, y saltar es burlarse, quitarle su dignidad a la muerte, soltar la carcajada un rato y serenarse en seguida. "A ver", pensamos entonces, "a ver qué diablos pasaría si mañana me encuentran cadáver en Le Vigan."

Pues nadie en este mundo sabe mejor que uno lo que ocurriría, en este caso, porque con el tiempo se ha convertido en experto en ese tipo de situaciones y hasta ha consultado en la prefectura de Montpellier, primero, como quien no quiere la cosa, después en el despacho de un abogado al que ha acudido por otro motivo, y la conversación, digamos, se extendió, en seguida le ha preguntado de la manera más casual del mundo a algún médico, y por último hasta ha aprovechado un trámite administrativo en el consulado del Perú en Marsella para ponerse al día acerca de la repatriación de los restos mortales de un peruano a Lima, porque nunca se sabe, y Dios me libre, señor cónsul...

O sea que al cabo de un rato la muerte ha retrocedido espantada por nuestra experiencia en estos menesteres, y en el hotelito de Le Vigan uno ha vuelto a encender la luz y un cigarrillo y se ha calmado del todo. Nada puede la parca disfrazada, contra nosotros, porque somos viejos diablos insomnes y nadie nos va a engañar con el truquito aquel de una vulgar noche de sueño. Nadie nos va a quitar esa febril y atractiva, esa brillante y entretenidísima actividad de la mente que prolonga eternamente la vigilia, porque al insomnio nos debemos y a él retornamos, una vez más, por fin, como atraídos por la fuerza de un misterioso imán, cuando nos sentamos nuevamente en el automóvil con los primeros rayos de luz de la mañana y manejamos ansiosos hacia la ciudad de Montpellier, cuna de nuestra enfermedad, y a tiempo llegamos para desayunar con el Monstruo ante el mostrador sonriente y acogedor de Bernard. La aventura ha terminado, por esta vez, y sonreímos y saludamos alegres y simpáticos y satisfechos, porque hemos vencido en el más extraño y desigual, exasperante, depresivo y masoquista

de los combates, aquel en que salir nuevamente derrotado es
haber triunfado, gracias a Dios.

En distintos puntos de la Camarga era donde más atractivo me
resultaba aferrarme al insomnio, a su apasionante proceso de ela-
boración, puesta en marcha e incesante reproducción. En la Camarga, creo yo, nacieron las más bellas y tiernas de todas las
aventuras con que renové la cartelera del gran teatro de mi pequeño
mundo, en su etapa final. Nunca me amó tanto ni con palabras y
acciones tan nuevas y tan bonitas, Ornella. Nunca corrió riesgos
tan grandes para regresar a tiempo a nuestra cita en el Grand
Vefour, en Maxim's, o en la Ópera, porque yo tenía clases al día
siguiente en La Sorbona y no podía moverme de París. En sus
andanzas universales rechazó propuestas de matrimonio de personajes tan distintos e importantes como Kissinger, Onassis, que
acababa de enviudar de María Callas, Roman Polanski, que también
acababa de perder a Sharon Tate, y Steve McQueen. Yo era el primero en vibrar con esas enervantes verdades, y para ello contaba
con el testimonio científico más antiguo y honesto: la fiebre. Llevaba siempre un termómetro conmigo en mis andanzas camar-
guesas y, mientras sentía acercarse a mí, desde el fondo de la noche
y el insomnio, uno tras otro los detalles exactos de una nueva aventura de Ornella y del exceso de riesgos que empezó a tomar al final,
comprobaba que la fiebre me subía y que sudaba mucho. Entonces
saltaba de la cama y salía a llorar perdido por las calles apagadas y
desiertas de Les Saintes Maries de la Mer, aquel santuario de la
gitanidad en el que desembarcaron tres vírgenes de tres razas, o
algo así, y ni siquiera me preguntaba quién era, en qué me estaba
convirtiendo. Por el contrario, sacaba de algún inédito y oscuro
rincón de mi persona una sonrisa, y con ella me observaba llegando puntual a la universidad para cumplir con un horario de clases
y un contrato que cada vez me exigían un esfuerzo mayor, a veces
ya gigantesco.

Que ni siquiera me preguntaba quién era, en qué me estaba

convirtiendo, he dicho hace un momento. Pues algo supe de todo aquello una tarde, y en la Camarga, precisamente. Iba manejando muy despacio porque andaba bastante perdido y me había mareado un poco, aunque lograba reconocer aquel paisaje entre pantanoso, lacustre y agreste, poblado de flamencos rosados que muy pronto emigrarían hacia el sur, precisamente hacia los alrededores de Montpellier, ignorando que ahí los iba a sorprender la muerte. El camino me llevó hasta una gran extensión de agua profunda, que sólo se podía atravesar en un transbordador. La idea me gustó, sobre todo porque podía descansar un rato del volante y dejar que esa rudimentaria y lenta plataforma mecánica nos llevara al automóvil y a mí hasta el lugar en que debería retomar el camino pobremente asfaltado. Esperé un momento que el transbordador llegara, e ingresé en él no bien el individuo que lo maniobraba me hizo señas de que avanzara ya con mi automóvil.

Recuerdo que era el único vehículo y que el práctico aquel me miraba con ánimo de conversar, pero yo dejé de prestarle atención porque de golpe se me vino encima a la mente la primera travesía que hicimos Ornella y yo, cuando caía ya el otoño sobre Ischia y optamos por regresar en mi automóvil a Roma. Habíamos decidido continuar juntos, íbamos a terminar viviendo juntos, tal vez... Qué horror... Parece que hiciera siglos... En mí, hace siglos de la noche en que, adoptando una actitud que desconocía en mi persona, me atreví a acercarme a la mesa en que Ornella comía sola. Confieso que me sigue apenando mucho el papelón que hizo cuando el actor Peter Ustinov intentó ayudarla, cortés y graciosamente. Ornella había bebido más de la cuenta y ese fue el momento en que realmente se le notó. La ayudé a salir del restaurante, la llevé en mi automóvil hasta su casa y me invitó a entrar. Bebimos, nos besamos, se quejó de su edad, de su peso, se quejó de muchas cosas y terminó haciendo un patético striptease, cambiándose varias veces de traje en mi presencia y mostrándome su cuerpo desnudo. Algo me hirió entonces profundamente y, muy pronto esa misma noche, sentí que, por más distintos que fuéramos, ya nunca lograría separarme completamente de ella. Yo creo que, a partir de aquella vez, de aquellos breves días en Ischia y de nuestro primer viaje en el pequeño vapor-transbordador que nos llevó hasta Nápoles, mi mente no ha logrado registrar con precisión ninguno de los hechos vividos con Ornella. Nada hay, en efecto, tan involuntario como la memoria que recuerda a esa mujer con porfiado cariño, con indulgencia, con ternura, y con peligrosa piedad... El vapor-transbordador que nos llevó a Ornella y a mí desde Ischia hasta Nápoles... Una memoria involuntaria... El rudimentario transbordador que une dos puntos perdidos de la Camarga... Y yo que ni siquiera me preguntaba quién era, hace un momento, ni me preguntaba tampoco en qué me estaba convirtiendo...

Pocas horas después me encontraba operado y enyesado en el Hospital General, aquí en Montpellier. Por mi culpa, pero sin causar más daños que el fuerte golpe que le di a un poste de luz, a la entrada de la ciudad, destrocé bastante mi automóvil y me rompí la mano y el brazo derecho. En fin, un pequeño y esperado desastre que pudo ser mucho peor, que me dejó enyesado durante dos meses, y que me llevó de cabeza al bar de Bernard, con todas sus consecuencias, ya que inmediatamente renacieron las veladas en el salón espectáculo de mi departamento y las comilonas en Le Caquelon y La Taberna de Velázquez.

Los furtivos encuentran entre Elisá y François el Estudiante terminaron en embarazo, y ni el dinero que le sobraba a él para pagar los gastos de un aborto tan serio como ilegal logró tranquilizarlos, ya que lo difícil iba a ser que el Gitano se despegara de ella el tiempo necesario para realizar esa operación sin que sospechara nunca nada. Fue el Monstruo, por supuesto, quien encontró la solución ideal, que yo acepté, porque en aquellos días aceptaba ya cualquier cosa y porque, en el fondo, la idea me hizo gracia, y seguro que resultaba perfecta. Consistía en que el Gitano pintara algo en mi departamento que fuera blanco. Eran blancos los muebles de la cocina, el garaje, los balcones, y probablemente un millón de cosas más en las que nosotros ni nos habíamos fijado, pero que el tipo, con su problema de sincronización, iría detectando una tras otra, obsesivamente, de tal manera que Elisá tuviese tiempo de sobra para abortar tranquilita, para descansar, y hasta para festejarlo, si lo deseaba. Y, en efecto, algunos días después el propio Gitano brindó un millón de veces en la fiesta que dio François el Estudiante en el bar de Bernard, con el saludable pretexto de presentarme a una chica muy fina, muy culta, muy bonita y muy simpática, para que me ayudara en todo aquello que la mano y el brazo enyesados me impedían hacer, desde bañarme y vestirme hasta cortar la carne o abrir una lata y una botella.

Pero las chicas fueron dos, en realidad, aunque parecían una, por la forma de andar, de hablar, de vestir y de todo. Y es que eran alumnas del Departamento de Teatro de la Universidad, y estaban alteradísimas porque su profesor las había elegido para debutar en los papeles principales en *Le Jeu de l'Amour et du Hasard*, de Marivaux, una sofisticada obra de teatro clásico que realmente le apestaba al Inefable Escritor Inédito. En fin, yo noté que ni Francine ni Sylviane, las nóveles actrices, se encontraban muy a gusto en ese grupo reunido en torno al mostrador del bar de Bernard y, con el primer pretexto que encontré, las invité a subir a mi departamento, pero sólo para descubrir que también ahí actuaban de la forma más afectada y pretenciosa, que sobreactuaban, en realidad, porque las pobres eran muy jovencitas y se les había subido el escenario entero del teatro universitario a la cabeza y continuaban comportándose en la vida real como si anduviesen siempre metidas en cuerpo y alma en el universo de Marivaux. Horas más tarde me sentía el hombre más ridículo del mundo mientras comíamos los tres una *fondue*, en Le Caquelon, y ambas representaban, con vocabulario, gestos y costumbres de época, la escena de un profesor parcialmente inválido al que hay que darle de comer en la boca. Protesté, diciéndoles, ya bastante harto, que esos trozos de carne no había ni que cortarlos, que por eso había pedido yo ese plato, y que podía llevarme perfectamente bien cada pedazo a la boca, pero la respuesta fue un verdadero rosario de gemidillos marivaudianos, unas carcajaditas cortesanas y una paliza de besitos en ambas mejillas para el pobre señor profesor herido.

Francine y Sylviane se convirtieron en mis enervantes, eficientes y simpáticos lazarillos, pero al mismo tiempo crearon un fuerte rechazo social en el resto del grupo, que no sólo se sentía menospreciado por esas alborotadas chiquillas, sino que las consideraba un par de altivas y caprichosas niñas bien, un par de burguesitas hijas de papá, en resumidas cuentas. Me agotaban esas quejas y tensiones, pero François el Estudiante, lejos de ayudarme a controlar esa situación creada por esas dos chicas que él mismo me había presentado, al fin y al cabo, se desentendió por completo del asunto para entregarse de lleno a la muerte de su hijo, como calificaba de pronto aquel aborto del que Elisá parecía ni acordarse, al día siguiente, alegando ahora que el poco sentido que la vida siempre tuvo para él había desaparecido para siempre. Como que se vino abajo del todo, el muchacho, en cuestión de semanas, y dejó de frecuentar la universidad y de correr de profesor en profesor, en busca de su vocación perdida y jamás encontrada, y muy poco después puso en marcha su maldito plan suicida de desafiar a la inmortalidad, como le llamaba él, y que varias veces lo hizo terminar en alguna apartada comisaría desde la cual avisaban al bar de Bernard que nuevamente lo habían encontrado acostado, con cama y todo, en una peligrosa y oscura curva de la carretera, desafiando realmente a la inmortalidad, ya que si aparecía un vehículo, con toda seguridad lo mandaba de patitas al otro mundo.

Pero François el Estudiante, que al final llevaba el pelo largo, una tupida y descuidada barba rubia, ropa en estado lamentable, y caminaba con un aspecto totalmente extraviado, lograba burlar siempre el control familiar y presentarse en mi departamento. Y ahí se pasaba horas explicándome la necesidad de desafiar juntos a la inmortalidad, que a ambos nos había fallado con las muertes de su hijo y de Ornella, respectivamente. En fin, que yo estaba más invitado a acompañarlo cada vez que él se sometía a la prueba, porque encima de todo yo era un hombre enfermo, un pobre diablo que había olvidado ya lo que era una noche de sueño, por lo cual, sin lugar a dudas, estaba como él en camino a la más triste amnesia y a una total indiferencia por las cosas de este mundo, con el consiguiente olvido de los seres más bellos y más queridos. Por ejemplo, ¿qué haría yo si olvidaba a Ornella, la mujer cuya memoria me mantenía con vida? François el Estudiante me lo advertía: por interpretar tan bien su papel de loco y escapar del servicio militar obligatorio, él había olvidado hacia qué rama del estudio estaba dirigida aquella vocación tan fuerte que hizo de él un adolescente feliz. Después vino "lo de su hijo", y después ya qué vendría... La verdad, no valía la pena esperar para averiguarlo.

–Únase a mí, profesor Max –me decía una y otra vez–. Únase a mí, que el sábado próximo voy a desafiar la inmortalidad en el kilómetro veintisiete de la carretera a Narbona. Se trata de una tremenda curva, profesor, la mejor que hay desde aquí hasta la frontera, según afirma Passepartout el Iraní, que las estudia todas en muchos mapas y que me acompaña siempre para dar fe de que nunca me muevo de mi cama...

–François, una de dos: o Passepartout está más loco que tú, o es tu ángel guardián.

–Únase, profesor, que sin duda esa es la única y última solución que le queda para su insomnio. Únase a mí el sábado próximo, profesor.

Sólo en aquella oportunidad encontré un argumento válido que oponer a la inefable teoría de François el Estudiante y a la manera tan detallada y apasionada con que volvía siempre a la carga cuando la exponía. Pero mi argumento fue en realidad una burla de la que me arrepentiré toda la vida.

–¿Has oído hablar de Raymond Aron? –le pregunté.

–Para nada, profesor.

–Bueno, se trata de un gran intelectual francés y de un perfecto insomne. De un muy experimentado insomne, en todo caso. Porque el tipo cuenta que, sólo en situaciones de extremo peligro, en las que nadie duerme, él duerme riquísimo. Y no sé si fue el bombardeo nazi de Londres o el de París el que lo mantuvo dormido a pierna suelta, te lo juro. Por ahí lo cuenta en alguno de sus libros, por si lo dudas. O sea que imagíname un instante desafiando a la inmortalidad y durmiendo como una marmota, debido al grave e inminente peligro de que aparezca alguien y nos bombardee a los dos. En fin, que estoy durmiendo como Dios manda, por una vez en mi vida, y en eso viene el as de las curvas y, pin pan pon, ya me mató. ¿Te parece justo?

–Usted no es un intelectual como ese tal Aron, profesor Max. Usted es mi amigo y un hombre que ama a una mujer muerta... Pero, en fin, ya volveré a insistirle uno de estos días, si sobrevivo al kilómetro veintisiete ese, claro...

–¿Y Elisá?

–Ella sufre por nuestro hijo, profesor...

François el Estudiante y Passepartout el Iraní murieron arrollados por un camión, en la madrugada del siguiente sábado. Como siempre, en Montpellier, fue el Monstruo el primero en enterarse y corrió a avisarnos a Bernard y a mí. Lo de François se veía venir, aunque la verdad es que yo nunca me lo había terminado de creer, pensando que lo más probable era que todo el asunto no pasara de una calculada provocación, de una depresiva necesidad de llamar la atención y solicitar ayuda que se materializaba durante unos minutos, debido en gran parte a una buena cantidad de tragos ingeridos en alguna discoteca pueblerina. Pero bueno, me había equivocado completamente. Y en cuanto a Passepartout el Iraní, recién en la morgue nos enteramos de que la policía le había encontrado un papelito en un bolsillo del saco. En él se hallaba escrita su única, total, su más sincera y conmovedora explicación: "Como el exilio se me estaba haciendo un poco largo, he querido aprovechar la ocasión que me brinda mi amigo François. ¡Adiós, compañeros, y gracias por la acogida! Passepartout el Iraní."

No llevamos a Tutú al entierro, ni tampoco quisieron los amigos del bar que vinieran con nosotros Francine y Sylviane, pero sí nos acompañó el mostrador en pleno, incluyendo a André, el proletario socialista, a Didier, el sindicalista, al obrero en paro Alexandre y al jubilado Daniel. El Monstruo, que andaba borrachísimo esa mañana, insistía una y otra vez en que nos esforzáramos en llorar mucho también por Passepartout, en vista de que era extranjero y no tenía familia en Francia. Pero al cabo de un rato agregó que era tan bello y tan triste que dos amigos murieran por hacerse compañía que, en realidad, llorar por uno era exactamente lo mismo que llorar por los dos, pero que de cualquier forma le partía el alma que el amigo iraní no pudiera enterarse ya de que él había estado siempre dispuesto a enseñarle a manejar gratis.

–¿Y a François le habrías enseñado gratis, también, eh, Pierrot? –lo emplazó, entonces, Elisá, soltando inmediatamente después el llanto más fuerte que he oído en mi vida. No había manera de calmarla, y la pobrecita temblaba toda, tosía, se sonaba, escupía y maldecía, más pálida, lánguida, flaca y ojerosa que nunca, mientras el Monstruo la observaba desolado y como quien busca una respuesta muy lógica y tranquilizadora para la desesperada pregunta de la pobre Elisá.

–Escúchenme –nos dijo, por fin, con los ojos totalmente desbocados y llorones–. Uno a veces no sabe cómo expresar su dolor, pero créanme si les digo que, aunque aquí ya todos saben manejar y tienen su brevete de conductores, el día en que yo me muera, a cada uno de los aquí presentes les voy a haber enseñado a manejar gratis... ¿Me han entendido? ¡Sí, o mierda! ¡Y contesten, carajo!

Después abrazamos a la familia de François el Estudiante y nos abrazamos nosotros. Porque nosotros, carajo y puta madre, éramos la familia de Passepartout el Iraní, también. Y mientras abandonábamos el cementerio y el llanto de Elisá continuaba superando al de todo el grupo, el Monstruo se acercó donde el Gitano, le dio un tremendo beso en la frente, lo abrazó casi hasta estrangularlo, y le prohibió, bajo amenaza de muerte y por ser ese un día muy triste y muy especial, decirle a Elisá que después ella y él iban a arreglar eso en casa.

–Yo no he dicho nada. Yo sólo he llorado –le respondió el Gitano, agachando la cabeza, como avergonzado, y procediendo a limpiar sus eternos anteojos negros.

Regresé de frente a mi departamento, esa mañana, aprovechando que ni Francine ni Sylviane iban a venir a volverme loco con su infatigable solicitud, y me encerré a preparar mis clases de la semana siguiente, pensando serenamente que llevaba exactamente quince días sin pegar los ojos, y que en alguno de los muchos textos que había leído sobre el insomnio se afirmaba que ese era el tiempo máximo que un hombre puede aguantar sin dormir antes de volverse loco. Por la tarde pensé varias veces en los bombardeos que hicieron dormir a Raymond Aron, pero no logré encontrar el libro ni el artículo en que hablaba de ese hecho. Continué trabajando hasta las seis, más o menos, y, cuando noté que empezaba a oscurecer en la calle, decidí bajar al bar de Bernard y tomarme un par de cervezas. Quería hacerlo solo, en el mismo extremo del mostrador en que solía sentarme un rato, a veces, cuando recién llegué a Montpellier y no hablaba aún con nadie en el local. Y así se lo hice saber a Bernard, a Simone y al Monstruo, no bien entré, dejando que ellos imaginaran que prefería estar solo aquel día de duelo. Respetaron mis deseos y estuve ahí largo rato, mirando mi jarra llena de cerveza, sujetándola del asa, pero sin llevármela una sola vez a los labios. A ratos, miraba a mis amigos como a seres distantes, logrando crearme la extraña y apacible sensación de que realmente acababa de llegar a ese local por primera vez y que aún no había nacido entre ellos y yo ninguna simpatía y ninguna amistad.

Esa tarde apenas se escuchaba el ruido de las copas y los parroquianos hablaban en voz baja. Además, Bernard había desen-
chufado las máquinas tragamonedas y la rocola, sin duda en señal
de duelo, ayudándome con ello a profundizar esa sensación de
serena extrañeza, de lejanía, casi de ausencia.

Eran las ocho de la noche cuando tomé conciencia de que no
había bebido una gota de cerveza. Le pregunté a Simone si le debía
algo o no, y abandoné el bar al notar que me hacía una seña negativa con la mano. Subí al departamento, avancé hasta llegar a mi dormitorio, y me acerqué a la cama en que no había dormido un
minuto en los últimos quince días. Encendí la lámpara de una de
las mesas de noche, y me puse a mirar detenidamente aquel inmenso dormitorio. Todo estaba en perfecto orden, y era evidente
que Francine y Sylviane habían hecho una buena limpieza, pues la
delicada moqueta de color gris claro estaba realmente inmaculada,
cada objeto en su lugar, y los vidrios de la gran puerta del balcón
estaban más limpios que nunca. Me acerqué, miré a la calle oscura,
y pude divisar al fondo uno de los muros laterales del hermoso
paseo du Peyrou. Después, recuerdo que miré la cama y que el color rojo y negro de la colcha me trasladó a los años en que estuve
casado y al mismo día de mi matrimonio. Lo había olvidado por
completo: esa inmensa, preciosa y ya bastante vieja colcha escocesa había sido el regalo de boda de dos grandes amigos ingleses
que no había vuelto a ver nunca más. Uno de ellos había fallecido,
incluso, sin que yo me enterara de su enfermedad, a tiempo de irlo
a visitar... Bueno, tampoco a la que fue mi esposa la volví a ver
más... Y tampoco...

Desperté vestido y tuve que averiguar qué día era, antes de darme cuenta de que había dormido profundamente desde la noche
del viernes hasta la del domingo, cuarenta y ocho horas, sin una
sola pastilla y sin haber bebido una sola copa. Pero fracasé totalmente cuando intenté repetir la experiencia, tal como la había vivido el día viernes. De nada me sirvió trabajar unas horas en la

preparación de mis clases, bajar al bar de Bernard y aislarme de los parroquianos y amigos, regresar al departamento a las ocho y mirar primero el muro aquel del paseo du Peyrou, al fondo de la calle oscura, luego los cuadros rojos y negros de la hermosa colcha, y por último pensar en personas que frecuenté en el pasado... No, ni con mil somníferos hubo manera de dormir un solo segundo aquella noche... Y es que Raymond Aron tampoco debió dormir cuando cesaron los nocturnos bombardeos de la ciudad en que vivía, y la muerte y el entierro de François el Estudiante y Passepartout el Iraní habían pasado ya, claro, en la ciudad en que yo vivía.

Arrancó entonces un breve período en el que probé la serenidad última de la vejez, aprovechando para ello la alborotada juventud de Francine y Sylviane, a quienes tampoco les puedo negar una camaleónica capacidad de convertirse en otros seres humanos, partiendo del hecho real de una fantasía vivida como deseo y como superación de las circunstancias que nos rodean. Lo de ellas era alegre, juvenil y solar, es cierto, y lo mío la crepuscular soledad de un hombre sin familia, pero con su último recuerdo perdurable más allá de la muerte, sin duda alguna. Claro que el secreto de todo aquello consistía en que yo no debía sospechar siquiera que ellas eran las jóvenes y caprichosas actrices que todo París idolatraba, mientras que tampoco ellas no tenían por qué preguntarse por la súbita quietud de mi carácter, la silenciosa austeridad de mi vida y la cortés pero extrema parquedad de unos gestos fatigados y un vocabulario antiguo que sin duda escondían un volcán de pasión envejecido mas nunca extinguido. En fin, ellas soñaban a su manera, mientras que yo, a mi manera también, ya era incapaz de soñar con nada.

Para obtener el efecto deseado, lo primero que hice fue mantener cerradas las cortinas de todo el departamento, y ya no sólo las de la sala, como había sido mi costumbre en las noches del salón espectáculo. El gran teatro de mi pequeño mundo ampliaba de esa manera su escenario, extendiéndolo al resto del departamento y sobre todo a habitaciones claves, como el dormitorio, que a partir de entonces cambiaban no sólo su aspecto soleado por otro oscuro, sino también de nombre: alcoba, por ejemplo. Sí, a partir de ahora se hablaría de mi alcoba, o de la alcoba del profesor Maximiliano, y nunca más de mi dormitorio. La verdad es que este cambio no fue nada difícil de lograr, en vista de que Francine y Sylviane eran dos actrices especializadas al máximo en la obra de Marivaux, o sea en el teatro del siglo dieciocho, una época en la que a nadie con sentido común se le habría ocurrido hablar del dormitorio de *madame* o de *monsieur*, y no de sus aposentos o alcobas. Y el resto consistió en un par de detalles trágicamente banales, como pueden ser la búsqueda de una foto de la fotografiadísima modelo Ornella y la patética y consiguiente constatación de que ni siquiera eso, una miserable foto, me había dejado la muy desgraciada, y la búsqueda también inútil, en todas las tiendas de discos de Montpellier, de una grabación de *Marinella*, por la castrada voz de Tino Rossi. Anduve medio desesperado durante algunos días, pero al final opté por enmarcar un amarillento fotograma de Alida Valli, en *Senso*, y por tocar todos los domingos, a un cuarto para las cinco en punto de la tarde, *De niña a mujer*, una canción de Julio Iglesias, cuya voz me hacía pensar en la de Tino Rossi, luego en el fallecido juez que fue mi primer vecino de los altos, en seguida en Alida Valli vestida de juvenil decadencia veneciana, y después ya en nada, la verdad, o más bien en la nada, dado que mi estado de ánimo era lo único sincero y real del famoso espectáculo.

Todo aquello les encantó a Francine y a Sylviane, o sea que lo completé invitándolas cada domingo a almorzar en el bucólico césped con sus arbustitos floridos del Petit Jardin, aprovechando que había llegado la primavera y ya se podía reservar mesa en la parte exterior de aquel pequeño y acogedor restaurante en el que la atroz Nieves Solórzano había intentado exiliarme de Ornella, por lo menos, mientras Claire y José almorzaban envidiablemente en la mesa de al lado. Y lo completé también con un ligero toque de champán, para amenizar la silenciosa gravedad con que comíamos el postre de fresas con chantilly, en vista de que el siguiente acto consistía en regresar caminando al departamento, a tiempo para que yo lanzara mis primeros suspiros y les pidiera que me ayudaran a ponerme el clavel blanco en el ojal, porque este maldito yeso no sé hasta cuándo no me lo quitan, que era cuando las pobrecitas enmudecían al darse cuenta de que había llegado el gran momento en que todo indicaba que iba a dirigirme al fondo de la sala, que luego no tardaba en detenerme un buen rato ante el amarillento fotograma de Alida Valli, que, con toda seguridad, aquello haría que me sintiera ligeramente indispuesto, y que por último iba a instalarme con dificultad en la mecedora y a pedirles con voz entrecortada que pusieran el disco de Julio Iglesias, lado A, sexto surco, únicamente, por favor, y que me dejaran *ser* solo en Montpellier, como un juez jubilado en domingo por la tarde, o sea algo de lo que ni Francine ni Sylviane tenían la menor idea, como no la tenían tampoco de que Alida Valli no era Ornella Manuzio ni Julio Iglesias Tino Rossi ni *Marinella De niña a mujer,* ni nada, por fortuna, y también porque ambas pertenecían por edad a esa adolescencia bastante ahistórica y amoral que vamos pariendo a medida que nos hacemos viejos y que tantos desvelos nos ocasiona, aunque poco o nada tengamos que ver con ella.

Pero no por eso carecían de encanto estas muchachas que me acompañaban en todo y que en el fondo eran muy conscientes de mi desesperado combate contra el insomnio y la desesperación. Me querían, esas dos chicas, aunque fuera sólo porque yo era lo más parecido que habían visto a uno de esos cachivaches humanos que deambulan por algún carnaval italiano de trasnochado teatro de vodevil, y porque a veces la ficción y la realidad se tropezaban de tal forma ante nuestros ojos que nos resultaba imposible no entristecer juntos al constatar la dureza de nuestras falsas expectativas. Como aquel domingo, por ejemplo, en que aparecieron las pobrecitas con un inmenso y precioso pañuelo de seda, muy a juego con mi saco cruzado de terciopelo guinda, para que mi accidentado brazo colgara elegantísimo al entrar al Petit Jardin, y que justo me hizo recordar que al día siguiente me quitaban el yeso. O como la noche aquella en que finalmente debutaron en la obra de Marivaux, y a mí se me ocurrió llevarles flores e invitarlas luego a comer con sus pomposos y dorados trajes de época a un lugar tan estrecho y barato como La Taberna de Velázquez, todo un error de cálculo, de expectativas, de realidad y de ficción, en fin.

O como aquella triste mañana en que, ya con el brazo y la mano libres y en plena rehabilitación, les dije que iba a prescindir de su ayuda, mas no de su compañía, y nos fuimos los tres a bañarnos en el mar. Después no sé muy bien qué pasó en aquella inmensa playa en que los únicos cuatro gatos visibles se estaban bañando desnudos y decidimos seguir el ejemplo. Increíble, pero quitarnos la ropa nos dio a los tres la impresión de que nos habíamos quitado tres máscaras, más bien. Eso nos lo confesamos, mientras nos tumbábamos bastante intranquilos sobre la arena y las dos empezaban a lloriquear y a decirme que hasta qué punto estaban convencidas de que su célebre carrera teatral había empezado y terminado con *Le Jeu de l´Amour et du Hasard,* de Marivaux.

–No entiendo por qué –les dije.

–Nosotras sí lo entendemos, Max –dijo, entonces, Francine–. El profesor de teatro nos dio esos papeles porque se ha enamorado de mí. Sólo por eso. Y ahora pretende abandonar a su esposa y me exige que me largue con él y con su drama a otra parte.

–¿Y qué vas a hacer?

–Irme a nadar, Max. Acordarme de una vez por todas de que tengo diecisiete años, de que no me gusta el teatro, de que no me gusta el maldito profesor de teatro, e irme a nadar, mi querido Max.

–¿Y tú, Sylviane?

–Pues bajar el telón e irme a nadar yo también, Max. ¿Y tú, te quedas?

No logré responder a esa pregunta, porque ya Francine y Sylviane se habían incorporado con un gran brinco y habían salido corriendo en dirección al mar. Permanecí inmóvil, viéndolas bañarse en la distancia, juguetear en la rompiente, y arrojarse agua mutuamente. Después cerré los ojos, me puse bocabajo, y traté de grabar para siempre en mi memoria la esbeltez de esos cuerpos desnudos que acababa de ver saltar y correr sobre la arena, arrojarse bajo las olas, chapotear y guerrear. Sabía que serían otras las chicas que me iba a devolver el mar, y sabía que yo iba a continuar con mi rehabilitación, mientras que el Monstruo intentaba convencerme de que volviera a manejar, de que unas cuantas clases con él me quitarían el miedo... Y me imaginaba ya, alguna tarde de esas, recorriendo sin rumbo fijo el corazón de la Camarga, o metido en mi automóvil sobre un rústico transbordador y nuevamente en camino al cuartucho que alquilaba por noches en Les Saintes Maries de la Mer, dispuesto esta vez a llevar a su insomne apoteosis los extraños y desagradables incidentes que me habían ocurrido en los últimos meses, en una cafetería de la facultad y en el bar de Bernard, respectivamente, y que de forma inevitable tenían que estar vinculados con la muerte de Ornella, por supuesto.

¿Se impuso la realidad a la ficción? ¿Pudieron más mis deseos que los dos hechos tan extraños como desagradables que se presentaron ante mis ojos? ¿O era que la enfermedad había triunfado ya definitivamente, al apoderarse por completo de mi persona? Yo juro que seguía convencido de que esto último no podía ser posible, por más que el insomnio y el dolor y la soledad que arrastraba entre la gente se hubiesen mezclado hasta convertirse en algo por completo indisociable. En la medida en que yo continuaba preparando y dictando mis clases normalmente, asistiendo a las reuniones académicas y aceptando las gentiles invitaciones que me hacían algunos buenos colegas, no podía aceptar que semejantes fantasmas de mi cerebro se materializaran hasta convertirse en parte de mi realidad más cotidiana.

Pero aquellos dos hechos tan desagradables como extraños ocurrieron, a pesar de todo, aunque debo admitir que entre el primero y el segundo existió una notable diferencia, porque aquel sí mantenía una vinculación, al menos inicial, con una realidad que a mucha gente más le era familiar, mientras que este, el segundo, nada tenía que ver con nadie más que conmigo y, por decir lo menos, vino del más allá.

Bien. Empiezo por el caso número uno, o sea el de la empleada de una cafetería situada en el tercer piso de la facultad, y que todo el mundo detestaba. Era una mujer de mediana edad, cuyo trabajo consistía en controlar y servir los pastelitos, los *croissants,* las biscotelas o los chocolates que los alumnos y profesores tomaban con el café, el té, o con alguna gaseosa. Todo estaba dispuesto en unas fuentes de cartón colocadas sobre el mostrador, de tal manera que bastaba con que uno agarrara un platito, se sirviera a gusto, esperara su café, su té, o lo que fuera, y lo pusiera también sobre la pequeña bandeja de madera que se distribuía a la entrada. Después uno iba a la caja, pagaba, y buscaba una mesa para acomodarse. Tan sencillo como eso, aunque no para aquella mujer que se pasaba la vida detrás del mostrador, con la cara y la voz más chinches de toda la universidad, y sin duda alguna odiando a la humanidad entera y tratando de que el más mínimo detalle se convirtiera en un problema. Cualquiera ahí odiaba a esa histérica que se pasaba la vida hablando de *su* jurisdicción, retirando la fuente de la que uno pensaba servirse algo, y pegándole en seguida tremendo resondrón por haber metido la mano en *su* jurisdicción. Cualquiera odiaba a esa cretina, y yo como nadie, pero digamos que a mí, además, me enervaba e irritaba demasiado.

Y yo a ella también, por supuesto, porque a cada rato dudaba entre un chocolate o un pastelito, por ejemplo, y desplazaba la mano indecisa de una fuente a otra. Y entonces se arrancaba la muy imbécil con su infame discurso autoritario y me explicaba mil veces el asunto aquel de la jurisdicción, alzándome al máximo aquella voz aguda e insoportable que ponía mi paciencia al límite, sobre todo desde el día en que, en un desesperado esfuerzo por ser amable y aclararle un poco las cosas, le pedí que disculpara mis distracciones y le expliqué que padecía de un insomnio bastante agudo.

–Pues aprenda usted a controlar su sueño como yo controlo mis fuentes –me soltó la muy cretina, inflamándose de autosatisfacción y, de paso, hundiéndome en la miseria.

Y así, hasta que una tarde la encontré instalada como siempre detrás del mostrador, de espaldas a la amplia ventana que daba al jardín, pero sonriente y vigilante como nunca porque ahora venía armada. En efecto, se había amarrado un grueso y muy puntiagudo alfiler de cobre, entre dos dedos, de tal manera que, mano que se acercaba a una de *sus* fuentes, mano que recibía su palmazo y su tremendo hincón incluido. Realmente había que ver lo feliz que puede llegar a ser un ser humano con un alfiler camuflado entre los dedos y un afán de territorialidad y jurisdicción tan mezquino y miserable. En fin, que decía mucho de nuestra especie, esa mujer y su reforzada idea del poder. Y la verdad es que tampoco yo estaba dispuesto a quedarme atrás. Ni un sólo milímetro.

Porque hay que ver cómo vigilaba la dictadora esa de cafetería universitaria al profesor insomne, a su enemigo y víctima predilectísimos. Yo aún no había terminado de entrar por la puerta del fondo, a unos quince o veinte metros de sus aguas territoriales, y ya la tipa estaba afilándose íntegra. Y me miraba, y me esperaba, y me vigilaba, y me odiaba, y cualquier cosa, pero cada vez más, a medida que me iba acercando a su maldito mostrador. Estoy seguro de que si la muy cretina hubiese sido un cliente, como yo, habría creado igualmente la jurisdicción y la territorialidad del cliente. Pero, en fin, creado el cargo, creada la función, y aumentada hasta el infinito la mezquindad y la miseria de los seres humanos en condición de joderlo a uno.

Y esa cargosa sí que quería joder el gran nervioso y terrible colérico en que me había convertido yo, sobre todo en su presencia, porque al principio nos odiamos, solamente, pero desde que sacó al diario el oculto alfiler ese, ya sólo habíamos venido al mundo para detestarnos. O sea que yo no me distraía ni un solo segundo, todo lo contrario, más bien, porque en cuanto me tocaba estar delante de ella empezaba a pavonearme como loco con unos ascensos académicos que, o ya había tenido o nunca iba a tener, y con la posibilidad de convertirme incluso en el primer rector extranjero que había existido en Francia, ante la asombradísima cara del colega Alain Tiennot, mi eterno compañero en aquellas pausas-café, como les llamaban ahí, que simple y llanamente no entendía por qué, no bien me acercaba a ese mostrador, empezaba a decir cosas totalmente insensatas y hasta a desvariar, mientras olfateaba con bastante tosquedad una fuente tras otra, llenándome además de una desproporcionada gratitud cuando la otra encargada de las fuentes se ofrecía a servirme, al ver que yo andaba peor que Hamlet con lo de los pastelitos o las biscotelas, los chocolates o los *croissants,* sin que la bruja del alfiler se atreviera a decir esta boca es mía porque me había alejado bastante de su jurisdicción y además la otra empleada llevaba diez años más de autoridad que ella, detrás del mostrador, y era una gorda encantadora.

Pero bueno, llegó el día en que Alain Tiennot no vino a clases, debido a una fuerte bronquitis, y en que yo sentí que la temperatura me subía como nunca –debo admitir que nunca dejé de llevar mi termómetro a esa cafetería y que varias veces me metí de cabeza al baño, tras haber pasado delante del enemigo malo ese, y comprobé que sí, que en efecto tenía bastante fiebre–, porque el pastelito que yo quería andaba en aguas de la perversa y además no tenía cómo humillarla con un futuro rectorado, porque hasta entonces sólo hablaba solo como loco en mi departamento, en mi automóvil, en

la Camarga, y por calles y plazas de Montpellier, aunque únicamente de noche, no sé por qué, o es que esa era la hora del insomnio oficial, ya desde entonces. Bueno, pero ahí andaba yo, aunque
sin mirar *mi* pastelito, por supuesto, y observando con el rabillo
del ojo cómo también la pérfida esa se hacía la que no me miraba,
aunque a la legua la delataba el ansioso temblor de la mano al-
filerada, la forma en que sus labios saboreaban la idea del triunfo, y
la punta de una larguísima y puntiaguda lengua roja que se le asomaba como a una culebra que se relame. La tensión era brutal y el
odio había alcanzado dimensiones ancestrales, porque realmente
esa mujer y yo habíamos venido al mundo sólo para disfrutar de
ese instante y sacarle todo el partido posible.

Y yo andaba haciendo un pequeño y muy disimulado y delicioso simulacro de aterrizaje aéreo con la mano, planeando muy
discretamente, pero una y otra vez, sobre un campo de fuentes de
cartón, en fin, algo que sólo esa tipeja y yo captáramos, cuando una
muchacha cuyo rostro me era familiar, probablemente porque fre-
cuentábamos esa cafetería, se acercó para consultarme un par de
asuntos académicos. Bajé la mano, muerto de vergüenza al pensar
que la muchacha podría darse cuenta de las que me traía conmigo,
y estaba empezando a hablar con ella cuando sentí que un feroz
hincón acababa de ametrallar mi avión, en pleno aterrizaje.

–Usted se ha excedido, hoy, al sobrevolar mis territorios –me
soltó la muy cretina, feliz, colmádamente feliz–. Pues yo también,
¿ya ve usted?, ji ji ji...

Y ahora viene la parte en que Nadine Auriol, la muchacha con
la que había empezado a hablar, afirma haberme oído decirle que,
por favor, me sujetara un momento mi pequeña bandeja, que fuera
ocupándose de su pedido y que, de paso, incluyera un refresco
para mí. Y afirma asimismo que muy serenamente me dirigí en
seguida hasta un extremo del mostrador, que entré a la parte posterior, y que por ahí avancé hasta encarar al monstruo del alfiler y
darle un lento y prolongado empujón, aprovechando sin duda que

la mujer no recordaba, en ese momento tan maravilloso de su vida, que estaba de espaldas a una ventana abierta y en un tercer piso. Y por ahí la tiré –siempre según Nadine Auriol–, con la tranquilidad de quien ha ensayado un millón de veces esa escena y, en todo caso, con la suavidad, la lentitud, y un cubrimiento tan perfecto del ángulo de visión, que realmente logré que nadie viera nada y que la sonriente y feliz mujer que se esmeraba en ponerme un alfiler en la punta de la nariz desapareciera encantada de la vida por el amplio ventanal.

Insisto, una vez más, en que esto es lo que afirma Nadine Auriol. Pero yo sólo recuerdo la fiebre, el sudor, la brutal taquicardia y una especie de novedosa turbación, aunque ni siquiera puedo hablar de ofuscamiento total de los sentidos. Sin embargo, Nadine Auriol afirma, por último, que no se oyó grito alguno en el jardín, y que cuando ambos fuimos a mirar qué podía haber pasado, unos minutos más tarde, ahí abajo no parecía haber pasado absolutamente nada. Pero bueno, sí hay un resultado final, un hecho muy concreto, en todo caso, y es que al día siguiente yo regresé a la cafetería y la tipa ni me miró cuando fingí que metía ambas manos en todas sus fuentes. Y es verdad que, desde entonces, se limitó a darle un tímido y juguetón golpecito en la mano, al resto de los consumidores, siempre de lo más sonriente y haciendo constar de antemano que no llevaba absolutamente nada amarrado entre dos dedos. En fin, éstos son los hechos concretos que llevan a Nadine Auriol a concluir que lo más probable es que esa mujer cayera milagrosamente ilesa en el jardín, se pegara el susto de su vida, comprendiera que conmigo sí que era preferible no volver a jugar nunca más, ni mucho menos acusarme, y que las consecuencias de todo aquello saltaban ahora a la vista.

En fin, Nadine Auriol afirma, Nadine Auriol vuelve a afirmar, Nadine Auriol concluye, y yo en Bolivia, según parece. Y maldita sea la hora en que también le tocó estar presente en el segundo de los dos hechos muy extraños y desagradables que me ocurrieron uno detrás del otro. Yo aún no sabía nada de Nadine Auriol, salvo que acababa de llegar de Marruecos y deseaba frecuentar mis cursos como alumna libre, en vista de que el año académico estaba ya muy avanzado. Ella quería aprovechar el tiempo, y luego matricularse oficialmente el año siguiente. Otro dato es que era bastante mayor que la media de mis estudiantes, y bueno, aparte de eso, sólo sabía que su mirada daba un poquito de miedo, que su sonrisa era sumamente simpática, que tenía una nariz exacta a la de Felipe González, el presidente del gobierno español, y que parecía inteligente, culta, viajada y bastante nerviosa.

O sea que yo sólo sabía estas cosas de Nadine Auriol, mientras que ella se sabía todo lo de la cafetería. Pues bien, después supo además lo de los hermanos Edward y Richard W. Jones, que ocurrió la maldita mañana en que nos dimos cita en el bar de Bernard, para hablar de mis cursos de literatura comparada. Llegué en muy mal estado a esa cita, debo reconocer, porque en las últimas noches me había entregado por completo a la compañía del Monstruo, lo cual para mí significaba pasar de un largo período de total sobriedad e insomnio absoluto a otro de excesos alcohólicos cuya única compensación era el paso más rápido de las horas nocturnas y algunos brevísimos pero indispensables períodos de sueño en las madrugadas. De Guatemala a guatepeor, y viceversa, me imagino, siguiendo el movimiento pendular que precedió a la crisis final.

Nadine Auriol pidió sólo una cerveza, mientras yo me aventaba tres o cuatro pastis seguiditos, para calmar un poco el tremendo malestar nervioso y sudoroso de los excesos acumulados. Pero bueno, eso no fue lo peor, ni tampoco que ella insistiera algo pesadamente en hablar muy seriamente de literatura en momentos tan angustiosos para mí. Lo peor fue la entrada al bar de Bernard de los mellizos ingleses Edward y Richard W. Jones, sin duda los mejores amigos que tuve durante mis primeros años en París, y precisamente los que me regalaron por mi matrimonio la preciosa colcha escocesa que aún está sobre mi cama. Terminamos nuestros estudios universitarios juntos, pero los mellizos regresaron a Inglaterra y las últimas noticias de ellos que me llegaron, años después, contaban con lujo de detalles la enfermedad y la muerte de mi tan querido Edward. Llamé a Richard, le di mi largo y sentido pésame, pero bueno, qué más se podía hacer si ya yo estaba instalado en París y él no se movía nunca de Essex.

Y ahora estaban ahí los dos, bebiendo la misma marca de whisky, un Wimbledon V.S.O.P., de campeonato, según afirmaban ellos, siempre en copa grande y redonda y siempre con un solo cubito de hielo y sin agua, Edward, y con dos cubitos de hielo y sin agua, Richard, según su eterna costumbre. Sí, ahí estaban, también con aquel inconfundible pelo blanco que los caracterizó desde que tuvieron veinte años, más o menos. Edward, a quien realmente quise como a un hermano –siempre me llevé mejor con él que con Richard, cosa que a este le producía ciertos celos, incluso–, tenía un pequeño lunar sobre la ceja izquierda, ya casi en la sien, que Richard no tenía, pero, por lo demás, eran exactos hasta en lo de las canas prematuras, la marca del whisky, la sonrisa, el tono de voz, los gestos, y yo qué sé qué más, pero en todo caso lo suficientemente exactos como para que la gente confesara no haber visto nunca un caso igual de igualdad. Y ahí seguían, ahora, de pie ante el mostrador, y yo le había pedido a Bernard que me sirviera un pastis doble, mientras dudaba si contarle o no a Nadine Auriol que Edward W. Jones era uno de los mejores amigos que había tenido en mi vida y que ahí estaba ahora, muerto desde hacía unos quince años y bebiéndose su trago favorito con su mellicísimo hermano Richard.

Era una situación nada fácil para mí, la verdad, porque ver el vivo retrato del difunto Edward W. Jones ahí significaba una tremenda invasión de mi pasado afectivo y todo en mí estaba a punto de desembocar en un recordatorio mar de lágrimas de emoción y de pena. Pero la verdad es que tampoco lograba alcanzar, o más bien redondear, ese clímax sentimental, porque lo de la marca

Wimbledon del whisky y la copa grande y redonda con sus cubitos dobles e individuales de hielo, más la alegre presencia del no
difunto Richard W. Jones, brindando encima de todo con su hermano aquella soleada y sonriente mañana, tendía a contrarrestar la
triste corriente emocional anterior y a hacerme pegar un salto de
alegría para acercarme al mostrador y brindar un millón de veces
por mis amigos vivo y muerto. Esto, claro, parecería una locura,
por mi parte, pero muchísimo más locura podía parecer que aceptara de una vez por todas el hecho más que contundente –nuevamente la copa grande y redonda, el asunto aquel de los cubitos de
hielo dobles e individuales, como ellos mismos, el whisky Wimbledon V.S.O.P., las canas, en fin, qué más puedo decir– de que
Edward W. Jones había regresado del más allá bastante más vivo
de lo que se fue, porque la verdad es que a nadie en este mundo se
le ocurre irse de turismo al sur de Francia con un hermano, después de muerto, por más inseparables que hayan sido en vida, que
lo eran Edward y Richard, y mucho, y había que ver lo bien que se
le veía a mi tan querido Edward, lo alegre, lo exacto a él y su hermano que se le veía.

–El lunar –dije, aferrándome a esa esperanza de cordura, e incorporándome con el pretexto de servirme yo mismo un nuevo
pastis, porque ya Nadine Auriol había empezado a afirmar cosas
nuevamente (que se me notaba demasiado nervioso y que me estaba bañando en sudor, por ejemplo), sin saber en absoluto el difícil
trance por el que yo estaba pasando, o sea sin el más mínimo conocimiento de causa. Y se quejaba además de que yo no lograra concentrarme en lo de la literatura comparada. Con qué derecho, Dios
mío, por favor...

Pero bueno, ya estaba ante el mostrador y la cosa era pedir mi
pastis y encontrar el difícil punto de mira para enfocar claramente
el lunar de mi amigo Edward W. Jones, cosa nada fácil porque lo
llevaba sobre el extremo izquierdo, ya en bajada, de la ceja izquierda, quiero decir que casi en la sien, y estaba parado además a la

izquierda de Richard, lo cual me permitió comprobar, de paso, eso sí, que Richard seguía siendo Richard porque sus datos objetivos coincidían plenamente: no tenía lunar y tomaba el whisky con dos cubitos de hielo. Bien, al menos esa parte del problema estaba resuelta y ahora sólo me quedaban dos cosas por hacer: comprobar lo del lunar que correspondía al doble cubo de hielo, y que al menos Richard me reconociera, ya que a Edward no le podía exigir tanto, porque o estaba muerto o acababa de regresar de una larga temporada en el más allá, algo que sin duda afecta bastante la memoria.

¡El lunar! ¡Sí tenía el lunar! Acababa de girar la cabeza lo suficiente, al comentar lo que le decía Richard, y era mi Edward tan querido, quién más. Y diablos y demonios la emoción que me agarró, que me embargó, que se apoderó cuerpo y alma de mi persona mientras los contemplaba conversar con sus tremendos huaracazos de Wimbledon V.S.O.P., casi seco, y me imaginaba que andaban buscándome, que se habían enterado de que vivía en Montpellier y que habían pensado que ya era hora de que nos volviéramos a reunir como en los años parisinos. Y me emocioné mucho más cuando me imaginé a Edward regresando del otro mundo y preguntando inmediatamente por Maximiliano Gutiérrez, porque no podía correr el riesgo de morirse otra vez sin haberme visto en tantos años, no, no podía permitirse ese lujo.

O sea que, para que me reconocieran, sólo faltaba que yo también pidiera el mismo trago que había pedido siempre en París, con ellos, o sea mi trago habitual, que fue cuando vino mi primer gran desconcierto pues recordé que por aquellos años yo era el hombre más abstemio del mundo y que prácticamente había descubierto la bebida muchos años más tarde, por culpa de Ornella tuvo que ser, maldita sea. Pero bueno, podía haber una solución...

—My usual pastis, Bernard, please... And make it a double one, if you don´t mind. Oh, and please take care of these gentlemen... I´m sure they will enjoy an extra drink...

–*Ça va pas, aujourd'hui, Max?* –me dijo Bernard, agregando que él de *english* cero y tocándose varias veces el coco rubión con un dedo giratorio e indicativo, mientras Nadine Auriol me llamaba desde la mesa y me preguntaba si necesitaba ayuda.

–Sólo intento brindar con mis amigos Edward y Richard W. Jones...

–Pero esos señores ni lo reconocen, profesor.

–Mas yo sí a ellos, Nadine, y eso es lo importante. Edward, el de la izquierda, murió hace unos quince años, para mayor precisión...

Bueno, se me había escapado este último dato, o sea que me acerqué a Nadine y le rogué que, antes de afirmar nada, me escuchara un ratito, por favor. Y me senté a su lado y todo, para explicarle lo del lunar de Edward, la marca del whisky, la copa grande y redonda, los cubitos de hielo, el pelo cano a los veinte años, nuestra vida de estudiantes en París, nuestra gran amistad, la colcha escocesa de mi matrimonio, y otra vez la prematura muerte de Edward, caray...

–Pero esos dos señores llevan media hora ahí, hablando un francés que ni Racine, y sobre todo sin reconocerlo, profesor...

–Te ruego no afirmar nada antes de tiempo, Nadine.

–Pero, profesor, esos señores lo están mirando y es como si vieran llover...

–Es por lo del trago, Nadine. Si yo tuviese un trago propio, como ellos, que siempre fueron unos grandes bebedores, estoy requeteseguro de que me reconocerían...

–¿En qué idioma, profesor? ¿En inglés o en francés? Fíjese que no he afirmado nada. Sólo le estoy preguntando en qué idioma tienen que reconocerlo...

–Edward era mi mejor amigo y murió. No se burle, usted, Nadine... Y además lo que vale es mi emoción, mi sentimiento, mi cariño, mi amistad... Eso es lo que vale... Sí, lo que vale es eso, se lo digo yo. Y por consiguiente el señor de la izquierda es Edward y el de la derecha es Richard... En el cariño no hay engaño, Nadine, y los amigos son siempre irrepetibles, incomparables y mellizos. O sea que no puede haber confusión doble ni individual, permítame explicarle...

–Señor, ¿usted se llama Bernard, no? ¿Puede ayudarme, por favor?

–Algo especial le venía notando yo hoy al profesor Max, señorita...

–Auriol. Señorita Nadine Auriol...

Después sólo recuerdo las sonrisas de Edward y Richard W. Jones, y que hablaron en francés, pero con simpatía, cuando aseguraron no haberme visto nunca jamás en sus largas vidas. O sea que, para empezar, Nadine Auriol afirma que...

–Lo he logrado, Claire... Tres veces intenté contar, y contarme, lo de la cafetería y lo de Edward y Richard, y bueno, a ti te consta, las tres veces estuve a punto de que me ataran...

–Déjame darte un beso, Max.

–*Jeune fille*...

–Pues *jeune fille* tiene ganas de estrangular a la tal Nadine Auriol... Y a ti tengo ganas de decirte que te quiero, que te quiero mucho, Max... Y que, en medio de todo, tuviste muy mala suerte. Acabo de conocer a la tal Nadine, y te juro que si me la encuentro por ahí la estrangulo...

–Cuídate, Claire. Cuídate porque anda suelta...

–Es una mujer muy dura, y la verdad es que en ese momento tú no estabas como para conocer a una mujer así...

–Me falta contar mucho sobre ella, ¿sabes?

–Me temo que sí, pero ahora tómate unos días de descanso, que le parece que vas algo acelerado, últimamente, y que ha tenido que subirte un poquito la dosis de Valium...

–Quiero salir de aquí, Claire...

–Y yo quiero que salgas, Max. Quiero llevarte a la playa y comer contigo un buen pescado... Y me muero de ganas de tomar un vinito blanco y muy seco y de...

–¿Por qué no me dejas pedir permiso este fin de semana?

–Me encantaría, Max, pero sería optar por la solución más fácil y peligrosa. Lo digo pensando en mí, y te ruego que me perdones, pero aún no tengo las cosas claras...

–Hace un momento me dijiste que me querías, Claire.

–Pero sigo prohibiéndote que me lo digas tú a mí. Y te agradezco mucho que no me lo hayas dicho hace semanas...

–Por ahí lo grabamos, sin embargo, ¿no te acuerdas?

–La grabación es una cosa, Max, y estos momentos siempre han sido otra.

–*Jeune fille*... Cada día piensas mejor... Parece que me estuvieras alcanzando en edad...

–No, no te estoy alcanzando en edad, pero suena lindo, o sea que déjame darte otro beso.

–Te qui...

–Te callas.

–Mujerón...

–Sé que te llevo cuatro centímetros de estatura. ¿Te acuerdas que medíamos exactamente igual cuando nos conocimos?

–Eras una adolescentota de dieciocho años...

–Tú, un maravilloso viejo de cuarenta y dos.

–Pero bueno, entonces por lo menos te igualaba en estatura. Ahora ya ni eso...

–Y no te voy a dar un beso esta vez, tontonazo.

–Mira, Claire... Yo creo que estamos a tiempo todavía... Déjame intentarlo...

–No te entiendo.

–¿Me dejas tocar el timbre y pedirle a la enfermera que nos deje salir a comer juntos? Sólo esta noche, o mañana, si ya es muy tarde para que me suelten hoy.

–No, Max. Todavía no puedo ni quiero salir contigo. Te ruego que lo entiendas.

–Me niego a entender nada. Pero acato, *jeune fille*.

–Y ahora me voy. Mañana el doctor Lanusse tendrá que decidir cuándo podremos grabar de nuevo, porque estoy segura de que querrá que descanses un poco, antes de seguir presentándome al monstruo ese de Nadine Auriol. ¿Sabes que no tengo ningún deseo de seguirla conociendo?

–En cambio, a mí me interesa llegar a saber si fue un monstruo o un fantasma...

–No te entiendo, Max...

–Nadine Auriol puede ser un fantasma de mi cerebro, como Edward, como Richard, como la bruja de la cafetería...

–Basta, Max. No sigas. Además, yo sé que Edward y Richard Jones no son ningún fantasma.

–¿Qué son, entonces? Dime, por favor, qué son entonces...

–Son lo mejor que hay en ti mismo, Max, lo mejor que tienes y lo que más quiero y me gusta de ti.

–¿Y qué es lo peor, *jeune fille*?

–No se necesita pensar mucho para saber que lo peor es que hayas terminado encerrado aquí, por cosas así. Maldita Nadine Auriol...

–Esa es una de las únicas cosas de la que no puedo culparla, Claire. Ella me ayudó a llegar aquí, cuando ya yo andaba...

–Te trajo y desapareció. Lindo, ¿no?

–Es que era un fantasma, insisto.

–¡Basta de fantasmas ya, Max!

–...

–Perdóname, debo irme...

–¿Sabes que Nadine Auriol era un montón de gente?

–Ya me lo contarás otro día, Max, por favor.

–¿Te acuerdas cuando grabamos lo de Maximiliano, Herminio y Max?

–Sí. Era duro, pero era hermoso y me interesó mucho.

–Pues prepárate porque Nadine Auriol era Nadine Uno, y Dos, y Tres, y Cuatro, y vete tú a saber cuántos números más era Nadine.

–Todas eran durísimas, estoy segura.

–No te creas, Claire. La vida, desgraciadamente, no es tan sencilla.

–No me convences, Max. En este caso no me convencerás nunca, creo. Yo insisto en que todas tus Nadine eran igualmente duras.

–Eso habría sido una suerte, porque no hubiera tenido Nadine alguna a la cual atenerme... O aferrarme, que en este caso es exactamente lo mismo...

–Llevo media hora diciendo que me voy, Max...

–Perdón, Claire. Habla tú con el médico por tu lado y ya veremos qué pasa...

–Pasará que seguiremos cuando él diga y que tú saldrás de aquí, Max. Chau.

–Una última cosa, Claire. No me has preguntado si los tipos del bar de Bernard se parecían realmente tanto a Edward y Richard Jones... Si, en efecto, podían ser ellos hasta ese punto...

–Yo Afirmo, con mayúscula, que sí, Max.

–Te qui...

–Te callas, profesor.

V

Montpellier est née à la charnière de deux mondes,
antitéthiques et complémentaires, qui sont les compossants
indissolubles de cette province du Languedoc qui a gardé
le charme discret de ses filles à la fois graves et rieuses.

JEAN-LOUIS BESSIÈRES

Nous avons, une nuit, vu du Peyrou la mer lointaine
et que la lune argentait; auprès de nous s'ébruitaient
les cascades du château d'eau de la ville; des cignes
noirs frangés de blanc nageaient sur le bassin tranquille.

ANDRÉ GIDE

–Tú sabrás –me decía, siempre, la muy dura de Nadine Auriol, cuando le preguntaba por el asunto aquel de mis amigos Edward y Richard W. Jones, y le ponía mi más curiosa e intensa, por no decir desesperada, cara de averiguación, porque realmente esperaba de su amistad una explicación sosegante, algo un poquito lógico, siquiera. No, no era que le estuviese rogando que me diera gusto, nada de eso, sino que le pedía que me contara sinceramente qué diablos había pasado en aquellos momentos en que la fiebre, altísima, sin duda, me había privado de recuerdos y me había alejado momentáneamente de la realidad. Amar a unos amigos, querer con sorprendente emoción a un par de amigos que reaparecen en el lugar y el momento más inesperado, no podía causarme tal sensación de culpa y de locura. Finalmente, ellos habían estado ahí, mellicísimos y con todas sus costumbres, sus tics y sus manías, y hasta con su fatigada ropa inglesa de los sanos y felices años de nuestra convivencia estudiantil en París. Y bueno, si me había equivocado, si me había dejado llevar por la emoción y el deleite del error mejor intencionado del mundo, pues entonces que ella me contara cuál había sido la parte, la única parte, no agradable de aquel frustrado pero feliz reencuentro fugaz.

–Tú sabrás, Max –me repetía, con una sonrisa de satisfacción y de triunfo que me hundía nuevamente en la más desarmada y triste incertidumbre.

–Yo no puedo saber nada más que lo que sentí, Nadine –le decía, sin añadir que necesitaba su ayuda para colocar una por una las piezas de aquel incompleto rompecabezas cuyo diseño final ella parecía conocer con lujo de detalles.

–Te pones pesadísimo, Max.

–Digamos, más bien, que me pongo necesitadísimo, Nadine.

–No hay nada que yo sepa que tú no sepas ya, Max. O sea que tú sabrás.

–Mira, Nadine... Digamos que me hace mucho daño este eterno fojas cero al cual me remites siempre. ¿Somos amigos, o no?

–Tú sabrás, Max.

–Me cago, Nadine.

–Vulgaridades en mi casa, eso sí que no, por favor, mi querido amigo.

–Vulgaridades en tu casa, eso sí que no... La verdad es que lo pones todo tan bonito y tan fácil.

–Entonces...

–Fácil para ti...

–Tú sabrás...

–Diablos, me largo...

–Déjame llevarte, Max, por favor.

–Y por qué no puedo irme en mi auto, a pie o en un taxi...

–Es que me siento responsable...

–Ah, caray...

–Ah caray, qué.

–Mira, Nadine, vamos por partes.

–De acuerdo. Totalmente de acuerdo. Vamos por partes.

–En la cafetería, ¿qué diablos pasó en la cafetería?

–¿A mí me lo preguntas?

–¿Y a quién, si no?

–Pues tú sabrás lo que pasó en la cafetería y en el bar del tal Bernard, mi querido amigo.

–¡No aguanto más, Nadine! ¡Me largo!

–Bueno, pero que conste que he querido llevarte.

–Y que conste también que he preferido irme solo.

La verdad, si yo estaba loco de remate, era porque la tal Nadine me había contagiado. Y es que pasaron apenas unos cuantos días entre la mañana en que se me presentó como la humilde estudianta que deseaba asistir informalmente a mis clases y el momento en que empezó a ejercer un extraño dominio sobre mi persona, aprovechando sin duda la suerte que tuvo de estar presente en aquellas extrañas escenas de la cafetería y el bar de Bernard. Y así, en menos de lo que canta un gallo, Nadine Auriol ya había pasado del respetuoso *usted, profesor*, al *tú* conmiserativo y mandón, y siempre con esa sonrisita tan suya que parecía decir: "Si supieras lo que yo sé de ti, Max, si tan sólo supieras todo lo que yo sé de ti…"

Pero bueno, tampoco las cosas eran así de fáciles, por la sencilla razón de que jamás podrían serlo entre dos seres tan complicados como Nadine Auriol y yo, o por aquel aspecto ciertamente aritmético de la vida, según el cual menos y menos suman más y la unión de dos seres muy negativos logra producir a veces algo positivo. Y, dejando de lado los ya mencionados asuntos cafetería y hermanos W. Jones, y otros que se presentarían con el tiempo, mi relación con Nadine tuvo casi siempre momentos interesantes, llenos de afecto y complicidad, aparte del hecho de que ella tenía ya más de treinta años, de que ambos funcionábamos en Montpellier como dos seres profundamente solitarios, en el fondo, y de que nuestra curiosidad intelectual, a la que hay que sumarle un gusto por la buena mesa que yo prácticamente había perdido, nos permitió mantener a menudo un diálogo muy entretenido y disfrutar de muchos excelentes restaurantes, tanto en Montpellier como en sus alrededores.

Todo aquello empezó sin duda cuando Nadine Auriol me contó que le encantaba cocinar y me invitó a comer al moderno e inmenso departamento en que acababa de instalarse, situado en un elegante edificio de la avenida Père Soulas. Aparecí puntualísimo, con un buen ramo de flores en la mano, y con el saco guinda de terciopelo que utilizaba cada vez que me disponía a hablar trágicamente de Ornella. Nadine me recibió con la mirada esa que siempre me produjo un extraño temor, pero en cambio su actitud era de lo más acogedora, pues me puso su más amplia y plácida sonrisa, no bien la besé en ambas mejillas y le entregué las flores, logrando con ello que su nariz en forma de tobogán adquiriera un perfil más deslizable que nunca.

–Bienvenido a Casablanca, mi querido Max.

Me quedé realmente desconcertado y hasta debí adquirir un aire de lo más mirón, al comprobar que en aquel recargadísimo departamento no había un sólo mueble u objeto, una sola cortina, una sola alfombra, en fin, lo que fuera, cuyo lugar de procedencia no fuera Marruecos. Bueno, sí, Nadine ya me había contado que acababa de llegar de Casablanca, aunque la verdad es que jamás me imaginé que hasta tal punto. Y como a mí, además, todo exceso decorativo arábigo me ha producido siempre una sensación de burdelito mil y una noches o de alfajor con demasiado manjarblanco, no logré para nada estar a la altura de las circunstancias y, en vez de soltar siquiera un brevísimo comentario de sorpresa y elogio, lo único que se me ocurrió decirle a Nadine fue que prefería sentarme lo antes posible, ya que no bien veo tal cantidad de alfombras, cojincitos, mesitas para el té a la menta, cigarreras repujadísimas, teteritas de bazar y vasitos almibarados, mi tendencia inmediata es al tropezón que todo lo tira al suelo y hasta destroza, por lo que ella misma me ayudó a llegar a la sala y a hundirme, cojín tras cojín, en un sillón de los que jamás se usa, me parece recordar, en la película *Casablanca*, sin duda para evitar que un Humphrey Bogart, una Ingrid Bergman o un Paul Henried pierdan a chorros estatura, personalidad, fuerza, belleza, apostura, aura, mito, misterio y público.

Y así me dejó Nadine Auriol, más intelectual aburrido e indigno de Ornella que nunca, mientras ella iba en busca de cositas de picar que hicieran juego con los muebles y el decorado y yo cruzaba los dedos para que me ofreciera alguna bebida occidental y cristiana. Lo hizo, gracias a Dios, y también ella se sirvió un generoso whisky, soltando en seguida la más inesperada e hiriente carcajada al preguntarme si, por casualidad, me encontraba incómodo.

–Estamos en Casablanca –le dije, con verdadero espíritu deportivo, y como quien muy frecuentemente se ha sentado en culturas muy diferentes.

–¿O sea que no temes que te envenene, esta noche?

–Aparte de que he sido siempre un tragaldabas, desde niño, estoy seguro de que cocinas delicioso y de que comeré como nunca, Nadine.

–Bien. Pues entonces pasemos al comedor, que lo tengo todo listo.

Nadine llevaba aquella noche una preciosa túnica blanca, bordada en oro, y debajo no sé muy bien qué llevaba pero daba la impresión de no llevar absolutamente nada. Se había soltado el pelo castaño, muy largo y lacio, de tal forma que le cayera sobre los hombros y la espalda, y constantemente me observaba mientras comía cada uno de los deliciosos platos que me iba sirviendo, escuchándola hablar pestes de los restaurantes que, en cualquier lugar de Francia, pretendían ofrecer platos de su país. Y cuando le alabé el excelente vino de Borgoña que estábamos bebiendo, me lo agradeció muchísimo, primero, porque se había esmerado en conseguir un tinto que a mí me gustara, pero en seguida me pegó un miradón de esos que tanto temor me producían, vaya usted a saber por qué, aunque después estuvo de lo más amable y sonriente y hasta me dijo que, bromas aparte, estaba muy contenta de haberme conocido y muy satisfecha con las dos o tres clases mías a las que ya había asistido.

Pero las cosas cambiaron no bien regresamos a la sala, tras haber optado por seguir bebiendo vino el resto de la noche. Andaba buscando un mueble menos profundo en el cual hundirme, cuando Nadine me metió tremendo empujón y me dejó nuevamente fondeado y aplatanado en aquel hondo sillón de tan negativo efecto para mis debilitados principios y mi alicaído estado de ánimo, soltando en seguida una breve pero contundente carcajada mientras se dirigía a una silla de espaldar muy alto y de sólido asiento. Comprendí que Nadine, una mujer que, de lejos, parecía bastante alta, pero que se iba achicando a medida que uno se le acercaba, necesitaba psicológicamente quedar muy por encima de mí y de las circunstancias. Y como aquello me produjo cierta pena, decidí hundirme aún más en mi sillón, de ser ello posible, porque la verdad es que la comida había estado deliciosa y ella se merecía un invitado agradecido y rebajado al máximo. Pero lo que no me gustó nada, en cambio, fue que se burlara otra vez de mí, al comprobar que por fin habían quedado bien claras las diferencias de nivel en su casa.

–La película *Casablanca* habría sido un fracaso si alguien se sienta en un sillón como este –le dije, para demostrarle que también yo tenía mi humorcito.

Y entonces sí que se armó la grande, porque a la pobre, aunque feroz Nadine, le entró una verdadera rabieta en torno a su vida familiar, nacional y cultural, y me acusó una y otra vez de haber desencadenado en ella, con mi indiferencia y mi total desconocimiento de la realidad de su país y de Casablanca, su ciudad natal –aunque ella hubiera nacido en París, otra ciudad como Montpellier, en aquello de los prejuicios y la absoluta ignorancia acerca de Marruecos, su país, aunque ella fuera francesa y sus padres también–, en fin, me acusó ametralladoramente de haber desencadenado en ella la ira santa de quien siente que son los imbéciles y los ignorantes los que lo juzgan todo, en este mundo, y porque quién me había creído yo que era ella. ¿Sabía, por ejemplo, que ella había sido educada como una reina y con preceptores, en la fabulosa hacienda que su padre había tenido en Casá? Y es que su padre había sido el rey de Casá, hasta que el rey de Marruecos arrancó con la llamada marroquización del país y expropió la gran propiedad agrícola de su papá en Casá...

–Perdón, Nadine –me atreví a preguntarle, en un sincero y conmovido afán de entender cada una de las incongruencias que me iba soltando–. Perdona que te interrumpa, pero, ¿Casá queda en Casablanca? Tal vez mi ignorancia...

–¡Imbécil! Casá es mi manera entrañable de referirme a Casablanca, mi ciudad natal.

–¿Aunque en realidad hayas nacido en París? O es que te entendí mal, hace un momento.

–Es imposible hablar con un tipo tan increíblemente imbécil como tú, Max. ¿O es que algo muy especial te pasa esta noche? ¿No te habré envenenado, no?

–Ciudad natal: ¿París o Casá, Nadine? Te juro que eso es todo lo que necesito que me aclares, antes de continuar.

–Las dos, imbécil. Y cada una a su manera.

–Perdóname que te diga que me resulta un poquito complicado y esnob, eso de atribuirse dos ciudades natales, y sólo por el placer de confundir y aplastar un poquito más a un invitado.

Ahí sí que metí las cuatro, porque Nadine se bañó en llanto en su afán de convencerme de que llevaba metidas en el alma las canciones de cuna que le había cantado su madre, en francés, y las que le había cantado su niñera marroquí, en su dialecto hasanía, dejándola bilingüe de corazón.

–¿Y dormías bien? –le pregunté, porque yo también había tenido una mama andina que me cantaba en quechua, cuando mi mamá se hartaba de cantarme en castellano y me entregaba a sus brazos.

–¿Te estás burlando, o qué, imbécil?

–En absoluto, Nadine, créeme. Trato de encontrarle alguna explicación lingüística a mi insomnio, por el contrario.

–Pues pierdes tu tiempo, porque yo he dormido perfectamente bien toda mi vida.

–Sigamos, entonces –le dije, sin atreverme a agregar, por supuesto, que de todo hay en la viña del Señor, hasta locos con suerte, como ella.

–¿Tú sabes lo horrible que es sentirse francesa en Marruecos y marroquí en Francia?

–No, pero te juro que siento una enorme curiosidad. Cuéntame algo acerca de todo eso, por favor.

–Eso no se puede contar. Se vive y se siente, imbécil.

–Y no crees tú que, a lo mejor, no dormir nunca es peor que haber nacido en Casá y en París –le dije, porque la verdad es que ya me estaba hartando de que me llamara constantemente imbécil.

–Como se nota que eres hombre, caray. Se te nota a la legua.

–¿Y eso tiene algo de malo?

–Menos mi padre, todos los hombres son unos imbéciles. Y a todos se les nota a la legua.

El recuerdo de su padre hizo que Nadine recuperara su increíble capacidad de llorar y empaparse la maravillosa túnica blanca bordada en oro, logrando con facilidad que resaltaran, hasta adquirir su color carnal, incluso, unos senos demasiado grandes para su estatura, aunque de indudable y provocativa belleza, considerándolos *per se*.

–¿Qué miras? –me dijo, de pronto, tras haber agachado rápidamente la cabeza y comprobado qué era, sin duda alguna, lo que yo había empezado a observar–. ¿Te apellidas Mirón, por casualidad?

Casi le digo que no, que me apellidaba más bien Veteta, pero preferí asumir nuevamente mi papel de paciente e ignorante oídor, dejando que la pobre continuara empapándose la túnica con el recuento de sus desdichas y de la imbecilidad congénita de los hombres, empezando por los médicos. Porque resulta que a su padre lo habían matado los médicos que lo atendieron en el servicio de urgencias de un hospital de Casá, al que hubo que trasladarlo corriendo, a causa de un infarto. Sí, esa tanda de imbéciles había matado al único hombre no imbécil que ella había conocido en su vida. Pero, horror, también lo había matado ella, que andaba ya en cuarto año de medicina y no se atrevió a intervenir a tiempo para salvarle la vida a su tan querido progenitor, porque este mundo está dominado por los hombres y ella no tuvo el valor de infringir aquella suprema ley de la estupidez humana.

–¿Eres hija única? –le pregunté entonces, intentando apartarla del recuerdo de la muerte de su padre, a ver si se serenaba un poco.

–Sí, ¿y qué?

–Nada. Yo también soy hijo único.

–Pero tú eres hombre, imbécil.

–Modestamente, sí...

–Te sigues burlando de mí, ¿no? Pues ya vas a ver dentro de un rato.

–Nadine, en ningún momento he intentado burlarme de nadie. Te lo juro.

–Perdóname, entonces. Bebamos más vino, y perdóname.

–No tengo nada que perdonarte, tampoco...

–Bueno, en ese caso brindemos. Salud.

–Salud, Nadine –le dije, alzando mi copa de vino y preguntándole en seguida por su madre.

–Trabaja en el servicio diplomático francés, y actualmente está en misión en Jerusalén.

–Entonces ella sí optó por Francia...

–Todos somos franceses en mi familia, imbécil.

–Caracho...

–¿Qué pasa? ¿No entiendes? Si quieres te lo vuelvo a explicar todo de nuevo.

–No, gracias. Mejor vamos a Palavas, a mirar el mar. No es tan tarde, finalmente.

–¿A mirar el mar? ¿Y para qué?

–Pues para que se me aclare todo, como en la película esa llamada *Nunca en domingo*... La de las putas simpatiquísimas y Melina Mercouri... ¿La recuerdas?

–Perfectamente, pero, ¿qué tiene que ver?

–Muchísimo. En esa película, cada vez que había un problema irresoluble, todas las putas se iban al mar y ahí se resolvía y se aclaraba todo.

–Imbécil –me dijo Nadine, mirando su reloj y poniéndose de pie, de lo más sonriente, ahora–. Eres el más grande imbécil que he conocido en mi vida, pero debo reconocer que me haces reír.

–Me alegro mucho.

–Anda, párate y vámonos a mirar el mar, antes de que me arrepienta.

Desde entonces, Nadine Auriol y yo fuimos a mirar el mar cada vez que una bronca nos había llevado al borde de la ruptura, o cada vez que una de nuestras discusiones estaba a punto de entrar en un callejón sin salida. Ello hizo que nos abonáramos, prácticamente, a los restaurantes de Palavas, para tener el mar más a la mano, en caso de urgencia. Y ahí, en aquel pequeño puerto y en aquella playa, le entendí perfectamente bien que hubiera dejado su carrera de medicina, debido al trauma que le produjo la muerte de su padre, que quisiera dedicarse ahora, aunque tarde, a la literatura, que hubiese sido educada para ser una gran dama francesa en el Marruecos que adoraba, y que se debatiera actualmente entre la nostalgia de museo y bien perdido que se encarnaba en su departamento y la readaptación sin grandeza material en una Francia que, aunque no fuera más que por alguno que otro detalle, la irritaba al máximo por la limitación de sus miras y su xenofobia. Claro que yo le podía decir que, para mí, marroquíes, en Montpellier, eran aquellos hombres sin mujeres que se paseaban los domingos por una ciudad semidesierta, silenciosos, cabizbajos, con las manos en los bolsillos, e invitándome a aumentar el número de los expulsados del festín de la vida, aunque sin idioma, además, en mi caso.

Pero, en fin, en vista de que el mar era el lugar en que yo le entendía cualquier cosa a Nadine, incluso que todos los hombres eran unos imbéciles y yo el primero, a qué santos iba a venir a aguarle la fiesta ahora. Tampoco le hablaba de mi insomnio, de aquellos desmayos cada vez más frecuentes, del Monstruo, de Elisá, del Gitano, de Tutú, de Laura y su Inefable Escritor Inédito, de Francine y Sylviane, de la bondadosa Marie, de Passepartout el Iraní y François el Estudiante, y de tantos marroquíes más que en mi mundo han sido. Y de Ornella simple y llanamente no me atrevía a decirle ni pío, por supuesto, aunque era irresistible la tentación de vincular la fugaz reaparición de Edward y Richard W. Jones, y el feroz impacto que me produjo, con la trágica muerte de Ornella. Sí, por supuesto que sí, ahí podía estar la clave de todo, el secreto, el *quid* de la cuestión, como dice la gente, y la más cabal explicación de lo que había ocurrido aquella soleada mañana en el bar de Bernard. Me preocupaba mucho, eso sí, la posibilidad de que también el mar hubiera llevado a Nadine a entenderme a mí, profundamente, y que de pronto le diera por interesarse tanto por el tema que terminara vinculando el asunto de la cafetería con la muerte de Ornella, en un exceso de entusiasmo y entendimiento. Y no, eso sí que no, una tipeja tan detestable, tan miseria humana, tan vulgar, tan malvada de mostrador, de fuente y de pastelito, sobre todo, como la cretina de la cafetería, no podía tener vinculación alguna con un asunto tan grave y sublime como la heroica, la santa muerte de Ornella...

–¿En qué piensas? –me decía, a menudo, Nadine, mientras

caminábamos al borde del mar, y yo como que desaparecía del planeta.

–Tú sabrás.

–Imbécil.

–Pues tú sabrás.

–En serio, Max. Tú me dejas a mí que te cuente muchas cosas, pero en cambio te puedes quedar toda una noche sin pronunciar una sola palabra.

–¿Sabes que un insomne es capaz de desarrollar paralelamente decenas de monólogos interiores? El otro día leí eso en una revista médica.

–Pero, ¿los médicos qué te dicen?

–Nada. Soy yo quien les dice a los médicos qué pastillas tomó ya la semana pasada. Entonces ellos me recetan otras y me piden que vuelva la semana próxima, desde hace más de dos años. Y además veo a un montón de médicos al mismo tiempo, para ir agotando el tema lo antes posible.

–¿Te estás burlando de mí?

–Me estoy burlando del mar, más bien, porque el insomnio es el único problema para el que no encuentra solución. ¿Y sabes la excusa que se ha encontrado, el muy desgraciado?

–¿Cuál?

–Que no soy puta, como las mujeres de *Nunca en domingo*.

–Tontonazo.

–Vaya. Eso sí que suena bonito y cariñoso. Suena a mar, al lado de imbécil.

Regresábamos a Montpellier a las mil y quinientas, Nadine de lo más sonriente y yo manejando con un dolor de cabeza de todos los diablos. Y siempre que cruzábamos el puente de Palavas me acordaba de Michèle, la insoportable esposa del colega Pierre Martin, y su historia de La dama de blanco, todo un mito en la región, según ella, que siempre andaba tratando de averiguar si ya yo había encontrado compañía femenina en Montpellier. Y, cada vez

que me veía, en una de esas interminables comidas a las que yo
asistía sólo por respeto y afecto a Pierre, se arrancaba a preguntarme si yo cruzaba a menudo el puente de Palavas, de madrugada.
Era su manera de sonsacarme, lo sabía, la insidiosa forma en que
intentaba descubrir en mi expresión la huella de algún romance
oculto, algún gesto revelador, algún vago indicio que le permitiera
cerrarme para siempre las puertas de su casa y apartarme de su esposo. Y luego, cuando veía que yo permanecía tan frío y ajeno a su
estúpido juego, me repetía con voz amenazadora la leyenda de
aquella mujer de larga túnica blanca, que paraba a los autos en
aquel puente y pedía ser transportada a algún determinado lugar.
Todos los hombres que la invitaban a subir, seducidos por sus en-
cantos, se estrellaban antes de llegar a Montpellier y morían. De la
famosa dama, en cambio, no se volvía a saber hasta su próxima
aparición.

–¿Conoces la historia de La Dama de Blanco? –le pregunté un
día a Nadine, mientras cruzábamos en mi automóvil el puente de
Palavas, de regreso de uno de nuestros restaurantes preferidos en
aquel puerto.

Pero Nadine no me contestó y, cuando volteé a mirarla, no estaba ahí a mi lado, en el asiento delantero. Y aún no había tenido
tiempo de reaccionar, cuando sentí que una de sus fuertes y ner-
viosas carcajadas estallaba en la parte posterior del automóvil.

–¡Me has pegado el susto del siglo, Nadine! –le dije, mirándola
por el espejo retrovisor–. ¿En qué momento te sentaste ahí?

–Tú sabrás, Max.

Diablos, no podía seguir manejando. Sólo uno de mis breves
desmayos, en el momento de subir al automóvil, podía haberle
permitido a Nadine subirse ahí atrás para hacerme alguna broma.
Pero cuando miré bien por el retrovisor y la vi con su túnica blanca
bordada en oro, cuando tomé conciencia de que la usaba siempre
que salíamos de noche, decidí que en adelante usaríamos siempre

su pequeño Opel blanco, porque la verdad es que aquella noche su mirada me había impresionado más que nunca.

–Tu nueva amiga es una bruja –me dijo el Monstruo, cuando le conté, en plan de broma, el incidente del puente–. Yo no sé si es la famosa dama de blanco esa, pero, en tu lugar, no intentaría averiguarlo. Y te hablo en serio, Max. Yo que tú no volvería a salir más con una tipa que, según afirma Bernard, actuó con una dureza brutal el día en que se te aparecieron tus mellizos, sólo por andar tomando demasiados pastis en ayunas, estoy seguro, y que desde entonces va diciendo por ahí que el profesor Maximiliano Gutiérrez está para que lo encierren y que hasta ha intentado matar a una empleada de cafetería.

–No te lo creo, Pierrot.

–Pues eso es lo que anda diciendo. Ya sabes que en mi autoescuela uno se entera de todo.

Pero seguí saliendo con Nadine Auriol. Y yendo a comer, y a mirar el mar, en Palavas, cada vez que estábamos a punto de matarnos discutiendo. Y, lo que es más, seguimos saliendo en mi automóvil, aunque ella tuviera que manejar, a menudo, porque un fuerte mareo me dejaba con la vista llena de estrellitas durante horas. A Nadine le encantaban mis casetes de cantantes norteamericanos, italianos y franceses, que poníamos mientras paseábamos de un lado a otro, y a mí ella me acompañaba a veces hasta la madrugada, acortando de esta manera las cada vez más desesperantes horas del insomnio. Pero, además, su sonrisa, y algo sumamente contagioso en ella –su locura, sin duda alguna–, y una interminable historia personal que revelaba, a medida que me la seguía contando, la cantidad de seres desesperados que habitaban en ella, me resultaban inmensamente atractivos y hasta conmovedores. A cualquiera le hubiera pasado lo mismo, estoy seguro, pero en mi interés por Nadine había algo más, también, un aspecto científico, por calificarlo de alguna manera. Porque la verdad es que una curiosidad siempre creciente me llevaba a asomarme por aquellos abismos de la irracionalidad en los que, sin embargo, el sufrimiento de la demencia no aparecía jamás. Y es que la muy fresca y envidiable de Nadine Auriol, con todo lo loca que estaba, y lo nerviosa, lo irritable, y hasta lo muy violenta que era, dormía ocho horas de sueño natural. En fin, que si ella era muchos seres tan incongruentes como desgarrados, y a pesar de todo le bastaba con quitarse la túnica, meterse a la cama, y apagar la luz, para quedarse seca como un tronco sano, era más que lógico que los contradictorios y enfrentados Maximiliano y Herminio Gutiérrez, y sobre todo Max, desesperado producto de tanto enfrentamiento y hombre al que por entonces ya sólo le importaba que Ornella estuviese bien muerta, para sufrir convincentemente por ella, sintieran la más intensa atracción por un personaje como Nadine Auriol. Y aunque fuera La dama de blanco, que además lo era, al menos en lo de la túnica, ya que siempre que salía de noche la usaba.

Pero parece que también yo le resultaba sumamente atractivo a Nadine Auriol, porque con túnica o sin ella empezó a aparecérseme en los lugares más inesperados, como si no le bastara su relación con el convencional y correcto profesor Herminio y el taciturno e insomne Maximiliano, y como si hubiese empezado a sospechar la existencia del zangoloteado Max, que sentía verdadero pánico cada vez que la veía aparecer con sus ojazos esos tan negros y rasgados y un generalizado temblor en los labios siempre rojos y siempre húmedos. Y así era, en efecto, porque en clases y, en general, en la universidad, Nadine y yo funcionábamos como una alumna que trata de ponerse al día y un profesor atento y esmerado, aunque un poquito nervioso y fatigado, eso sí, y ello a pesar del asunto aquel de la cafetería, sobre el cual habíamos tendido un tupido velo. Después nos despedíamos, cada uno se metía a su automóvil, y ya hasta la tarde, a veces, si es que ella me llamaba por teléfono y me invitaba a tomar un incomodísimo té con menta, tumbados arábigamente sobre millones de cojincitos de esos que jamás se quedan en su sitio y que, además, terminan bañados en migajas y azúcar en polvo procedentes de la mejor y más nostálgica repostería marroquí, de tanto equilibrio como ha hecho uno con la tacita almibarada en una mano y un dulcecito en la otra, ya que por ahí abajo, por el culo y suelo alfombradísimo, los cojincitos esos del diablo no cesan de escapársele a uno como peces sorprendidos, que diría Lorca.

Y por supuesto que era inútil decirle a Nadine que los moriscos y moriscas habían llegado al Perú tan temprano como el propio Francisco Pizarro y que, gracias a esos amargos desembarcos –ya que mucha de esa gente llegó en calidad de esclava–, en Lima se comían dulces de origen árabe casi exactos a los que ella me acaba- ba de servir, como por ejemplo unos riquísimos y muy Lima anti- gua que se hacían en mi casa y que se llamaban ponderaciones. A Nadine se le ponían furibundos de celos y propiedad privada cul- tural los ojos negros y los húmedos labios rojos, por más seria y ponderadamente que uno le dijera estas cosas, o sea que lo mejor era cambiar de tema, ipso facto, y reacomodarse íntegro en los cojincitos, antes de que ardiera Troya.

Y esos eran los momentos en que, muy precisamente, Herminio empezaba a cederle íntegro su lugar a Maximiliano, mientras que Max corcoveaba como un zorro enjaulado que sueña con llegar solo a la alta noche camarguesa, para entregarse al sueño muerto de su vida. También la estudianta Nadine, con su eterno pantalón rojo, su blusa negra, y el pelo recogido en un formalísimo y respe- tuoso moño, le había cedido paso ya a la nostálgica anfitriona de la túnica blanca y el largo cabello suelto y lacio, reina y señora de un recargadísimo departamento que, en realidad, tampoco tenía mu- cho que ver con el bien perdido en Marruecos y para siempre añorado en Montpellier.

No, qué va, prácticamente nada que ver tenía una cosa con otra. Porque con Nadine, el bien perdido no se sabía nunca muy bien dónde estaba, más o menos como Ornella, por más que aún me cueste decirlo, aunque la gran diferencia era que lo mío era puro

corazón y lo de Nadine grito puro, una vez más, no bien empezaba
nuevamente yo a no entenderle que el departamento de los
cojincitos incomodísimos poco o nada tenía que ver con la monu-
mental casa-hacienda, o más bien castillo de la Loire-hacienda, de
la gran propiedad agrícola de su infancia en Marruecos. Y cuan-
timás páginas del gordo y polvoriento álbum de fotos familiar pasaba Nadine, dándome todo tipo de manazos y papirotazos por
colocar el dedo índice en algún punto neurálgico de su destino,
menos entendía yo que el departamento en que estábamos fuera
en realidad una copia pormenorizada, aunque en menor escala,
del que su difunto padre había poseído en París, y que, en cambio,
la *vilá* que habitaron en Casá fuera un perfecto aunque ampliado
calco de una veraniega villa de la Costa Azul.

La verdad, con Maximiliano y Herminio cualquiera sabía bien a
qué atenerse, y bueno, digamos que al menos Ornella Manuzio
supo perfectamente a qué atenerse también con el corcoveante
Max. Pero, con Nadine, las únicas conclusiones a las que se podía
llegar eran: Una: que estaba loca como una cabra, y Dos: que era el
fruto maduro y hasta medio podridito, ya, de una familia a la que le
encantaba llevar la contra. O sea que, cuanto más rápido nos fuéramos a mirar el mar, mejor.

Pero no, porque nos faltaba el whiskicito de las ocho, que era el
momento en que yo me ponía de pie, sacudía y soplaba como loco
el azúcar en polvo y las migajas con que había bañado los detestables cojincitos de la hora del té y, justo cuando le ofrecía a Nadine
ocuparme de traer el hielo, recibía infaliblemente el resondrón del
siglo por haberle puesto inmundas sus alfombras. Gracias a Dios,
nunca fue necesario que gateara soplando o absorbiendo, en vista
de que ella tenía una aspiradora portátil, indispensable para casos
probados de insuficiencia mental como el mío. O sea que yo aspi-
raba, paciente y portátilmente, esforzando al máximo mi cansada
vista, y buscando en mi mente insomne alguna perla que soltarle a
la atractivísima e insoportable Nadine.

–¿Sabes que Borges afirma que no hay nada tan poco profundo como una alfombra persa?

–Estas son de Marruecos y vienen de París, imbécil.

–¿Cómo?

–¿Qué es lo que no está claro, esta vez, imbécil?

–Entre otras cosas, te señalo que en la universidad jamás te atreverías a llamarme imbécil.

–Es que tú te conviertes en otro hombre, no bien pones los pies en esta casa.

–¿Y tú?

–¿Yo, qué?

–Tú sabrás, Nadine, pero tengo la impresión de que nosotros dos deberíamos presentarnos cada vez que nos volvemos a ver.

–Anda. Apaga ese aparato y ayúdame con el hielo.

–¿Puedo lavarme las manos, antes?

–Claro. Ya conoces el camino.

El camino me encantaba, la verdad, porque, fingiendo un mareo, primero, haciéndome el muy meativo, después, y por último lavándome eternamente las manos, pero de mentiras, antes de salir de un baño al que no había entrado, aprovechaba para ir abriendo una tras otra las puertas de ese gran departamento y descubrir, por ejemplo, la cantidad de dormitorios listos para ser usados que tenía Nadine. El mobiliario marroquí de cada una de esas habitaciones era francamente de museo, ya que provenía íntegro del departamento parisino de su familia, en *la belle époque*, y permanecía tal cual y con las fotos de sus padres, por ejemplo, sobre la que fuera su gran cama matrimonial. Luego, venían las fotos de mil invitados, en las cuatro paredes de la que fuera una estupenda habitación de huéspedes, después, la de la niñera marroquí, en el que indudablemente fue el dormitorio de aquella mujer indígena, y el cuarto dormitorio debió pertenecer a algún preceptor francés, modelo colonial, sin duda alguna, porque la habitación era oscurísima, y muy enjuto y bigotudo el tipo de rostro fúnebre cuya foto

color sepia colgaba sobre una cama que, mejor, hubiera sido de
piedra.

Y al fondo de aquel corredor se encontraba la muy alegre y
dicharachera habitación de Nadine, que yo asociaba inmediatamente con un personaje histórico español, de apellido Blanco
White, porque realmente en ese dormitorio lo que no era blanco
era blanquísimo. La cama era alta, muy alta, como para caerse de
ella y desnucarse, lo cual me hacía temer por la vida de Nadine, ya
que la pobre, entre una cosa y otra, debía tener unas pesadillas
horrorosas. Sin embargo, sobre la camota esa y los mil y un
cojincitos bordados de oro que la cubrían, había una apacible foto
de Nadine, adolescente aún, creo, de pie sobre una colina solitaria,
tamaño natural, desnuda, de espaldas, pero con el pelo más largo
que el de lady Godiva en la película con Maureen O´Hara que vi
de chico, o sea una foto totalmente casta y frustrante para el gran
mirón que era yo, y contemplando sin duda un futuro aún prome-
tedor y marroquí.

Y ahí terminaba mi recorrido, sin haberme atrevido nunca a
pegarle su curioseadita a un inmenso y precioso ropero blanco y
oro, más que nada por temor a sorpresas desagradables. Y es que,
a veces, a la pobre Nadine se le rasgaban tanto los ojazos esos de
loca que tenía, le rechinaban de tal manera los dientes, y se le hu-
medecían hasta tal punto los labios, siempre impecablemente
rojos, sin embargo, que me entraba verdadero pánico cuando me
la imaginaba transformada en la mujer pantera y devorándose uno
por uno todos los objetos de su contradictoria aunque infinita
nostalgia. Pero, oh sorpresa, cuando regresaba a la sala y me la
encontraba sentadita en su alta silla de mandarme, esperándome
de lo más sonriente con los whiskies listos en una bandeja que
tenía delante, y acomodándose con cierta coquetería el pelo, no
bien me veía entrar. La Nadine que me recibía, en esos casos, era
una perfecta anfitriona, dispuesta siempre a compartir una buena
copa conmigo, a hablarme muy inteligentemente de literatura, y a

sugerirme que saliéramos a comer esa noche. Me acercaba entonces donde ella, antes de recoger mi whisky e ir a hundirme en el sillón del mandado, y sentía el cariño sincero y muy tierno que un
cretino puede llegar a sentir por otro, lo cual me llevaba incluso a
agacharme para darle un beso en la frente, o, a veces, uno en la
mano, que ella me retribuía, además, aunque debo decir que todo
esto lo hacía poseído aún por el temor que me inspiraba el inmenso ropero blanco de su dormitorio. O sea que, por si acaso, tomaba
siempre la precaución de llevarme disimuladamente una mano
protectora al cuello, porque si mal no recuerdo por ahí empiezan
los mordiscos de la mujer pantera, o es que se me confundían pan-
teras y vampiros... Bueno, para el caso viene a ser exactamente lo
mismo, la verdad.

–Nadine –le pregunté, por fin, un día, whisky en mano, y mirando un rincón particularmente recargado y nostálgico recargado de
su pasado esplendor–. ¿Cómo te las arreglas para llevar la misma
túnica blanca cada vez que te veo, a partir de las seis de la tarde, y
mantenerla siempre tan inmaculada?

–Tengo doce exactas, y las guardo en un ropero, en mi dormitorio.

–Ah, entiendo –le dije, pensando en que La Dama de Blanco
también debía tener su coleccioncita de túnicas y llevándome al
mismo tiempo una involuntaria mano al cuello–. Entiendo, sí.

–¿Qué es lo que entiendes?

–Nada, como siempre, para que no te molestes.

–Tontonazo, vámonos a comer. Hoy es un día muy especial
para mí y tengo ganas de invitarte a un restaurante excelente, al que
nunca me he atrevido a volver.

–Entiendo que se trata de un gran honor para mí...

–Mira, Max, te lo advierto: no estoy de humor para bromas esta
noche. O sea que, por favor, no te hagas el que lo entiendes todo,
cuando en tu vida has entendido nada.

Pues aquella noche resultó que Nadine, aunque muy a su manera, como siempre, era también oriunda de Montpellier, y con profunda nostalgia de bien perdido, qué me había creído yo. Porque en esta ciudad había estudiado medicina, durante cuatro años, pero sobre todo porque en el viaje anual de su familia, de Marruecos a París, siempre hicieron escala en Montpellier, un par de días, y jamás dejaron de comer en La Diligence, un hermoso restaurante del centro histórico de la ciudad, en el que ahora estábamos sentados ante dos copas de Moët Chandon, el champán predilecto de su padre, y qué me había creído yo, nuevamente, lo cual ya me resultó pretencioso y ridículo en grado sumo, por lo que decidí contraatacar quejándome del caviar, el plato predilecto de mi papá, todo un entendido en la materia, en el Perú de mi infancia, y cuyas últimas palabras moribundas fueron que nos dejaba a todos bastante caviar iraní en el refrigerador.

–O sea que el caballero sólo come caviar iraní –dijo Nadine, elevando ambas cejas en señal de que no tardaban en rasgársele al máximo los ojos, en la misma dirección.

–Yo no he dicho eso, Nadine. Ni tampoco que este caviarcito no esté bien. Pero, si de nostalgia del pasado se trata, digamos que sólo el caviar iraní me la produce, aunque comprendo que…

–¿Qué cosa comprendes? –me interrumpió la de los bienes perdidos por doquier, ya con los ojos del todo rasgados y furiosos, y crispando ahora los labios rojos y empapados, señal de que no tardaban en empezar a temblarle de rabia–. ¿Qué es lo que ahora te resulta tan difícil de entender?

–Nada. Por el contrario, deduzco que el caviar iraní aún no había llegado por estos pagos, en los años en que comías aquí con tus padres. Y que, a juzgar por el que has pedido, sigue sin llegar.

–Entonces, el señor puede comer pan con mantequilla, si lo desea, en vista de que le hace tantos ascos al caviar de mi papá.

Y la muy burra llamó a un mozo y me dejó pésimo y sin caviar, tras haberle dado mil explicaciones acerca de mi total insensibilidad para la buena cocina, basada sin duda en una absoluta falta de costumbre de todo lo que no fuera huevos fritos con arroz. El mozo, que era viejo, y que parecía recordar muy bien a la señorita, me miró con cara de infinita conmiseración, pero, ante mi total pasividad, no tuvo más remedio que castigarme el resto de la noche a pan, mantequilla y agua, retirándome también, de paso, la copa de champán, mientras Nadine recuperaba el apacible y sonriente rostro de buena anfitriona y, terminado el caviar, se despachaba unas setas maravillosas y un envidiable trozo de carne.

La calma parecía haber vuelto hacia los postres, en vista de que me ofreció uno, que yo rechacé dignísima aunque groseramente, pues lo hice mascando un enorme trozo de pan con mantequilla.

–¿En serio no quieres nada, Max?

–Un whisky triple y seco, pero a mi cuenta, por favor.

–De acuerdo, pero pago yo o no tomas nada.

–Un whisky quíntuple, entonces. O sea el vaso más grande que tengan en este precioso restaurante cuyo caviar no me gusta, y lleno hasta el borde.

En excentricidades no se podía quedar atrás una dama de tanto mundo, como Nadine, o sea que me dejó pedir ese whisky e incluso me dejó pedirlo caliente, casi como una taza de té, sólo por joder, razón por la cual decidí serenarme todo lo posible y desviar la conversación hacia la literatura, aunque únicamente para pegarle un gran rodeo al tema de la nostalgia y el bien perdido, volver a la carga, en seguida, y, en la medida en que me fuera posible, reducir a escombros a esa endemoniada mujer.

–¿Has leído al escritor mexicano Juan Rulfo? –le pregunté, como quien desea elevar el tema de la conversación y dejar olvidado el incidente del caviar.

–No. Me avergüenza decirte que aún no lo he leído.

–¿Y a Carpentier y García Márquez?

–La verdad, Max, la laguna que tengo en literatura latinoamericana es inmensa. ¿Por dónde me aconsejas empezar?

–Bah, eso depende siempre. Los que te he mencionado son todos tan buenos escritores que el que leas primero te llevará a los otros. En Rulfo, por ejemplo, anida la tristeza, según escribe él mismo acerca de uno de los desolados pueblos de sus libros, uno de esos pueblos en que la gente ha perdido siempre tanto, diríase casi que desde el principio de los tiempos, que a menudo parece estar, o está ya, definitivamente muerta. Sí. En su literatura, Rulfo logró que México sea el país en el que anida la tristeza, de la misma manera en que un Carpentier o un García Márquez lograron que en el Caribe de sus novelas aniden lo real maravilloso y el realismo mágico que permitió que la guillotina y la Declaración de los Derechos del Hombre llegaran a América en el mismo barco, el mismo día, o que un tipo venido de otros siglos y culturas hiciera caber y coexistir en un solo instante, y en unos pergaminos ilegibles, cien años de soledad.

–Suena apasionante, Max. En serio, ¿no quieres un postre?

–No, sigo nomás con mi whiskicito.

–Allá tú, querido amigo.

–Y en aquello de anidar, el Perú, digamos, no le va tan a la zaga a México y el Caribe, y a los escritores mencionados. Porque, no bien creció, el primer peruano oficial –o sea el primer hijo de una princesa real incaica y un conquistador español, medio de noble cuna, además–, lo primero que hizo fue trasladarse a España y escribir sobre lo visto y oído en su infancia cuzqueña, aunque tal vez sería más exacto decir que a aquel hombre, llamado el Inca Garcilaso de la Vega, o Garcilaso de la Vega Inca, porque los peruanos somos siempre muy indecisos, para qué, le dio por escribir sobre lo visto y oído y perdido. Y mira tú qué tremenda pena la del primer peruano cuando describe en sus *Comentarios reales* el Perú de aquel momento: "Tornósenos el reinar en vallaje." En fin, el mundo patas arriba, el más grande de todos los bienes, un imperio, nada menos que todo un imperio, el incaico, perdido... ¿Cómo la ves, Nadine?

–Continúa...

–Te aburro con estas cosas, justo a la hora del postre y en *este* restaurante, perdona, sólo para contarte que a ese pobre Peruano I, por llamarlo de alguna manera, se le pasaron los años reclamando sus títulos y derechos y demás bienes perdidos y añorados, ante la corte española, y que después se le pasaron los años que le quedaban para morirse, olvidado en un pueblo de Córdoba llamado Montilla, que fue donde escribió su obra mayor, sus famosos *Comentarios*, en los cuales convirtió al Perú en el país, por esencia, en todo el universo mundo, donde anida la nostalgia. ¿Me entendiste, Nadine? No hay, ni puede haber, nada ni nadie más nostálgico y con más bienes perdidos que un peruano. Y si me dejas tomarme otro whisky de estos, te aseguro que yo mismo te pierdo un imperio incaico, esta noche, o sea un bien supremo e incomparable, y una pérdida al lado de la cual *cualquier otra* es como una pulga ante un elefante.

–Debe ser interesante tu autor –me dijo Nadine, a quien ya se le notaba a la legua que el postre le iba a caer pésimo, por más delicioso y perfecto que estuviera.

En fin, mi pobre anfitriona había quedado reducida a escombros, hasta tal punto, que yo mismo empecé a sentir cierta nostalgia de una Nadine perdida, cual peruano y caballero a carta cabal, y opté por alabarle el precioso collar que llevaba puesto esa noche de gala triste.

–Viene de Marruecos, pero lo guardo en París –me dijo la pobre Nadine, con voz trastabillante.

–¿Y cómo así vino a dar a Montpellier, entonces?

–Es que, cada cierto tiempo, voy a la caja fuerte que conservo en un banco de París, saco unas cuantas joyas para traérmelas y usarlas un tiempo y guardo otras.

–¿Y no podrías guardarlas en uno de los bancos de aquí?

–Prefiero mi banco de París.

–¿Y todas esas joyas provienen de Marruecos?

–No, las hay francesas, también.

–Entiendo.

–¿Se puede saber qué me has querido decir con eso, rey de la nostalgia?

–Inca, con tu perdón.

Nadine iba a matar o morir, sentadita ahí delante de mí y aún bastante reducida a escombros, pero conteniéndose como loca, o sea que opté por volver a la alabanza de ese collar que, en verdad, hasta incaico parecía, de lo puro bonito que era.

–No sé qué piedras me gustan más –le dije, acercando una mano para palparlas–. Son de colores distintos, pero me gustan lo mismo, para serte sincero, y una por una me encantan todas, también.

–Gracias. El collar fue de mi bisabuela materna y…

–Las piedras verdes parecen inmensas lágrimas de nostalgia –le dije, con el tono de voz más sublime que encontré y un fuerte temblor de emoción en la mano que sujetaba el collar–. Las azules, en cambio, se diría que son trocitos de añoranza… Pero las rojas… ¡Las rojas, Nadine! ¡Las rojas son partículas del diluvio universal!

Ahí se me fue la mano, sin duda alguna, y ni siquiera llegamos al mar, a pesar de lo mucho que le rogué que me perdonara. Porque era tal la rabia de Nadine que ni las mansas olas de la playa de Palavas habrían logrado calmarla, aquella noche. Pagó la cuenta, pidió que le buscaran un taxi y, tras haberme dicho que llevarme a ese restaurante había sido el más grande error de su vida, se incorporó y salió disparada, dejándome ahí sentado con mi vasote de whisky.

Me quedaba muchísima noche por delante, y pensé que lo mejor era trasladarme inmediatamente al bar de Bernard y retomar contacto con toda esa buena gente que Nadine me había impedido frecuentar en las últimas semanas. Pero el bar estaba cerrado, cuando llegué, y no me quedó más remedio que subir a mi departamento y acostarme como un ciudadano normal, aun a sabiendas de que había dejado de serlo desde sabe Dios cuándo. Un par de horas después ya estaba nuevamente en la calle, convertido en lo

que realmente era: el prisionero de una ciudad dormida, un desesperado insomne para el que todas las calles y plazas, todas las callejuelas y todos los rincones de Montpellier eran pocos, un viejo y
ya hasta experimentado reo de nocturnidad, al fin y al cabo.

Nadine no volvió a aparecer por mis clases, tampoco volvió a
llamarme, y mi departamento se vio convertido, una vez más, aunque con muchas bajas, en el salón espectáculo del hombre del saco
de terciopelo guinda. La ausencia de François el Estudiante y
Passepartout el Iraní se notaba a gritos y el breve retorno de
Francine y Sylviane, que hablaban hasta por los codos de su inminente partida a París, donde ambas tenían ya hasta un trabajo, se
unía a la llegada de un caluroso verano, al fin del año universitario,
a la incesante conversación de mis colegas acerca de sus planes
para esas vacaciones y a una especie de soleada agitación general
que hacía que me sintiera vacío y fuera de juego. Pronto, muy
pronto, Bernard cerraría las puertas de su bar, por un tiempo, y se
largaría a veranear con Simone en su Bretaña natal. La auto-escuela del Monstruo también cerraría durante varias semanas, y hasta
el obrero en paro Alexandre terminaría ausentándose una breve
temporada de Montpellier.

"Creo que al final sólo quedaremos Tutú y yo", pensaba a cada
rato, mientras mataba las horas de la tarde bebiendo cerveza en la
terraza de un bar, en la plaza de la Comédie, calculando que también para los silenciosos y cabizbajos inmigrantes árabes de los
domingos estaba próximo el momento de volver por unas semanas
a su país. Pensé entonces en viajar al Perú y visitar a mi familia y
amigos, durante un par de meses, pero me sentí sin fuerzas para
acometer un proyecto que implicaba ocultar mi enfermedad y mi
desamparo, más que nada por orgullo. "Bien", me dije, por fin,
"aquí me quedaré, bebiendo cerveza en esta misma terraza, en esta
mesa, tarde tras tarde, y enfrentándome día tras día a unos duros e
interminables meses de vacaciones para los que no tendré otro
programa que soportarme a mí mismo." Recuerdo que después

miré mi reloj, anoté la fecha y la hora en un trozo de papel que guardé como un tesoro en un bolsillo de la camisa, y me juré que, dentro de tres meses, exactamente a la misma hora, el otoño me encontraría sentado en ese mismo lugar, y que entonces le sonreiría despectivamente al insomnio, porque la peor parte ya habría pasado, sin lograr derrotarme. Fracasé estrepitosamente, lo sé.

El Inefable Escritor Inédito y Laura, su encantadora compañera, la muchacha con aquel fuerte y muy agradable acento italiano tras el cual terminaría mendigando, realmente se esforzaron por acompañarme a atravesar aquellos tres meses en que cada día se convirtió en un feroz combate contra la luz. La noche, la cortísima y caliente noche de aquellos meses de verano, era lo más parecido al sueño que yo lograba imaginar. La noche, con sólo ser noche, y aunque hasta los noctámbulos turistas que inundaban Montpellier durmieran ya, era todo mi reposo. Soñaba con que llegara cada noche, miraba un millón de veces el cielo para maldecir el sol, para blasfemarle a la luz, para gritarles que, al fin, ni ellos eran eternos, que hasta ellos pasarían en aquel día interminable. Y les hacía adiós cuando los veía apagarse lentamente, largarse, dejarme en paz, finalmente. Y también les hacía señas a la luna y a las estrellas, para que se apuraran, para que terminaran de encontrar su lugar en la noche de la ciudad, en la noche de las carreteras del litoral, en la noche de Arles, en la noche de Nîmes, en la noche de Le Vigan, en la noche Les Saintes Maries de la Mer, y en cada una de mis sombrías aventuras por la Camarga con la noche de mierda esa que no tenía cuando caer, porque la luna y las estrellas me traicionaban, se atrasaban en llegar, se burlaban de un tipo tan puntual como yo y que tan sólo les imploraba que se instalaran de una vez por todas en el cielo, porque la noche era el sueño, su exacto equivalente, para un tipo que no dormía nunca ya.

Maldita noche. Sí, llegaba, terminaba por llegar, pero engañosa y de muy mala calidad, porque mucho entiende de esto un insomne y en seguida malicia y entreví la trampa, las incrustaciones de día que trae ocultas cada una de esas noches veraniegas. Porque quedan restos de luz y de sol en la moqueta del dormitorio y en la colcha escocesa, otrora bella, recuerdo de algunos momentos pasados y alegres, sanos, hermosos, de años en que se durmió. Y los pelos de esa colcha son arena de soleadas playas que ha venido a meterse en la despierta pesadilla que lo larga a uno a la calle. Y hay un ascensor en el edificio que uno recuerda vagamente cuando descubre adolorido que acaba de rodarse por aquella escalera de mármol que baja hasta la puerta de vidrio del edificio. Vuela la cabeza de dolor y de calor y uno recuerda, medio desmayado, que el mármol tiene la reputación de ser frío, pero fracasa cuando prueba acostarse ahí y piensa entonces en el sótano donde guarda su automóvil y termina tumbándose ahí, porque ese tiene que ser el punto más negro de la ciudad de Montpellier y la oscuridad es descanso, al menos para una parte del organismo. Los médicos se han ido de vacaciones.

A veces, cuando la noche cae en la Camarga, me acuerdo de aquellos cristianos que prescinden de la Iglesia y resuelven sus problemas directamente con Dios. También yo resuelvo directamente mis problemas con Ornella cuando me subo al automóvil y me río a carcajadas de mí mismo mientras avanzo en la carretera que me llevará hasta el transbordador y escucho a todo volumen una canción mexicana...

Voy camino a la locura
y aunque todo me tortura...

... Yo sé perder, dice, más adelante, esa canción, y me revuelco de risa porque el transbordador no funciona de noche, y flota ahí, abandonado sobre el agua, bastante alejado de la orilla. Me descalzo, me desnudo, agarro una botella de whisky, miro el cielo para comprobar que en él no queda un asomo de día, y trato de avanzar en el agua, pero estoy a punto de empezar a hundirme en un panta-

no y me lanzo a nadar desesperadamente hasta alcanzar aquella pesada y fría plataforma. Ahí me tumbo, ahí pienso en Ornella, ahí la invoco, la llamo, la convoco cada noche. Y ella viene, termina por venir, entre trago y trago de whisky puro y duro termina por venir, aunque sea yo, más bien, el que se dirige a una trattoria de Ischia, ya caído el otoño sobre la isla, y la ve por primera vez, sentada ahí, sola, bebiendo más de la cuenta y sin saber aún que hay un hombre que la quiere muchísimo, sólo de haberla mirado, sólo de haber sentido tanta pena al verla quedar mal ante unos mozos y unos clientes que ahora, además, se ríen de ella. De pronto, ese hombre se convierte en un desconocido total para sí mismo. No se conoce, no se reconoce cuando empieza a hacer algo que habría jurado ser incapaz de hacer. Y este es el hombre que se levanta y se acerca a donde la hermosa muchacha de pelo castaño, piel muy blanca, y ojos increíblemente azules, que bebe sola. Y de pronto este hombre se convierte en un juguete que ama, en un porfiado que se enamora, en un tentetieso que contemporiza con el dolor. Y de pronto este mismo hombre se descubre bajando un día de un tren en Montpellier, profundamente herido en un orgullo loco que ignoró tener, y dispuesto a que todo, absolutamente todo, haya sido distinto durante los dos últimos años de su vida. Sobre el transbordador, mira su reloj. No lo lleva puesto, no sabe qué hora ni qué día es. No puede, pues, calcular cuánto tiempo falta para que se apague el verano de 1983, en la ciudad de Montpellier. Entonces habrá vencido y se irá. Cualquier país o ciudad son buenos para irse y para que, por fin, Ornella regrese a este mundo. Y es que, cuando termine el verano, la habrá dejado de amar, aunque prefiera pasar su convalecencia, que sabe, será larga, en algún lugar donde nadie haya oído hablar de ella... Jamás...

¿Había muerto una mujer que, durante tres años, yo no cesé nunca de mencionar ante un grupo de crédulos incondicionales? Montpellier es una ciudad pequeña, después de todo, y la gente que no se conoce, se conoce muchas veces, sin embargo. Frecuenta las mismas zonas comerciales, compra en las mismas tiendas, es paciente de los mismos médicos, se cruza en los puestos del mismo mercado y, en cierta manera, a sabiendas o no, interviene, participa en conversaciones que otros empezaron e, incluso, las prolonga. Y ya el Gitano había reparado en el hecho extraño de que Ornella hubiese muerto en muy distintos momentos y lugares. Y mis colegas y todos mis amigos habían tomado nota de mis cada vez más frecuentes ausencias de la ciudad. Desaparecía un día, dos, tres, y en la universidad le extrañaba a la gente que nada se supiera de mí entre un día y otro de clases. ¿Y qué significó, en el fondo, que un día aparecieran en el bar de Bernard unos mellizos que se negaron a identificarse como amigos míos?

Pero, sin duda alguna, fue Michèle, la antipática esposa del colega Pierre Martin, la que más contribuyó a despertar una gran curiosidad en torno a aquel peruano que afirmaba *ser* solo, que vagaba noches enteras sin rumbo por Montpellier, sí, pero que también era visto a cada rato regresando de Palavas: es decir, cruzando el puente de Palavas con una desconocida que vestía invariablemente una túnica blanca. La gente se rió tanto, parece ser, con aquella descabellada versión, que prefirió la mucho más amable leyenda del hombre que había logrado engatusar a esa bruja, porque podía *estar* solo, pero, ¿*serlo*?, jajajá, eso sí que de ninguna manera: ¿Quién era, si no, el muy pícaro del profesor Gutiérrez, ese tipo de los anteojos negros y la gorra marinera al que tantos colegas y amigos habían dejado atrás en su automóvil, rumbo a alguna playa, invierno y verano, pero siempre de noche, pedaleando en una bicicleta tándem con una pálida muchacha, también de gorra blanca y anteojos negros, en el asiento posterior?

La insistencia de algunos buenos colegas en invitarme una copa, o incluso a comer, durante el último año, empezó a llamarme la atención, pues todos me rogaban que les revelara el secreto de la muchacha de la bicicleta tándem.

—¿Tiene el pelo castaño y corto? —me burlaba yo, ante un colega.

–Parece que sí... Aunque claro, con la gorra esa cualquiera engaña.

–No tendrá los ojos azules, ¿no? –le preguntaba, muy sonriente, a otro colega.

–Y por qué no, con esa piel tan pálida. Los anteojos oscuros impiden asegurar nada, por supuesto, pero cualquiera puede tener los ojos azules, al fin y al cabo.

Sí, me reía mucho, pero en el fondo empezaba a sentirme muy confundido, a no ver nada demasiado claro alrededor de mi persona. Lo de Nadine Auriol y su túnica blanca era verdad y cuánto hubiera dado yo porque el resto también lo fuera. Habría dado cualquier cosa a cambio de la única y válida explicación de mis frecuentes ausencias de Montpellier: mi eterno insomnio y mi creciente desesperación. Y es que, sin duda alguna, había llegado el momento en que lo habría dado absolutamente todo a cambio de todo lo que me sucedía, también.

¿Cuándo veía a la gente? ¿Cuándo venían a verme el Inefable Escritor Inédito y la cada vez más atractiva Laura? Yo no los había llamado, ellos tampoco, y, sin embargo, de pronto aparecíamos los tres sentados en mi departamento, conversando. Y, de golpe, llevaba yo horas sentado en la plaza de la Comédie, comprobando insistentemente una fecha y una hora aún muy lejanas, cuando descubría tres vasos de cerveza y me fijaba bien y eran ellos dos que estaban ahí conmigo. Pero tenía que durar, hasta esa fecha y hora aún lejanas, o sea que nunca les preguntaba nada, si estaba yo sentado en Le Caquelon o en La Taberna de Velázquez, porque a cada rato iba a comer ahí y me encontraba ambos restaurantes cerrados y entonces dónde diablos estábamos los tres y en qué momento y cómo me habían encontrado ellos comiendo en un lugar al que nunca antes había ido.

Tropezarme con gente inesperada, en mi departamento, me inspiraba terror, aunque fueran siempre el pobre y fiel y realmente Inefable Escritor Inédito, porque se había gastado una fortuna, que para nada tenía, en comprar al menos todos los ejemplares de su libro, publicado en París, que habían llegado a Montpellier. Y los quemó, para ser nuevamente un escritor tan limpio y maldito como se debe ser. Precisamente de eso me estaba hablando en un momento en que yo llevaba siglos buscando un vaso. O en otro momento en que yo salía del baño y reaccionaba aterrado ante la posibilidad de que, la cada vez más entrañable Laura, me hubiese visto pasar con la bragueta abierta y el pene en la mano. Y el resto de la vida me preguntaré si estaba o no, en el departamento, ese fiel amigo, la tarde en que ella y yo nos pasamos horas en la cama, intentando inútilmente hacer el amor en italiano.

No quiero averiguar, no necesito saber más de lo que ya sé. Yo no dormía nunca, o sea que no soñé con eso, y en cambio sí recuerdo ahora, perfectamente bien, que a cada rato era yo el que aparecía sentado junto a Laura, acariciándole una pierna en la playa, brindando por nuestro amor eterno en un restaurante, abrazándola mientras me llevaba en mi automóvil hacia la Camarga, en vista de que yo *prefería* no manejar, mendigándole en italiano, en mi eterna mesa de la plaza de la Comédie, cada tarde a la hora de más calor, que adelantara mi reloj y la luna y el sol y las estrellas y los días y las noches, porque cuando llegara el otoño y por fin hubiese atravesado el infierno aquel, soy yo el que no va a ser verdad, mi querida Ornella…

Una mañana alguien tocó el timbre como loco y corrí a abrir cuando ya Nadine Auriol había entrado a mi departamento y me alegré profundamente de que me hubiese visto ir al baño con la bragueta abierta. Se puso furiosa.

–Eso te pasa por desaparecer, ingrata –le dije–. Me he deteriorado mucho en tu ausencia.

–Perdóname, Max. Reconozco que estuve demasiado nerviosa esa noche, en La Diligence, pero es que era el aniversario de la muerte de mi padre. Reconoce, tú también, ahora, que al menos fue una prueba de cariño que te invitara a comer justo a ese restaurante y ese día.

–Pero de eso hace siglos.

–Max, ¿qué te pasa? ¿Dónde tienes la cabeza, tú? Hace apenas mes y medio, de eso.

–No recuerdo haberte visto en mis últimas clases.

–Tuve que ir a ver a mi madre a Jerusalén. Es una persona bastante nerviosa y estuvo algo delicada. Así es siempre. Para todo recurre a mí, y después no pasa nada.

–Me he deteriorado mucho, me parece.

–Creo que con afeitarte y bañarte un poquito más a menudo, todo se arreglaría. ¿O es que lo de tu insomnio va peor?

–No, eso va igual de pésimo.

–Tonto. Me gustaría saber con quién andas, más bien.

–Con Ornella, con Laura y con el Inefable Escritor Inédito. Todos los demás están de vacaciones.

–¿Y el par de alcohólicos esos que te limpian la casa?

–Se llaman Elisá y el Gitano, por si acaso. Y están de vacaciones.

–Y tú, Max, ¿no vas a ir a ninguna parte?

–Voy mucho a la Camarga. Eso me gusta. Hay un transbordador de lo más apacible que flota solitario por las noches. Se puede vivir una vida entera ahí, créeme.

–De creerte, te creo. Lo que pasa es que cada vez que te veo te entiendo menos.

–Dios los crea y ellos se juntan…

–¿Qué insinúas?

–Un whisky.

–De acuerdo, pero sólo uno, porque viajo mañana temprano y aún tengo que terminar de hacer mi equipaje. Y bueno, necesito pedirte un favor…

–Dos whiskies.

–Tres, si quieres, Max. De acuerdo. Estoy muy arrepentida de haberte dejado tirado en un restaurante y de reaparecer sólo para pedirte un favor.

–Resultado favorable.

–Ay, Max, Max, Max…

–Deja que Max sirva todos esos whiskies.

Recuerdo claramente que Nadine me pidió que le guardara una copia de sus llaves, explicándome que yo era la única persona en quien confiaba en todo Montpellier. Partiría más tranquila sabiendo que alguien podía vigilarle su departamento y además siempre había tenido pánico a perder todas las llaves durante sus viajes. Y me dijo que yo también debería darle un duplicado de las mías, en vista de que vivía solo. Ella se iba por uno o dos meses, pero cuando regresara los dos tendríamos la tranquilidad de saber que el otro conservaba una copia, en caso de pérdida u olvido. En fin, una neura típica de Nadine, y que inmediatamente me contagió, por lo que procedí a servirle un vasote de whisky y a entregarle un llavero de repuesto que guardaba siempre en la refrigeradora, ya que éste era el lugar más frecuentado de mi departamento y ahí escondía los objetos que no deseaba perder nunca. Y bueno, qué iba a hacer, si a mí las cosas y las horas y los días, y hasta la música y los recuerdos, no se me extraviaban durante los viajes sino, por ejemplo, mientras tomaba una copa de champán y brindaba por Ornella, al compás de *Marinella* y a un cuarto para las cinco en punto de la tarde de un domingo, y de pronto se me aparecía la voz de Tino Rossi y me informaba que era jueves, no domingo, que además tenía adelantadísimo el reloj, y que por último él no era Tino Rossi sino Julio Iglesias y lo que realmente estaba cantando era *De niña a mujer*.

Nadine se estaba despidiendo en el momento en que llegó Laura, o sea que tuve ocasión de presentarlas y de notar que esta se sintió bastante incómoda cuando le preguntaron su apellido.

–Está casada con el Inefable Escritor Inédito –le dije yo–, o sea que lleva su apellido.

–¿Y él cómo se llama? –le preguntó Nadine a Laura.

–Jean. Jean Forestier.

–¿Pero usted es italiana, no?

–Nací en Génova, sí, pero hace muchos años que me vine del todo a Francia.

–Bueno, tengo que irme ya, o nunca voy a terminar de hacer mi equipaje –dijo Nadine, agregando que partía contenta de saber que al menos Laura y su esposo se quedaban en Montpellier para acompañarme, y que ella regresaría dentro de unas cuatro semanas.

–Laura, mi querida Laura Forestier –le dije, en italiano, no bien nos quedamos solos–. No me habías contado nunca que naciste en Génova, como mi Ornella. ¿Hay alguna razón para ello? ¿Me has estado ocultando algo?

–Te juro que nada, Max. Debe ser sólo que nunca has mencionado ese hecho delante de mí.

–¿No conociste a nadie que se apellidara Manuzio, como ella?

–Nunca, creo, pero hace tanto tiempo que salí de ahí que hay muchas cosas que no recuerdo.

–¿Y el Inefable?

–Está trabajando. Recuerda que querías visitar la universidad, ahora que está semi cerrada y prácticamente vacía. Quedamos en que te iba a acompañar en tu auto, para manejar yo, y en que después lo iríamos a buscar para almorzar juntos.

–No recordaba nada, francamente, pero tienes razón. Hace días que quería darme una vuelta por ahí. Vámonos, entonces.

Me afectó mucho aquella matinal visita a la semidesierta Universidad Paul Valéry. Ver las abandonadas salas de clase en que me había esforzado tanto para que cada uno de mis cursos fuera un éxito, y saber que con las justas había logrado terminarlos, me produjo una feroz sensación de abandono y desánimo. ¿Qué me esperaba para el próximo año universitario? ¿Y de dónde iba a sacar las fuerzas para cumplir con mi deber, si cada vez vivía más aturdido, si cada día me cansaba más y me equivocaba a cada rato con las horas y los días y con todo? Había logrado, hasta el final de ese curso, mantener esa doble vida que, sin embargo, ahora, era una nueva fuente de confusión, de fatiga total y de tremenda angustia. Y, cuando le dije a Laura que me acompañara a mi oficina, aunque sabía que poco o nada tendría que hacer ahí, probablemente, pero que me gustaría sentarme un rato en ese lugar y pensar en mi futuro, la pobre se quedó bastante preocupada al comprobar el trabajo que me costó encontrar aquel despacho que llevaba tres años utilizando.

–Max, perdóname que me meta en un asunto así, pero creo que deberías aprovechar estas vacaciones para ver seriamente a un médico…

–He visto a tantos, Laura. Y, además, todos los que conozco están de veraneo en algún lugar.

–Pero las clínicas y los hospitales funcionan, Max.

–O sea que, según tú, deberían encerrarme un tiempo.

–¿Y por qué no? El Inefable y yo iríamos a verte todos los días. Tal vez una cura de sueño, Max…

–Pues eso mismo le pedí a uno de los médicos que he visto, y el muy imbécil me respondió con una sonrisita negativa. Y me despachó con más somníferos. Mira, ven. Salgamos un momento de esta oficina para que veas dónde queda el baño y compruebes la tremenda distancia que me recorrí hace poco con la bragueta abierta y el pene en la mano. Hubiera sido cruel que me vieran, porque nadie habría entendido todo lo que hay detrás de eso. Y fue justo después de que me pasara eso cuando pedí cita donde el médico y le rogué, sí, le rogué, que me sometiera a una cura de sueño. Y la respuesta fue nones. ¿Qué podía hacer, entonces, mi querida Laura? Nada más que acabar este maldito año universitario, a como diera lugar. Y mira tú, lo he logrado. Pero lo que deba hacer ahora es cosa que escapa totalmente a mi control. He apostado por algo, eso sí.

–Cuéntame.

–Me parece que ya te he hablado de la apuesta que he hecho, en la plaza de la Comédie. Consiste en durar, en aguantarlo todo, pase lo que pase, durante este atroz verano de locos, y esperar a que llegue el veintitrés de septiembre, que es el primer día del otoño. Debo esperar también hasta las siete en punto de la tarde, cuando llegue ese día. Y entonces ocurrirá algo nuevo, algo realmente positivo y novedoso. Y bueno, mi querida amiga, eso es todo lo que sé acerca de mi apuesta. Pero me parece que ya…

–Faltan dos meses para eso, Max. ¿Cómo vas a aguantar?

–Durando, Laura. Durando en tu compañía y la del Inefable. Y dicho sea de paso, ya debe ser hora de ir a buscarlo a la salida de su trabajo.

Después fuimos los tres a la playa, aunque deteniéndonos un rato en el camino para comer algo ligero. Me duele mucho decir que ese día conocí la piedad o la conmiseración, que son exactamente la misma cosa cuando vienen de dos tipos tanto menores que yo como el Inefable y la tierna Laura. Yo arrastraba conmigo un cansancio eterno cuando cogí a Ornella por la cintura, estando tumbados los tres ahí en la arena, aún a sabiendas de que no lo era. Pero era lo que más se le parecía y podía hablarme en italiano un rato, como la ilusión que más se asemeja a la realidad. Ella y el Inefable me dejaban hacer, tocar, palpar, mientras yo les explicaba, con absoluto convencimiento, que también era posible ponerle la mano encima a algo que se pareciera mucho a mis recuerdos. Y además los ojos azules de Laura, aunque menos grandes que los de Ornella, me engañaban del todo con ese color de realidad que tenían. Y también, claro, más valía una realidad que casi lo fuera que una ilusión que no lo fuera nunca.

El Inefable Escritor Inédito miraba el mar y Laura, que estaba sentada entre él y yo, ahí en el medio, sobre la arena, se acomodaba una vez y otra y me miraba con un cariño intenso cuando yo la llamaba Ornella y le decía, una y otra vez, que terminaría por reconocerme, agregando en seguida que ella no era Ornella Manuzio sino Ornella, a secas, porque las diosas y los dioses no tienen apellido. Recuerdo que, entonces, hice un último esfuerzo gigantesco para que todo el mundo ahí terminara por reconocerme, pero cuando el pobre Inefable Escritor Inédito me miró con una sonrisa tan entrañable como incómoda, algo falló definitivamente porque él no era la persona que, para mi desgracia, yo hubiera deseado que fuera.

–¿Olivier Sipriot? –le dije.

–Perdóname, Max –me dijo–. Sabes que te quiero mucho, pero no puedo mentirte: yo no soy esa persona que tú mencionas.

–Vámonos –dije, incorporándome airadamente–. Parece ser que, desde hace cierto tiempo, nadie es la persona que yo menciono. No tengo suerte, eso es todo. O sea que vámonos.

–¿No te gustaría ir a Sète? Podríamos ir a tomar un helado a Sète. Es la tierra de Georges Brassens, un hombre limpio. Un poeta.

–Sí, de acuerdo. Un tipo maravilloso cuya tumba ya visité. Pero yo prefiero ir a algún sitio donde la gente esté viva. Ahí, por lo menos, se puede encontrar a alguien con quien cantar las canciones de Georges Brassens.

–Lo pones difícil, Max.

–Entonces vámonos a la Camarga. Al transbordador.

–Estamos un poquito cansados, Max.

–Ah, perdón. No había pensado en eso. La juventud cansada es algo que se debe respetar eternamente. Llévenme a mi casa, entonces, y cuando hayan dormido bastante me buscan y nos vamos a la Camarga.

–¿Por qué no intentas dormir aunque sea un momento, Max?

–Estoy demasiado cansado para dormir. Demasiado cansado para intentar siquiera dormir. Porque uno se cansa también de eso, ¿saben? Pero vámonos, vámonos. Cuando uno se siente mal, ya hay que haberse ido. Y eso es absolutamente todo.

–¿A dónde te gustaría ir?

–¿A mí me lo preguntan?

–Somos tus amigos.

–Eso es verdad. Cuando sea veintitrés de septiembre y las siete en punto de la tarde, todos serán mis amigos una vez más. Lo que pasa es que ahora no llega nunca una noche completa y nunca amanece del todo al día siguiente. Hay algo que sigue clavado cada día y cada noche en cada nueva mañana. Hay algo como un contagio…

–¿No quieres que busquemos un médico? Tiene que haberlos, Max.

–Jeje. Llévenme a mi casa, que hace tiempo que no paso una noche completa en mi cama y le estoy perdiendo entrenamiento a eso de durar. Y en el camino, cuéntenme cómo es la noche. Cuéntenme, por favor, cómo diablos es una noche normal para la gente que vive en una ciudad con tan buena calidad de vida como Montpellier.

–¿No te gustaría comer algo?

–¿A qué hora se come, cuando no se duerme nunca, mi querida Ornella?

–Max, somos Laura y Jean.

–¿El Inefable?

–Sí, Max…

–El Inefable. Vaya que sí me acuerdo…

–Hubo un tiempo maravilloso en que tú inventaste un montón de apodos muy divertidos y en que todos fuimos tan felices con tu presencia en Montpellier…

Los dos me besaron, tumbados ahí en la arena de esa playa que no sé cuál era, y después entre los dos me recogieron y me metieron al automóvil. Hay cosas que yo aún captaba. Era la primera vez que no lograba incorporarme solo, la primera vez que me ayudaban a ponerme de pie, a sentarme en ese automóvil que en algún momento pasado logré manejar. En fin, que era la primera vez de algo muy malo, otra vez, y ahora nuevamente a casita, al horror del mármol beige de mi departamento, al espanto de la moqueta caliente y soleada de mi dormitorio, a la arena escocesa que eran las pelusas tibias e incómodas de aquella colcha matrimonial que eternamente me llevaría a mis amigos Edward y Richard W. Jones y de ahí al odio mortal por una cretina con un alfiler hincón en una cafetería detestable. Y todo, todo, encima de un lugar llamado cama, que a mí me inspiraba terror. Ahí me quedé esa tarde y esa noche en que la chica que era y no era Ornella y el Inefable Escritor Inédito se cansaron de mí. Ni idiota que fuera yo: se hartaron de mí.

Y sabe Dios si fue esa misma noche, o la siguiente, o una semana más tarde, cuando el teléfono sonó a una hora bastante inusual para la provinciana y tempranera noche oficial de Montpellier. Yo andaba bebiendo whisky, en la sala, y contemplando el retrato de Ornella, que no era tal, pero que servía, digamos, o había servido, en todo caso. Y andaba tratando de encontrarme por algún lado la fuerza física y psíquica para arrancarme una gran carcajada liberadora, de lo más profundo de mi ser, pero más pudo la insistencia de aquella llamada y terminé levantándome de mi mecedora para contestar.

–Usted tal vez no se acuerde de mí, señor Gutiérrez –me dijo, en el teléfono, una voz femenina que se presentó como *madame* Valérie Cresson.

–En efecto, señora. No recuerdo su nombre. Y mire usted que yo siempre me he jactado de tener buena memoria.

–¿Y no será, señor Gutiérrez, que usted prefiere no acordarse de quién soy? –agregó la señora Cresson, con un tono de voz en el que la neutralidad había cedido paso al sarcasmo y hasta a una cierta agresividad.

–No, señora. Le juro que su nombre no se encuentra entre aquellos hechos, circunstancias, o personas que yo realmente hubiera preferido olvidar.

–Y sin embargo…

–Sin embargo, qué, señora Cresson.

–Nosotros, señor Gutiérrez, tuvimos una larga conversación en París, hace más de tres años. Vivía usted entonces en la rue du Bac, y yo lo llamé de parte del señor y la señora Andrade, un matrimonio de arquitectos peruanos muy amigos suyos.

–En esa época yo no veía ya a esas personas. De eso sí que me acuerdo.

–En efecto. Y usted me lo dijo, pero también aceptó conocerlos muy bien cuando le dije que ellos me habían dado su número de teléfono.

–Es posible, sí. ¿Y de qué más hablamos, señora Cresson?

–De la Enciclopedia Británica, señor Gutiérrez. O, mejor dicho, de la Enciclopedia Británica que usted pensaba adquirir.

–Esto empieza a ponerse entretenido, señora. Porque yo realmente no recuerdo haber pensado comprar esa enciclopedia, ni ninguna otra, en aquella época.

–En cambio, a mí me aseguró usted que sí, señor Gutiérrez. Y además me dijo que estaba pensando mudarse a Montpellier muy pronto, y que en esa ciudad sí le encantaría poseer, no sólo la Enciclopedia Británica, sino también el mueble que yo misma le iba a vender para colocarla. Usted llegó a dejarme una dirección en Montpellier, incluso, señor.

–¿Y qué pasó con esa dirección, señora Cresson?

–Eso mismo le pregunto yo a usted, señor Gutiérrez, en vista de que acabo de averiguar, después de mil intentos, que usted se instaló en Montpellier en octubre de 1980, y que, desde entonces, ha mantenido siempre su teléfono y dirección actuales.

–Mire, señora. Llama usted bastante tarde, de acuerdo a los cánones de esta ciudad, y yo se lo agradezco, ya que soy bastante insomne y estas llamadas tan divertidas se agradecen siempre. Precisamente le dije, hace un momento, que esto empezaba a ponerse entretenido. O sea que, si me disculpa un segundito, voy a rellenar un vaso de whisky que tengo bastante vacío, mientras me preparo para la explicación, que usted seguro me va a dar, de las razones por las que yo le di una falsa dirección antes de mudarme a Montpellier.

–Tómese su tiempo, señor Gutiérrez.

Acababa de recordarlo todo. Estaba hablando con una de las más insistentes y pesadas vendedoras de lo que sea que en el mundo han sido. Y una cosa no era verdad, entre las que decía la tal señora Cresson. No me había llamado una vez, en París. Debió llamarme un millón de veces, coincidiendo además con el "rapto" –entre comillas, naturalmente–, de Ornella por Olivier Sipriot y su banda. Un millón de veces volvió a la carga, la insoportable sádica esa, y sólo con el engaño de mi dirección en Montpellier, en un momento en el que aún no sabía ni dónde iba a vivir, al llegar a esta ciudad, creí haberla despistado para siempre. Pero tres largos años después volvía a la carga, la dichosa *madame* Valérie Cresson.

–Bien, señora. Aquí me tiene usted de nuevo. Y dispuesto a que me explique por qué le di una dirección que no iba a ser la mía, antes de abandonar París.

–La verdad, no lo sé, señor Gutiérrez. A lo mejor, vio usted el departamento que debió habitar entonces, y no lo encontró conforme a su gusto. O encontró usted que no era buena la relación calidad-precio, a diferencia de la Enciclopedia Británica, que, sobre todo vendida en los cómodos plazos que sigo ofreciéndole desde que hablamos en París, sí mantiene una inmejorable relación calidad-precio.

–Yo prefiero no abordar ese tema todavía, señora. Debemos resolver antes el asunto de la falsa dirección.

–Dirección inexacta en el tiempo le llamo yo, señor Gutiérrez. Y que conste que en ningún momento he hablado de que usted me diera nada falso.

–Pues ahí está su error, señora. Yo estaba pasando un momento sumamente difícil cuando usted empezó a llamarme…

–No es que yo empezara a llamarlo, señor Gutiérrez. Yo tuve la intención de llamarlo una sola vez y de venderle inmediatamente la Enciclopedia Británica.

–Y yo intentaba decirle, una y otra vez, que estaba tratando de vender mi casa, mi auto, algunos muebles y algunos cuadros, o sea casi el cien por ciento de las cosas que poseía en este mundo, y que si había algo que no deseaba adquirir en ese momento era una enciclopedia, ni británica ni china. ¿Dónde la iba a poner, por ejemplo?

–En el mismo mueble que, para ello, le propongo ahora, señor Gutiérrez.

–No me diga usted que en tanto tiempo ese mueble no se ha modernizado ni un poquito, con lo moderno que se vuelve todo ahora, de un día para otro.

–Le puedo mandar los nuevos catálogos, si desea usted ver novedades.

–No, señora. Le ruego no mandarme absolutamente nada en una época del año tan calurosa como esta.

–Puedo esperar al otoño.

–El que no sabe si podrá llegar al otoño soy yo, señora. Intento durar, gracias a llamadas como la suya, pero nada le puedo garantizar.

–Empiezo a no entenderlo, señor Gutiérrez.

–Y yo a usted hace rato que no la entiendo, señora Cresson. A no ser que sea usted otro fantasma de mi cerebro. Porque lo cierto es que, primero, me llamó usted un millón de veces en el peor momento de mi vida, en París. Y ahora que estoy pasando un momento muy largo, muy caluroso y muy difícil, en Montpellier, por decir lo menos, me ubica usted en una dirección que jamás le di. Aparte de que lleva usted un buen rato sin quererme responder acerca de aquella dirección falsa que le di hace más de tres años. ¿Realmente no se da usted cuenta de que si le di esas señas era porque deseaba que no volviera a molestarme nunca más?

–Cualquiera cambia de opinión en tanto tiempo, señor Gutié-rrez, y la nueva edición de la enciclopedia…

–Juro solemnemente no comprar una enciclopedia en mi vida. Ni británica, ni rusa, ni china. ¿Me oyó usted bien, esta vez, señora Cresson?

–¿Y si habláramos cuando llegue el otoño, señor Gutiérrez? Finalmente, usted mismo reconoció hace un rato que esta conversación empezaba a ponerse bastante entretenida.

–Sí, pero de golpe ha quedado convertida en algo completamente patético. Tal vez no tenga usted toda la culpa, señora Cresson. Y por eso, voy a explicarle algunas cosas bastante elementales. Sólo por eso. También los insomnes despertamos, señora. Y cuando despertamos nos damos cuenta de ciertos detalles. Del tono de autosuficiencia y desdén que usted ha ido usando, cada vez más, a medida que avanzaba nuestra conversación, por ejemplo. Además, usted le estaba buscando el punto más débil a una voz indefensa, con un vaso de whisky en la mano, y que intenta durar hasta el otoño. Algo bastante cruel, señora Cresson. Debe usted reconocerlo. Sobre todo porque esa voz pensó un instante que podría reírse y bromear con usted. Pero, ya ve usted, falló todo en un segundo, no bien despertó. Y ahora esa voz va a bajar hasta su automóvil, va a manejarlo a como dé lugar, y va a atravesar la Camarga hasta encontrar un transbordador que flota cada noche abandonado, una somnolienta plataforma, vieja e imparcial, donde no se vende la biblia…

–La Enciclopedia Británica y un mueble para colocarla, señor Gutiérrez…

–Adiós, para siempre, señora Cresson. Si me hubiera hablado usted en italiano, por lo menos. Pero usted es un monstruo, en cambio, y ni siquiera es Pierrot…

Mis recuerdos son cada vez más confusos, a partir de aquella llamada, aunque sí estuve varias noches más en el transbordador, sin que nadie se diera cuenta. No era un lugar fresco, debido sobre todo a la pantanosa humedad de aquella zona, plagada de zancudos, por lo demás, pero a mí me gustaba tumbarme ahí durante algunas horas y convencerme de que, cuando Nadine Auriol regresara, yo iba a lograr explicarle muy clara y coherentemente todo el asunto de la muerte de Ornella y lo que había significado para mí. A Nadine le tuve miedo siempre, y por eso me importaba tanto que aceptara mi versión de las cosas, que olvidara por completo el asunto de la cafetería y que terminara por creerme que los hermanos Edward y Richard W. Jones eran realmente dos grandes amigos míos. Y que, si prefirieron hacerse los franceses, la mañana en que llegaron a buscarme al bar de Bernard, fue por razones de seguridad, porque habían venido a entregarme algún mensaje tan importante como confidencial, pero, al verme bebiendo y rodeado de gente extraña, sospecharon algo y optaron por negar hasta que me conocían. Si Nadine aceptaba que todo eso era real, si confiaba en mi versión de las cosas presentes y pasadas de mi vida, el Inefable Escritor Inédito, Laura, Elisá y el Gitano, Bernard y Simone, el Monstruo, en fin, todos mis amigos y también todos los parroquianos del bar volverían a creer en mí. Y volverían a quererme y a respetarme, porque a medida que se aproximaba el verano yo había notado que todo el mundo empezaba a estar un poquito harto de Maximiliano Gutiérrez y de su triste y asombroso pasado.

El otoño tenía que serme favorable, y por eso intentaba durar a como diera lugar. Y aunque no lo recuerdo con precisión, debo haber pasado una, tal vez dos semanas intentando descansar en Les Saintes Maries de la Mer, antes de regresar a Montpellier y de encontrarme con el bar de Bernard abierto. Ya no dormía nunca, por más whisky que bebiera, y había dejado por completo de tomar los somníferos. No me hacían el más mínimo efecto, ni mezclándolos entre ellos y potenciándolos con la bebida, y francamente no recuerdo en absoluto haber entrado donde Bernard y Simone y haberles preguntado por el Monstruo. Tomé conciencia de las cosas, eso sí, cuando ella me respondió con una mirada y una mueca, como de interrogación, mientras él me respondía, con evidente desprecio y malhumor, que a mi amigo podía encontrarlo en un bar cercano, en la calle Bonnard.

–Lo largamos por grosero, y aquí no vuelve a poner los pies –concluyó.

Pedí un par de tragos, y varias veces insistí en preguntarles por sus vacaciones en Bretaña, pero tanto Simone como Bernard se limitaron a decirme que bueno, que las vacaciones habían transcurrido bien, pero que ya estaban nuevamente en Montpellier y que lo importante ahora era el trabajo.

–Y Tutú –les pregunté, mientras pagaba.

–Ya aparecerá –me dijo Simone–. Tutú sabe en qué fecha regresamos siempre, o sea que no debe tardar en reaparecer.

–Y si no, pues se murió –intervino Bernard, en el momento en que me despedía.

Caminé hasta la calle Bonnard, que tiene sólo unos doscientos metros, y en efecto encontré al Monstruo en el único bar. Al comienzo lo noté frío, distante, pero luego me contó bastante acerca de sus vacaciones y me dijo que reconocía haberse pasado de la raya donde Bernard y Simone, pero que él había sido un buen cliente y amigo de ese bar, desde que lo abrieron poco antes de mi llegada a Montpellier, y que francamente las cosas podrían haberse arreglado de otra forma.

–¿Quieres que hable con ellos?

–De ninguna manera, Max. Eso se acabó, y yo me siento muy cómodo en este nuevo bar.

–Es una pena, Pierrot.

–Cambiemos de tema, mejor, mi buen amigo. ¿Dónde has estado metido estos últimos días?

–Por ahí… Vagando en mi automóvil por la región… Haciendo un poco de turismo…

–Te han estado buscando varias personas, Max. Tu amiga Nadine, entre ellas.

–¡Nadine…! ¿Qué fecha es hoy, Pierrot?

–Primero de octubre.

–¡Primero de octubre! Pero si hace un calor de todos los diablos…

–Siempre es así.

–No. ¿Te acuerdas cuando nevó en octubre? Esta vez el verano se ha clavado en el otoño, literalmente se ha incrustado en él y me ha engañado.

–Elisá y el Gitano, y el Inefable y Laura, su esposa, también llevan días preguntando por ti.

Tomé un par de copas con el Monstruo, y decidí regresar a mi departamento para llamar a los demás amigos y decirles, como si nada, que también yo había decidido, de un momento a otro, tomarme unos días de vacaciones, y que acababa de regresar a casa. De eso me acuerdo con bastante claridad, pero la verdad es que el resto vino todo como un feroz impacto de imágenes sucesivas que me trasladaron, sabe Dios cómo, al departamento de Nadine Auriol, donde fui reconociendo uno tras otro los rostros preocupados de una gente que nunca antes había aceptado mezclarse con ella, y que también ella había despreciado siempre, social y culturalmente. ¿Qué diablos estaban haciendo, en aquel abigarrado santuario de la nostalgia, en aquella pequeña Casablanca, Simone y Bernard, Laura y el inefable Jean, el Monstruo y Elisá y el Gitano? ¿Por qué vestían como si Nadine los hubiese invitado a comer, y por qué había, en efecto, todo tipo de botellas y vasos y canapés? Yo miraba hacia un lado y otro, pero aquellas caras inquietas no parecían dispuestas a aclararme nada, sin que la dueña de casa hablase antes.

–¿Qué tal te fue en tus vacaciones, Nadine? –le pregunté, al ver que me observaba como si estuviese a punto de soltarme un largo sermón.

–De mis vacaciones y de las tuyas se hablará en otro momento, mi querido amigo Max. Porque aquí nos hemos reunido para hablar de otras cosas mucho más importantes.

–No entiendo, Nadine– le dije, mientras intentaba servirme un whisky.

–*Stop,* señor. Deje esa botella en su lugar, hasta que llegue el momento.

–Nadine, estoy cansado, y no entiendo.

–Somos nosotros, mi querido Max, los que no entendemos muchísimas cosas. Y para eso nos hemos reunido hoy aquí. Para hacerte un montón de preguntas. ¿Alguien quiere empezar?

–...

–Bien, pues en vista de que nadie pregunta nada, empezaré yo con el interrogatorio.

–¿Interrogatorio?

–¿Quieres limitarte, por favor, a contestar y nada más, Max? Contéstame, por ejemplo, ¿cuál de estas mujeres (o qué mujer, que no está aquí entre nosotros) es la que te acompaña, muy a menudo, y a altas horas de la noche, según dicen, en una bicicleta tándem? Parece ser, además, que tu extraño romance ciclístico se desarrolla, de preferencia, en la carretera de Palavas, y que la desconocida y tú llevan gorritas marineras y anteojos de sol, para que no los reconozca nadie.

–Nadine, por favor...

–Max, por favor, tus amigos y yo estamos esperando una larga respuesta. Y que sea clara, por favor.

–¿Me puedes dar un whisky, Nadine?

–¡No! Whisky, cuando nos hayas aclarado del todo este primer asunto.

Miré a los sobrevivientes de mi salón espectáculo y de sus anexos, a los asiduos, crédulos e indispensables espectadores del gran teatro de mi inmenso desconcierto y mi pequeño mundo. Permanecieron mudos. Hablé, entonces, o, más bien, dije algo muy vago acerca de un loco y doloroso orgullo. Continuaron callados e inmóviles. Balbuceé, en seguida, algunas palabras acerca de aquella ilusión de una felicidad que siempre había creído inherente a mi naturaleza. No pasaron de mirarme, con mayor inquietud. Y mostraron los primeros signos de impaciencia, cuando me referí, titubeantemente, al hecho de mi llegada a Montpellier, la primera vez en cien años que nevó un octubre.

–Es inútil, como verás –dijo, entonces, Nadine–. O sea que empecemos por el tándem.

–Dele un whisky, señora –le suplicó, de pronto, el Monstruo.

–Mi nombre es Nadine, y soy soltera. Y allá usted, si quiere servirle un whisky.

–Siéntate, Max, y yo ahorita te sirvo ese trago.

–Gracias, Pierrot –le dije, mientras me hundía en un sillón que empezó a parecerme familiar.

–Bueno, Max –continuó insistiendo Nadine–. Creo que lo único que te falta ahora es empezar a hablar. Vamos, la historia de la bicicleta nocturna...

–No existe, Nadine, te lo juro. Y si existe, se trata de una ridícula leyenda que ha nacido entre gente vinculada a la universidad, pero que no tiene absolutamente nada que ver conmigo...

–Yo, en todo caso –me interrumpió Nadine–, sigo esperando que nos cuentes la verdad.

–Te he contado la verdad, Nadine. Y si quieres que te diga algo más, por ahí circula una leyenda según la cual tú eres La dama de blanco. Túnicas blancas no te faltan, en todo caso, ya que tú misma me has contado que tienes doce, y que las guardas en un ropero de tu dormitorio. Y, además, te las pones siempre, a partir de las seis de la tarde. ¿O no es verdad?

–Whisky –dijo el Monstruo–. Ahora soy yo el que necesita un whisky. Y urgente. Con su permiso, Nadine...

–A varios de los aquí presentes nos falta, cuando menos, un pastis –dijeron, en trío, Elisá, el Gitano y Bernard.

–Pues sírvanse –dijo Nadine, agregando, furiosa–: Pero ya me explicarán las tonterías que está diciendo su amigo tan querido, el profesor Max.

–Ninguna tontería, Nadine –intervino, entonces, el Inefable Escritor Inédito–. En las historias que nos ha contado Max, desde que llegó a Montpellier, jamás han figurado para nada esta ciudad ni sus alrededores.

–Eso es absolutamente cierto, Nadine –le confirmaron, casi al unísono, Simone y Bernard–. O sea que el profesor Max no puede tener nada que ver con los ciclistas locos esos, ni muchísimo menos con una leyenda como la de La Dama de Blanco.

–En cambio tú y tus túnicas, sí, Nadine– aproveché para decir, alzando temblorosamente el vaso para que Laura me lo volviera a llenar.

–Permítame que me carcajee un poco, con su perdón, Nadine –le soltó el Monstruo, dirigiéndose a la botella de pastis y cambiando de vaso.

–Y por supuesto –gritó, casi, Nadine–, por supuesto que Max jamás confundió, en su propio bar y en sus narices, señor Bernard, a dos franceses cualquiera con dos íntimos amigos ingleses... De los cuales uno había muerto, además... Pero, en fin, basta. Para qué contarles que también intentó matar a la empleada de una cafetería, en la universidad. No. Para qué. Ustedes son sus cómplices y han venido aquí solamente a emborracharse con su compinche...

–En absoluto, Nadine –la interrumpió el Inefable Escritor Inédito, intentando tranquilizarla–. Laura, usted y yo hemos hablado bastante acerca de nuestro amigo Max. Y hemos llegado a un acuerdo. Para eso estamos aquí. Y para eso les hemos rogado a los demás que vengan, Laura y yo.

–Entonces, ¿qué pasa? ¿Me puedes explicar?

–Ocurre, entre otras cosas, que lo de la bicicleta y La Dama de Blanco han sido un falso comienzo, Nadine.

–¿Y es falso también lo de los mellizos ingleses y lo de la empleada de la cafetería?

–Nadine –intervino Laura–. Ya hemos hablado de eso. No hay nada falso en tus afirmaciones, estoy convencida. Pero te repito, una vez más, que todo aquello es producto de algo que sucedió antes de que Max llegara a Montpellier. Recuerda lo hablado, y entiéndeme, por favor: *antes, antes... En* Italia y *en* París.

–Necesito otro whisky –dije, cuando entendí a qué y a quién, muy precisamente, se estaba refiriendo Laura, con tanto hincapié y tanto acento italiano.

–Max necesita otro whisky, señorita Nadine –dijo el Gitano.

–Y otro y otro y otro –recuerdo haber dicho, una y mil veces, aun cuando me hicieron callar, porque seguí repitiéndolo sin abrir la boca y cerrando los ojos.

Y, más tarde, mientras todos ahí se servían canapés y copas, y mientras me miraban en silencio o me sonreían afectuosamente, estoy seguro de haber dicho, para que se decidieran a empezar de una vez por todas:

–Parece mentira que terminen juzgándome en Casablanca. Yo que viajé con Ornella por tantos países, yo que la esperé en tantas ciudades, yo que le di el alcance en tantos continentes...

–Max –empezó, por fin, el Gitano–. Yo que siempre te he querido, perdón, yo que siempre te he creído todo, debo decirte, sin embargo, que a mí me has contado que Ornella murió hasta en tres lugares diferentes.

–Es el insomnio, Gitano. Tú sabes que duermo bastante mal.

–Max –dijo Elisá–. Y yo creo haberte oído decir que Ornella murió en Berlín Oriental.

–El insomnio, Elisá... El maldito insomnio.

–Pero yo diría que Ornella murió, más bien, en Liberia –dijo Simone.

–Eso no es verdad –la interrumpió el Monstruo–. Max me ha contado a mí la única versión real...

–¿Y cómo sabes que la tuya es la versión real, Pierrot? –lo cortó el Gitano.

–Porque Max y yo hemos salido un millón de veces de noche, y un millón de veces, también, Ornella murió única y exclusivamente en las nieves eternas del Kilimanjaro. Y sin que él se las diera de héroe ni de nada. Y Max es mi amigo, señores...

–Pues para mí, que soy la última en enterarse de todo, como siempre –dijo Nadine–, lo único que consta es que esa señorita murió.

–Bueno, sí. Puedo haberme confundido, con el insomnio, y por no haber estado ahí. Pero, eso sí, me consta que la Ornella Manuzio que yo conocí, murió.

–¿Y si no hubiese muerto, Max? –me preguntó, entonces, Jean, el Inefable Escritor Inédito.

–Laura y tú se hartaron de mí antes de que se acabara el verano. O sea que ahora no me vengan con cuentos...

–Explícale tú, Laura, por favor –dijo, por fin, Nadine, mientras la esposa del Inefable se me acercaba, abriendo muy grandes sus ojos azules, bastante menos increíbles que los de Ornella, por cierto, e intentaba inútilmente ponerme una cariñosa mano sobre la cabeza.

–Laura Forestier –logré balbucear–. Como tu inefable esposo, ¿no?

–Mi apellido de soltera es Manuzio. Manuzio, y nacida en Génova, Max, aunque esto último tú ya lo sabías... Nunca volví a ver a mi hermana mayor... Y nunca nadie de mi familia volvió a verla, tampoco... A *tu* Ornella... Sí, a *tu* Ornella, Max. Pero, tarde o temprano, siempre supimos algo de ella, sobre todo al final. Y puedes tener la seguridad de que cayó presa en Brasil, más o menos por la misma época en que tú llegaste a Montpellier.

–Eso no es verdad –dije, y agregué que, en Montpellier, a cada rato se burlaba de mí el mes de octubre. Que, a pesar de ello, mi orgullo sabía exactamente dónde y cuándo murió Ornella Manuzio. Y que desde que Nadine Auriol hizo su primera aparición en esta ciudad, mi especialidad era hundirme cada vez más en ese mismo sillón, repleto de incomodísimos cojincitos de mierda...

–El resto es cosa ya conocida, mi querida Claire. Aguanté algunos días más en mi departamento, pero una noche pasó por ahí Nadine y ver tanta luz encendida tan tarde le dio mala espina. Entró con la copia de mis llaves y yo andaba tirado delante del teléfono, como si hubiese intentado llamar a alguien, urgentemente, pero ya sin fuerzas. Me encontró desmayado, llamó una ambulancia, y logró hacerme llegar el servicio del doctor Lanusse, antes de que una bestia de médico del deporte, o algo así, intentara llevarme a otro pabellón y meterme cuchillo por todos lados.

–Y después se esfumó tu gran amiga Nadine...

–Déjala a esa loca. Pobre. Estoy seguro de que le dio pena verme así de mal. Yo era el único amigo que tenía en esta ciudad, al fin y al cabo.

–Max, por Dios...

–Olvida eso ya, Claire. Porque lo que me interesa saber es algo muy distinto. Algo que sólo puedo hablar contigo, *jeune fille*. Dime, ¿tú crees que se pueda delirar mentiras? ¿Lo crees realmente, mi tan querida Claire?

–¿Quieres decir que si puedes mentir mientras deliras, Max?

–Exactamente. Y es que el doctor Lanusse me contó, cuando me despertaron después de la cura de sueño, que lo único que dije, hasta el cansancio, desde que me bajaron de la ambulancia hasta que me durmieron durante quince días, fue que mi cama era el lugar del terror y que Ornella había muerto asesinada, sin que yo pudiera hacer nada por salvarla.

–¿Y tú le dijiste que eso era cierto?

–Durante un tiempo, sí. Y, te juro, Claire, que sólo cuando te conté a ti que Ornella estaba vivita y coleando, pero sabe Dios dónde, logré creer también yo que esa era la única verdad. Y, de paso, asumí enteramente, de principio a fin, la realidad de mi relación con esa mujer.

—Te creo cien por ciento Max. Y hasta tengo una prueba de ello...

—¿Una prueba?

—Mi partida de Montpellier con José, Max. Si, por casualidad, has conservado la carta que te envié al partir, vuélvela a leer atentamente. Me iba porque la universidad me aburría y José me gustaba... ¿Eso no te dice nada?

—Bueno, sí...

—¿No se te ha ocurrido nunca que me pude quedar en Montpellier con José? Finalmente, él había nacido aquí y estaba perfectamente bien instalado en esta ciudad. Le iba muy bien con su taller de mecánica, entre otras cosas. Estos datos son muy importantes, Max. Y, sin embargo, no te los mencioné en mi carta, porque...

—Pero...

—Un momento, Max. Porque ya sé que me vas a hablar de nuestra diferencia de edad. Tú mismo lo has dicho, en algún momento... No recuerdo ahora cuándo, pero ahí está en la grabadora y en algunas de mis transcripciones. O sea que sabes y sabías muy bien que, para mí, al menos, esa diferencia se borró para siempre durante el fin de semana que pasamos en Rochegude... Durante los dos días y las dos noches más felices de mi vida, mi querido, mi adorado amigo, profesor, y qué sé yo cuántas cosas más, pero siempre queridas y adoradas... ¿Me oyes bien?

—Y sin embargo te fuiste...

—Pudiendo haberme quedado, y sin obligar a José a dejar todo lo suyo y trasladarse con bultos y petates a Normandía. ¿Está claro, ahora, señor?

—Yo nunca te hablé de Ornella...

—Debiste hacerlo, Max. Habría sido horroroso para mí, en ese momento, lo sé, y te agradezco que quisieras evitarme esa pena, pero, a lo mejor, juntos habríamos logrado acercarnos un poco a tu verdadera realidad. Claro que también hubiéramos podido venir a parar juntos en esta clínica.

–Claire, créeme, por favor, que yo intenté acercarme a ti de una manera distinta. Tú siempre fuiste distinta para mí. Eras única, entonces, y lo sigues siendo ahora. Por eso, Claire, intenté…

–Y por eso, Max, el resultado fue que yo saliera disparada de Montpellier, pudiendo haberme quedado.

–¿Con José, aquí?

–No hay peor sordo que el que no quiere oír, mi querido Max.

–¿Quieres decir…?

–Exactamente eso, pedazo de imbécil. Y no creas que te voy a hablar ahora de los remordimientos que aún siento cuando pienso en José. Aunque una prueba de ello sí que te puedo dar…

–Me imagino que te refieres a aquel par de semanas que pasaste con él cuando regresaste de Normandía.

–Exacto. Pero acababa de verte en tu oficina, el primer día de clases…

–¿Y…?

–Y digamos que una vez más le ganaste en cien metros libres al pobre José.

–*Jeune fille*…

–*Jeune fille* jura solemnemente que, en su próxima reencarnación, jamás se enamorará de un insomne. Y mucho menos de un insomne que lleva tatuado en la mirada, y en todo lo que hace y dice, el nombre de una mujer.

–Claire…

–Déjese de tanto *jeune fille* y de tanto Claire, profesor Maximiliano Gutiérrez, y ocúpese ahora de su equipaje si quiere llegar puntual al restaurante marítimo en que comerá esta noche con su fiel servidora.

–¿Y tú, mi amor…? ¿Harás tu equipaje?

–En esta clínica no he tenido nunca más equipaje que esta grabadora y estos cuadernos. Pero ahora ya son tuyos, Max.

–Te hablaba de otro equipaje, Claire, y me sales con…

–Entonces déjame hablarte de un tercer equipaje, Max. Del más importante de los tres, o sea del que yo no haré nunca. Porque me quedo a terminar mi carrera en Montpellier. Con o sin ti.

–Claire…

–El primer equipaje, tontonazo. Termina de hacerlo, de una vez por todas, y larguémonos a mirar el mar. Ojalá nos ayude tanto como a las prostitutas de *Nunca en domingo*. Ojalá me ayude a mí, en todo caso.

–Y a mí, Claire, porque creo que lo estoy necesitando tanto o más que tú. No olvides que, desde que bajé del tren, en esta bendita y maldita ciudad, el otoño y el mes de octubre ya me han engañado dos veces, en tan sólo tres años. En tres años, más los ocho meses de clínica, para ser más exactos…

VI

Si un hombre atravesara el Paraíso en un sueño,
y le dieran una flor como prueba de que había estado allí,
y si al despertar encontrara esa flor en su mano… ¿entonces, qué?

COLERIDGE

Excluyo de mi obra lo sobrenatural,
porque admitirlo parece negar
que lo cotidiano es maravilloso.

JOSEPH CONRAD

Todo sucedió, ahora que lo puedo contar, en una sola clase. Yo dicté esa clase. Volví a mirar en el aula: Claire estaba sentada al fondo porque quería terminar su carrera. Habíamos pasado unos meses viviendo juntos. Probablemente sean los meses más felices en la vida de un profesor que creyó que la felicidad era inherente a su naturaleza. Claire sí se mudó a mi casa con bultos y petates, y debo haberle dicho un millón de veces, simplemente:

–Claire.

Algunas veces peleábamos, y en plena cólera de la pelea, empezábamos a reírnos a carcajadas y a tramar planes para el futuro. Pero un día le dije:

–Claire, la tarde que salí de la clínica y fuimos a comer a Palavas y después a mirar el mar, nos besamos con toda el alma y le dijimos: "Ciudadano, tú que has resuelto todos los problemas, este problema no tiene arreglo."

Me acuerdo de Claire corriendo por la playa. Me acuerdo de mí corriendo en la otra dirección. Me acuerdo también de que cada uno salió de la playa por un lugar distinto. Reencontrarnos era fácil. Era volver a mi departamento. Entonces, como siempre, Claire y yo nos volvíamos a abrazar, pero los dos sabíamos que habíamos tomado una decisión. Yo había pedido que no me renovaran mi cargo en la universidad y ella se había pedido a sí misma terminar sus estudios.

Entonces, como dos amigos, decidimos que yo partiría. La mudanza fue un acto bonito porque Bernard también se mudaba.

Él mismo vino y me dio una explicación:

–Profesor –me dijo–: no me gusta mantener un bar abierto más de cuatro años en una ciudad. Y este bar lo abrí apenas unas semanas antes de que usted llegara. Voy a abrir otro local en Seynes sur Mer, y usted es bienvenido.

Y se estaba mudando, en efecto, él, Simone, su esposa, su bar, su casa, todo. Decidí ayudarlo. Y fue divertido, porque el que más trabajaba y el que más cargaba y el que más esfuerzo físico hacía era yo. Entonces, en medio de esos trajines, me acordé de Claire. Quiero decir que la amé como nunca he querido a nadie y que me di cuenta de que ella me estaba mudando afanosamente a mí. Era increíble, porque cuanto más mudaba yo a Bernard, más me mudaba ella a mí. Y al final de la tarde, cuando los camiones de la mudanza ya se habían ido, hicimos un arreglo, llamémosle "técnico", con Bernard y con Claire. Él subió a mi departamento, ya sin muebles, y me dijo:

–Profesor, vengo a despedirme y a agradecerle por su ayuda en mi mudanza. No me gusta quedarme en una ciudad más de cuatro años, porque mis bares se llenan de borrachos.

Claire apareció en la sala, en medio de esa conversación, apareció en esa sala sin muebles ni cuadros, sin nada que me hiciera recordar a nada. Bernard se inclinó y le dijo:

–Señorita, no tengo el gusto de conocerla.

–Es que yo he vivido en la clínica con el profesor.

Bernard hizo un gesto de profundo respeto, o sea una venia bien sincera, y se marchó. Esto es lo que yo llamo un acuerdo "técnico".

Después me fui a vivir a un hotelito, y la vida diaria por unos meses siguió en Montpellier. Bernard se había ido, Claire se había ido, yo también me había ido. Por lo menos me había ido de mi departamento.

Los martes y jueves tenía cita con el doctor Lanusse. Le pedí, después de haber leído todas las revistas y periódicos de extrema derecha que dejaba para sus pacientes en la sala de espera, le pedí que me hiciera un informe "técnico" y profesional sobre mi persona. Con el mayor placer del mundo, el doctor Lanusse abrió un cajoncito de la mesa de su consulta:

–Aquí lo tiene, señor Maximiliano Gutiérrez –me dijo.

Camino de vuelta al hotel, con el sobre que me había dado el doctor Lanusse, miré las calles de la ciudad que me llevaban desde su consulta hasta los brazos de Claire. Ahora me acuerdo cuando llegué. Ella me esperaba con esa cara de ansiedad que tenía desde que vivía conmigo. Le entregué el informe del doctor Lanusse. Abrió ese sobre y sacó una hoja donde estaba escrito lo siguiente: "A quien sea de interés. Insomnio rebelde a toda terapia. El señor Maximiliano Gutiérrez ha perdido todo contacto con la realidad. Dr. P. Lanusse."

De ahí fui a tumbarme a la cama. Ya no poseía nada en la ciudad de Montpellier. Al cabo de un rato, Claire se tumbó a mi lado y me dijo:

–Te lo mereces, por idiota. Y ahora quédate ahí despierto mientras yo duermo.

Y así fue. Claire durmió la perfecta belleza de su cuerpo. Yo le acaricié la espalda, y por eso sé que nadie sabe tanto como los seres que no duermen lo bella, lo entrañable y lo graciosa que puede ser una persona que reposa a nuestro lado. Y lo serena y dormida que está. Por ello, porque ella ya estaba tranquila, salí de la cama, abandoné el hotel, y me fui a visitar mi Montpellier querido, a revivir el cariño que siempre tuve por mis respetuosos colegas y amigos, a recorrer con todo el amor que mi desgastado cuerpo aún podía sentir, la bella ciudad donde no fui feliz.

Pues la estaba cruzando, a la altura de la iglesia de Saint Roch, cuando vi pasar a Pierrot, cuando vi pasar al Monstruo, al hombre que me introdujo en el bar de Bernard. Lo vi avanzar por esa plaza, inmenso como era él, volviendo a su casa por la noche. Me acerqué a esta especie de ser extrovertido, y loco y borracho, que pateaba aquella plaza. Me fijé que por el rabillo del ojo me estaba mirando y le dije:

—Pierrot.

Lo dije en voz bien bajita, como para dejar pasar delante de uno al abominable hombre de las nieves. Pierrot me miró sin verme, y de eso me acordaré toda la vida. Y me volvió a mirar sin verme. Traía alguna rabia en la mirada. El resto era, me imagino, lo mismo que me pasaba a mí: la sorpresa de encontrarnos, la estupidez de cruzarnos, cuando él volvía a su casa y yo a mi país. En voz baja repetí:

—Pierrot.

En voz aún más baja, me dijo:

—Tú prohibiste todas las visitas a la clínica. Y no me pude acercar siquiera por la habitación donde estabas enfermo. Tú prohibiste todas las visitas. Incluida la mía, profesor Max. Y Ornella, para mí, murió en las nieves eternas del Kilimanjaro, según me contaste por calles, plazas y bares de esta ciudad.

Y entonces sí me despedí de él, de mi querido Pierrot, y agilicé las diligencias para volver a mi país. Tomé un avión que me llevó a París y ahí esperé un cambio de vuelo hasta la ciudad de Lima, donde ahora vivo y trabajo y duermo perfectamente bien. Claire siempre viene a visitarme en el mes de octubre, que es cuando empieza la feria de toros en esta ciudad. Y se queda en mi casa, se queda en mi vida, se queda en mi cama. Pero el último día del mes se vuelve a marchar. Siempre le pregunto por qué se va. Siempre me responde con la misma broma:

—Ningún mes de octubre te volverá a engañar, Max.

Y mientras esperamos que el avión parta, pensamos con cariño

en mi colega Pierre Martin, porque fui yo mismo, con Claire a mi
lado, quien redactó esas líneas anónimas diciéndole a su esposa, a
la detestable Michèle, que los de la bicicleta tándem éramos Claire
y yo. Y en los fatales minutos en que ella y yo nos despedimos, le
digo:

–Pero, *jeune fille,* ¿cómo te va?

Por fin me dijo un día:

–Ven a ver cómo me va, mi amor.

Viajé hasta Rouen, la ciudad de Normandía donde ella nació y
creció, y volvió a vivir con sus padres, cuando terminó su carrera
en Montpellier. Ahí la vi en su casa y con su familia, y se me ocurrió decirle un día:

–¿Y si me quedara a vivir, Claire?

Me respondió:

–Y ahora lárgate, amor mío. Tú bien lo sabes: Ornella Manuzio
sigue presa en Brasil. Y como yo la odio con todas las fuerzas de mi
corazón, sigo presa aquí, en casa de mis padres, como cuando era
una niña.

Y yo le digo entonces, antes de despedirme hasta el próximo
mes de octubre, en Lima y en mi casa, que la voy a matar, como una
vez maté a Ornella. Y eso le alegra la vida. Y así hemos sido Claire
y yo.

New Haven, Las Palmas de Gran Canaria y Madrid
octubre de 1995 - junio de 1996

Colección *La otra orilla*

Anne-Marie Garat
Adén

Pedro Gómez Valderrama
La otra raya del tigre

Nadine Gordimer
La historia de mi hijo
El salto

Graham Greene
La última palabra

Siri Hustvedt
La venda

Darío Jaramillo
Novela con fantasma

Manuel Mejía Vallejo
Los invocados

Timothy Mo
Una posesión insular

Yi Munyol
El poeta

Álvaro Mutis
La última escala del Tramp
Steamer
Ilona llega con la lluvia
Amirbar
La nieve del almirante
Abdul Bashur, soñador de navíos
Tríptico de mar y tierra

Mike Nicol
Los que mandan

Pedro Orgambide
Un amor imprudente
El escriba

Julio Paredes
Guía para extraviados

Nélida Piñón
La república de los sueños
Dulce canción de Caetana

Laura Restrepo
Dulce compañía
El leopardo al sol

Augusto Roa Bastos
Contravida
Madama Sui

José Luis Sampedro
La sonrisa etrusca

Antonio Sarabia
Amarilis
Los avatares del piojo
Banda de Moebius
Los convidados del volcán

Isaac Bashevis Singer
En la corte de mi padre

Osvaldo Soriano
Una sombra ya pronto serás
No habrá más penas ni olvido
Triste solitario y final
La hora sin sombra
Cuarteles de invierno
A sus plantas rendido un león
Artistas, locos y criminales
Piratas, fantasmas y dinosaurios

Muriel Spark
Symposium

Dalton Trevisan
Cementerio de elefantes

Arturo Uslar Pietri
Cuentos de la realidad mágica
La visita en el tiempo

Julio Verne
París en el siglo xx

Elie Wiesel
El crepúsculo, a lo lejos